हिन्द पॉकेट बुक्स

यौवन की आँधी

पियरे लुई का जन्म 10 दिसंबर, 1870 को बेल्जियम के घेट नगर में हुआ था। बाद में वे फ्रांस आ गए थे। भावी नोबेल पुरस्कार विजेता तथा समलैंगिक अधिकारों के प्रणेता आंद्र गिड के साथ उनके घनिष्ठ संबंध थे। उनकी रुचि पानेशियन तथा प्रतीकात्मक लेखन में थी। उनका पहला उपन्यास जो सामंती व्यवस्था पर था, बेस्ट सेलर रहा और उसके बाद तो लोग उनके लेखन के दीवाने हो गए।

4 जून 1925 को उनका पेरिस में निधन हुआ।

यौवन की आँधी

पियरे लुई के विश्व प्रसिद्ध क्लासिक उपन्यास

Aphrodite (1896) का

सरल हिन्दी अनुवाद

पियरे लुई

हिन्द पॉकेट बुक्स

पेंगुइन रैंडम हाउस इम्प्रिंट

हिन्द पॉकेट बुक्स

यूएसए | कैनेडा | यूके | आयरलैंड | ऑस्ट्रेलिया
न्यू ज़ीलैंड | भारत | साउथ अफ्रीका | चीन | सिंगापुर

हिन्द पॉकेट बुक्स, पेंगुइन रैंडम हाउस ग्रुप ऑफ़ कम्पनीज़ का हिस्सा है,
जिसका पता global.penguinrandomhouse.com पर मिलेगा

पेंगुइन रैंडम हाउस इंडिया प्रा. लि.,
चौथी मंजिल, कैपिटल टावर -1, एम जी रोड,
गुड़गांव 122 002, हरियाणा, भारत

पेंगुइन
रैंडम हाउस
इंडिया

प्रथम संस्करण हिन्द पॉकेट बुक्स द्वारा 1995 में प्रकाशित
यह संस्करण हिन्द पॉकेट बुक्स में पेंगुइन रैंडम हाउस द्वारा 2022 में प्रकाशित

10 9 8 7 6 5 4 3 2

इस पुस्तक में व्यक्त विचार लेखक के अपने हैं, जिनका यथासंभव तथ्यात्मक सत्यापन किया गया है, और इस संबंध में प्रकाशक एवं सहयोगी प्रकाशक किसी भी रूप में उत्तरदायी नहीं हैं।

ISBN 9789353493004

www.penguin.co.in

FSC www.fsc.org MIX Paper from responsible sources FSC® C047271

This is a legitimate digitally printed version of the book and therefore might not have certain extra finishing on the cover.

परिचय

अफ्रोदिते (Aphrodite) फ्रांस के महान् कवि और उपन्यासकार पियरे लुई की लेखनी से जब उपजा, तो कौन जानता था कि यह उपन्यास सारी दुनिया में ज़बरदस्त हलचल पैदा कर देगा। सन् 1896 में यह प्रकाशित हुआ था। इसका प्रथम संस्करण हाथों-हाथ पाठकों ने समेट लिया, परन्तु आलोचकों ने विवाद खड़ा कर दिया। इस पर अश्लील होने का आरोप लगा दिया गया, परन्तु इसमें अश्लीलता तो थी ही नहीं। नैतिकता को कहीं से ज़रा भी नहीं छोड़ा गया। यह एक ऐसे युग और परिवेश की कहानी है, जिसमें घटनाएं, प्रसंग और पात्रों का आचरण सब कुछ सच्चाई के साथ दिखाया गया है, जिससे पाठक के मानस को प्रेरणा ही मिलती है और वह जीवन के बहुत बड़े सत्य से परिचित होता है। वास्तव में 'अफ्रोदिते' ऐलेक्ज़ेंड्रिया की एक अपूर्व सुन्दरी वैश्या की अद्‌भुत जीवन-

कथा है। इसमें मिस्र की प्राचीन सभ्यता और यूनान की संस्कृति के जीवंत चित्र हैं। इसकी कहानी में प्रेम है और इसकी व्याख्या भी सौंदर्य है और उसकी दिव्यता की दमक भी है। इसमें 'अफ्रोदिते' है, जो प्रेम और सौंदर्य की देवी है। यह देवी प्रतीक के रूप में कथा के भीतर प्राण फूंकती है और परिवेश को पवित्र प्रेम की ज्योति से जगमग कर देती है।

पियरे लुई ने अपनी लेखन कला की कुछ सीमाएं बना रखी थीं। लेखन के मामले में उनकी अपनी ख़ास पसंद भी थी, जैसे कि वह चाहते थे कि मूर्तिपूजक समाज की मानसिकता की व्याख्या करें और रचना शैली भी विशिष्ट हो, ऐसी कि जिसे क्लासिक का दर्जा मिले। 'अफ्रोदिते' उपन्यास वास्तव में इस रूप में खरा उतरता है। यह लुई के चमत्कारी लेखन-कौशल का अपूर्व नमूना है।

10 दिसम्बर, 1870 को घेंट (Ghent) में जन्मे लुई 'परनाशियन' के दीवाने थे। साथ ही उनका प्रतीकवादी सर्किल से भी गहरा लगाव था। वास्तव में 'परनाशियन' को यूं समझा जा सकता है कि यह फ्रेंच काव्य का एक 'स्कूल' है, जो इस पर विश्वास करता है कि 'कला कला के लिए ही है'। इस सिद्धान्त को मानने वाले कवि हुए, उन्हें इस 'स्कूल' का सदस्य कहा गया है। पियरे लुई का एक दोस्त क्लाउड डेबसे इस वैचारिकता में उनके साथ था, जो स्वयं भी एक स्वर-रचनाकार था।

उन्होंने छोटी-छोटी जीवंत साहित्य समीक्षाओं पर प्रयोग किया और इसे स्थापित करके एक छाप छोड़ी। 'ल कोंके' (1891) पुस्तक इसका रेखांकित किया जाने वाला उदाहरण है।

सैफ़ो एक यूनानी कवयित्री हुई। पियरे लुई ने एक गद्य-काव्य की रचना की। 1894 की इस कृति का नाम है 'चान्संस डी ब्लिटिस'। पारखियों ने उसे सैफ़ो जैसे प्रेम का काव्य कहा।

पियरे लुई को 'यौवन की आंधी' (अफ्रोदिते) ने जितना प्रसिद्ध बनाया, उससे भी अधिक ख्याति 1898 के उपन्यास 'ला फ़ेम एट ली पेनटिन' को मिली। इसका अंग्रेज़ी रूपान्तर सन् 1908 में छपा, जिसका नाम था 'वूमेन एण्ड पपेट'।

लुई की कीर्ति सौंदर्यवादी और कलावादी आधारों पर खड़ी थी, जो बाद में इनके अड़ियल रवैये के कारण फीकी होने लगी। अपने समय के इस बेहद विवादास्पद रचनाकार का निधन पेरिस में 4 जून, 1925 को हो गया।

'अफ्रोदिते' सही मायनों में संसार के कुछ ही महान् उपन्यासों में से एक हैं। इसका सृजन एक काव्य, एक संगीत की तरह हुआ है। परिवेश इतना भव्य है कि जैसे स्वप्न-लोक में विचरण कर रहे हों। क्राइसिस ही वह गणिका है, जिसकी सुंदरता तथा नाज़-ओ-अंदाज़ का कोई ठिकाना नहीं। वह बहुत मग़रूर भी है। एक है डिमिट्रियोस, जो कि महान् मूर्तिकार है। तीसरी तरफ़ वहां की साम्राज्ञी है, जो उस मूर्तिकार पर हज़ार जान से फ़िदा है। डिमिट्रियोस साम्राज्ञी को 'मॉडल' बना कर 'अफ्रोदिते', यानी प्रेम और रूप की देवी की प्रतिमा बनाता है। प्रतिमा की मंदिर में प्राण प्रतिष्ठा होती है। उसके गले में बहुमूल्य हार पड़ा है।

डिमिट्रियोस अचानक क्राइसिस को देखता है, तो सुध-बुध खो देता है। उसे जुनून की हद तक चाहने लगता है। मग़रूर गणिका क्राइसिस उसे प्रेम के तोहफ़े में तीन चीज़ें लाकर देने का आग्रह

करती है। वे चीज़ें है–एक हार, एक कंघा और एक दर्पण। मूर्तिकार चोरी और हत्या जैसे अपराध करता है, क्योंकि प्रेम उसे अंधा बना देता है। आख़िर वह तीनों चीज़ें लाकर उसे दे देता है।

अंत में क्राइसिस को इस अपराध का दण्ड मिलता है और उसकी देह लाश बनकर मिट्टी में मिल जाती है। डिमिट्रियोस उसी मिट्टी को फिर रूपाकार देता है और क्राइसिस की प्रतिमा बन कर तैयार हो जाती है।

क्राइसिस

वह अपने वक्षस्थल के सहारे लेटी थी। कोहनियां आगे बढ़ाए और अपने कपोल को हाथ का सहारा देती हुई वह अपनी लम्बी सुनहरी पिन के द्वारा हरी लिनेन से मढ़े हुए तकिए पर समान आकार के छिद्र बनाती जा रही थी। उसके पैर एक दूसरे से दूर चौड़े फैले हुए थे।

क्योंकि मध्याह्न के दो घण्टे बाद उसकी आंखें खुली थीं और बहुत अधिक सोने के कारण उसकी देह अलसाई हुई थी, इसलिए अपने इस शिकन-भरे बिस्तर पर अलस भाव से अकेले ही पड़ी थी। शैया पर बना दूसरा शयन-स्योत भी उसकी घनी केशराशि से ढक गया था।

यह केशराशि घनी और चमकदार थी, समूर के समान कोमल, डैने से भी लम्बी, सुचिक्कण तथा जीवन के सम्पूर्ण स्पन्दन और ऊष्मा से पूर्ण। प्रायः उसका आधा पृष्ठभाग उससे ढका था और सम्पूर्ण देह पर खेलती हुई यह केशावलि घुटनों तक गोल-गोल लहरियां बनाती हुई छिटक रही थी। इस सुकोमल, सुनहरी और धवल केशराशि से किसी चमकती हुई धातु की तरह छटा प्रकीर्ण होती रही थी। यही कारण था कि अलेक्ज़ेण्ड्रिया के नारी-वर्ग ने उसे क्राइसिस जैसे नाम से समादृत किया था।

यह सुचिक्कण केशराशि दरबार के सीरियनों के बालों से पृथक् थी, एशियावासियों के हलके रंग के बालों और मिस्र की महिलाओं के काले बालों से भी भिन्न थी। रेगिस्तान के पार गैलीलिया देश के आर्यों के बालों से ही उसके बाल मिलते थे।

क्राइसिस, उसे यह नाम बहुत प्यारा था। तरुण जो उसके यहां आते थे, वह उसे क्राइसी कहकर पुकारते थे–अफ्रोडाइटी की तरह, जिसको वह प्रात:काल गुलाब की पुष्पमाला पहनाकर वंदना किया करते थे। अफ्रोडाइटी में क्राइसिस की आस्था नहीं थी, लेकिन उसे इस बात से प्रसन्नता थी कि वे लोग देवी से उसकी तुलना करते हैं और वह कभी-कभी उसके मन्दिर में भी जाती थी और एक मित्र की तरह वह उसे इत्रदान और नीली ओढ़नी भेंट किया करती थी।

उसका जन्म गेना सारेट की झील के तटवर्ती प्रदेश में हुआ था। यह घनी हरियाली से भरा देश है। यहां सूर्य प्रखरता से चमकता है और चारों तरफ़ गुलाब-पुष्पों से लदी लताएं झूमती हैं। उसकी मां शाम के समय यरूशलम की सड़क पर यात्रियों और सौदागरों की तलाश में बैठती थी। गैलीली की वह एक अत्यन्त प्रतिष्ठित महिला थी। पुजारी लोग उसके द्वार पर जाते थे, क्योंकि वह दानशीला और पवित्र थी, बलि के लिए मेमना सदा ही उसके धन से ख़रीदा जाता था और देवताओं का आशीर्वाद सदैव ही उसके घर को समृद्धि से भरता था, लेकिन जब वह गर्भवती हो गई और एकान्तवास करने लगी, तो उसकी इस हालत को लेकर चारों तरफ़ चर्चाएं होने लगी थीं। एक आदमी ने, जो एक प्रतिष्ठित भविष्य-वक्ता स्वीकार किया जाता था, यह कह दिया था कि उसके पेट से एक ऐसी कन्या जन्म लेगी 'जिसके कंठ में राष्ट्र की समृद्धि और विश्वास का निवास होगा।' इस भविष्यवाणी का अर्थ तो उसकी समझ में नहीं आया, किन्तु उसने लड़की का नाम साराइ रख दिया–हिब्रू में जिसका अर्थ राजकुमारी होता है, और नई चर्चा से उसके विषय में फैली हुई बदनामियां समाप्त हो गईं।

लेकिन क्राइसिस को इस भविष्यवाणी का कभी भी पता नहीं चला, क्योंकि दैवज्ञ ने उसकी मां को सावधान कर दिया था कि भविष्यवाणी की नायिका को यदि यह रहस्य बता दिया जाएगा, तो उसका कितना भयंकर परिणाम निकल सकता है! इसलिए क्राइसिस को अपने भविष्य का कुछ भी पता नहीं था। वह अक्सर उसकी कल्पना ही किया करती थी। अपने बचपन के विषय में भी उसे बहुत थोड़ी-सी बातें याद थीं और न वह उसकी चर्चा करना ही पसन्द करती थी। केवल एक ही बात उसे स्मरण थी और वह यह कि जिस समय उसकी मां सड़क पर जाया करती थी, तो उसे कई घण्टों के लिए मकान में बन्द रहना पड़ता था। ज्योंही वह घड़ी निकट आती, वह चिन्ता से भर उठती थी। उसे कभी-कभी उस खिड़की की भी याद आती थी, जहां बैठकर वह झील के पानी, नीले कोहरे से भरे खेत, पारदर्शी आकाश को देखा करती थी और गैलीलियन देश की हलकी वायु को अपने फेफड़ों में भरती थी। उसके घर के चारों ओर गुलाबी पटसन और झाऊ के वृक्ष थे। नीली घास रूपी कुहासे के ऊपर कटीली कैयर की झाड़ियां अपने गुच्छे उठाए होती थीं।

छोटी-छोटी लड़कियां चश्मे के उज्जवल जल में स्नान करती थीं, जहां उन्हें फूलों की जड़ों में लाल घोंघे पड़े मिल जाते थे। जल की सतह पर चरागाह के विस्तृत प्रदेशों में चारों ओर फूल ही फूल थे और पर्वत पर भी महान् कमल-पुष्प खिले होते थे।

एक बार कुछ सौदागर हाथी दांत लेकर 'टायर' की ओर जाते हुए घोड़ों पर सवार उधर से निकले। क्राइसिस को वह एक कुएं पर मिले थे। वह उस समय केवल बारह वर्ष की ही थी और उनके साथ चल पड़ी थी। इन सौदागरों ने अपने लम्बी पूंछ वाले घोड़ों को अनेक रंग वाले मुकुटों से सजाया हुआ था। उसे अच्छी तरह याद है, वह किस तरह उसे अपने साथ ले गए थे। वे लोग प्रसन्नता से पीले पड़ रहे थे और अपने घोड़ों पर चढ़कर देर तक सफ़र करते रहे थे। वह रात इतनी उज्ज्वल थी कि आकाश में एक भी तारा दिखाई नहीं देता था।

उसे टायर में उनका वह प्रवेश भी भूला नहीं था, जबकि वह एक लद्दू घोड़े पर बैठी हुई थी, उसकी अयाल को हाथों से जकड़े हुए और अपनी नंगी पिंडलियों को नगरवासियों की ओर उछालती जा रही थी। उसके मन में स्वयं एक स्त्री होने का गौरव भरा हुआ था। उसी संध्या को वह मिस्र के लिए चल पड़े थे। वह हाथी दांत के सौदागरों के साथ ही एलेक्ज़ेण्ड्रिया के बाज़ार में पहुंच गई थी।

और वहां जब दो महीने के बाद वह उसे छोड़कर गए, तो उसके पास एक सफ़ेद भवन था, जिसमें एक विशाल चबूतरा था और छोटे-छोटे स्तम्भ थे, उसका पीतल का आइना, कोमल ऊनी तोशक, नए कुशन और एक सुन्दरी हिन्दू दासी थी, जो केश-शृंगार करने में दक्ष थी।

वह नगर के अत्यन्त पूर्वी प्रदेश में रहती थी। इस प्रदेश में ग्रीक युवक जाना पसन्द नहीं करते थे। इसलिए बहुत समय तक अपनी मां की तरह वह यात्रियों और सौदागरों से ही मिलती रही। अपने यहां आने वालों से वह दोबारा नहीं मिलती थी। वह उनसे अपना मनोविनोद करती। पूर्व इसके कि प्रेम के तत्व उसके मन में जड़ जमाने पाते अकस्मात् उन्हें छोड़ भी सकती थी। तब भी उसने लोगों के दिलों में देर तक ठहरने वाली तड़प पैदा कर दी थी। अनेक क़ाफ़िलों के मालिक अपने माल को औने-पौने बेचकर अपना दिवाला निकालने पर भी केवल कुछ दिन उसके सहवास का सुख प्राप्त करते देखे गए थे। इन्हीं लोगों के भेंट-उपहारों से उसने हीरे-जवाहरात, शैया-कुशन, दुर्लभ इत्र-सुगन्धियां, बेल-बूटों से कशीदा की हुई पोशाकें और चार दासियां ख़रीदी थीं।

वह अनेक बोलियां समझने लगी थी और अनेक देशों की प्रेम-कथाएं उसे याद हो गई थीं। असीरियनों ने उसे दाउज़ी और इश्तर और फ़िनिशियनों ने उसे अश्तारथ और अडोनिस की प्रेम-कथाएं सुनाई थीं। ग्रीक लड़कियों ने उसे इफ़िस की दन्तकथा बतलाई

थी और उसे अतलान्ता की प्रेम-कथा भी मालूम थी और उसकी हिन्दू दासी ने उसे सात वर्ष की अवधि में पालीबोथरा[1] की पुजारिनों की दुरूह कला से भी परिचित करा दिया था।

क्योंकि प्रेम करना भी संगीत की तरह ही एक कला है, उससे उतनी ही मात्रा में उत्तेजना मिलती है, उतनी ही कोमल और संचारी, शायद उससे भी अधिक घनतायुक्त और क्राइसिस, जो कि उसकी मधुर भीड़ और रहस्यमयता से भली-भांति अवगत थी, अपने को मन्दिर की प्रसिद्ध गायिका प्लेन्गों से भी महानतर कलाकार मानती थी और उसकी इस मान्यता में भी औचित्य था।

सात वर्ष तक वह इसी प्रकार रहती रही। उसकी कल्पना में अपने जीवन से अधिक सुखी और वैचित्र्यपूर्ण जीवन के लिए स्थान ही न था, लेकिन अपने जीवन को बीसवां वसन्त पूरा होने के कुछ ही दिन पूर्व, जब उसने यौवन से आगे बढ़कर नारीत्व की दहलीज पर क़दम रखा ही था, अकस्मात् एक महत्वाकांक्षा उसके अन्तर में पूरे वेग के साथ जाग उठी।

एक प्रातःकाल जब यह गहरी नींद से जागी थी, मध्याह्न के दो घण्टे बाद और बहुत अधिक सोने के कारण वह थक चुकी थी, वह अपने वक्षस्थल के सहारे पलंग के आर-पार लेट गई थी और पैर एक दूसरे से दूर-दूर फैलाए और अपने कपोल को हाथ के सहारे टिकाए वह हरी लिनेन के कुशन पर अपनी सुनहरी पिन से समान आकार के छोटे-छोटे छिद्र बनाती जा रही थी, वह अतीत की स्मृतियों में गहरी डूब गई थी।

पहले-पहल उसने चार बिन्दु बनाकर एक आयताकार घेरा बनाया और फिर उसके बीचों-बीच एक बिन्दु लगा दिया, फिर चार बिन्दु बनाकर इसकी अपेक्षा एक बड़ा आयताकार चित्र बनाया। तब उसने एक वृत्त बनाने की चेष्टा की, किन्तु यह काम कुछ दुष्कर था।

तब झुंझलाकर वह अनाप-शनाप छेद करने लगी और पुकारने लगी, "ज्वाला, ज्वाला!"

ज्वाला उसकी हिन्दू दासी थी, जिसका नाम ज्वलन्तचन्द्र चपला था, लेकिन क्राइसिस इतना बड़ा नाम लेने में आलस अनुभव करती, इसलिए उसे ज्वाला ही पुकारती थी। दासी ने प्रवेश किया और दरवाज़ा खोलकर वह उसे बिना बन्द किए हुए ही खड़ी रही।

"ज्वाला, कल कौन आया था?"

"क्या आपको याद नहीं?"

"नहीं, मैंने उसकी ओर ध्यान ही नहीं दिया था। मैं थकी हुई थी। पूरे समय मैं उनींदी-सी रही और कुछ भी याद न रख सकी। क्या ख़ुशगवार आदमी था? वह कब लौटा था, जल्दी ही? वह मेरे लिए क्या भेंट लाया था? क्या वह कोई मूल्यवान वस्तु थी? नहीं, मुझे न

---

1. पाटलिपुत्र।

बताओ! मुझे उसकी चिन्ता नहीं है। वह क्या कहता था? क्या उसके जाने के बाद से कोई अभी तक नहीं आया? क्या वह लौटकर आएगा? मुझे मेरे कंकण तो दो।"

दासी आभूषणों मंजूषा उठा लाई, लेकिन क्राइसिस ने उस ओर ध्यान भी नहीं दिया और अपना हाथ भरसक ऊंचा उठाकर उसने कहना शुरू किया "आह, ज्वाला!... आह, ज्वाला!... मैं जीवन में कुछ असाधारण साहसपूर्ण कार्य करना चाहती हूं!"

"दुनिया की प्रत्येक वस्तु असाधारण है," ज्वाला ने कहा, "या फिर कुछ भी नहीं, सभी दिन एक समान होते हैं।"

"नहीं, नहीं, पहले कभी ऐसा नहीं अनुभव हुआ। दुनिया के हर देश में देवताओं का इस भूलोक पर अवतरण हुआ है और उन्होंने मानवों से प्रेम किया है। आह, मैं किस प्रकार उनकी प्रतीक्षा करूं, वह कौन-से वन-प्रान्त हैं, जहां उनकी उपलब्धि होती है, जो मानवों से कुछ अधिक होते हैं। किस प्रकार उनकी आराधना करूं कि वह आएं और मुझे सब कुछ सिखा दें, या फिर जो कुछ मैं जानती हैं, वह सभी कुछ भुला दें; और अगर देवताओं का अब से आगे पृथ्वी पर अवतरण नहीं होगा, अगर वे मर चुके हैं, या अत्यधिक जराजीर्ण हो चुके हैं, तो ज्वाला मैं भी मर जाऊंगी और कोई भी मानव मेरे जीवन में ऐसा न आएगा, जो दुःखपूर्ण घटनाओं का आविष्कार कर सके!"

वह अपनी पीठ की तरफ़ चेहरा रखे लेट गई और अपनी अंगुलियों को मीड़ने लगी।

"अगर किसी ने मेरी आराधना की, तो मुझे ऐसा लगता है कि मैं उसको इतनी वेदना पहुंचाऊंगी कि वह उसके कष्ट से मर जाएगा। जो लोग मेरे पास आते हैं, वे चार आंसू बहाने मात्र भी नहीं हैं; और फिर यह कुसूर भी तो मेरा ही है, मैं उन्हें बुलाती हूं, तो फिर क्यों न वह मुझे प्यार करें?"

"आज कौन-सा कङ्कण पहनना है?"

"मैं सभी को धारण करूंगी, लेकिन मुझे अकेला छोड़ दो। मुझे कोई भी नहीं पहनना!"

"क्या आप बाहर नहीं जाएंगी?"

"हां, मैं अकेले ही जाऊंगी, अकेले ही अपना शृंगार करूंगी; और लौटकर नहीं आऊंगी। जाओ, मेरे पास से हट ज़ाओ!"

उसने अपना एक क़दम गलीचे पर रख दिया और सीधी तनकर खड़ी हो गई। ज्वाला चुपचाप बाहर निकल गई थी।

वह मन्थर गति से कमरे के बाहर जाने लगी। उसके हाथ गर्दन के पीछे एक दूसरे से गुंथे थे और वह प्रस्वेद-स्नात अपनी टांगों को ठंडे फ़र्श पर फैलाकर काल्पनिक स्पर्श-सुख अनुभव कर रही थी, फिर वह अपने स्नानागार में चली गई। जल के अन्दर अपने अंगों के गठन देखकर उसे अत्यन्त आह्लाद हुआ। उसने अनुभव किया, वह एक

मोती को अंक में धारण करने वाली सीपी है, जो किसी चट्टान पर खुली पड़ी है। उसकी त्वचा समवर्ण और सम्पूर्णता को प्राप्त हो गई थी। गहरे नीले प्रकाश में उसकी देह-यष्टि को पृथक करने वाली रेखाएं दीर्घतर प्रतीत होने लगी थीं, सम्पूर्ण अंग अत्यन्त कोमल हो गया था और वह अपने हाथों को पहचान नहीं पाती थी। उसका अंग इतना भारविहीन हो गया था कि वह दो अंगुलियों के बल उसे तौल सकती थी। वह क्षण भर को तैरने लगी और फिर सहसा पीछे लौट पड़ी। इस आन्दोलन से जल तंरगों से भर उठा था और उसके चिबुक को दुलरा गया था। पानी उसके कानों में इस प्रकार भर गया, जैसे किसी ने चुम्बन अंकित कर दिया हो।

यह स्नान का क्षण ही वह सर्वप्रथम समय था, जहां क्राइसिस स्वयं अपने रूप पर मोहित हो उठी थी। उसकी देह की सुन्दरता ने उसके अन्दर कोमल कल्पनाओं और प्रशंसा की भावना को जगा दिया था। अपने केशों और हाथों से वह सहस्रों क्रीड़ाएं करती रही और तब वह एक शिशु के समान धीरे-धीरे हंसने लगी।

शनैः शनैः दिन समाप्त हो गया। वह हौज़ में ऊपर उठी, पानी से निकलकर बाहर आई और दरवाज़े की ओर बढ़ने लगी। उसके पग-चिह्न पत्थर पर अभी तक चमक रहे थे। वह जैसे शिथिलता अनुभव करने लगी थी। उसने कपाट खोल दिए और दोनों हाथों को फैलाए एक क्षण खड़ी रही, फिर अपने बिस्तर की ओर बढ़ गई। वह भीगी खड़ी थी और दासी को आदेश दे रही थी कि उसे सुखाए।

मालाबार निवासीनी उस दासी ने एक बड़ा स्पंज लिया और उसे क्राइसिस के सुनहरे बालों में प्रविष्ट कर दिया। स्पंज पानी से भर गया। उसने उसे सुखाया, छितराया और कोमल-सा झटका दिया और तब उसने उस स्पंज को एक तैल-पात्र में डुबो दिया और सुखाने से पूर्व उसने वह स्पंज अपनी स्वामिनी के अंग पर फेर दिया, जिससे कोमल त्वचा चमकने लगी।

क्राइसिस तब सहसा एक संगमरमर की ठंडी पीठिका पर बैठ गई और बोली, "मेरे केश सवारो!"

सांध्यकालीन किरणों के मध्य वह भीगी और भारयुक्त केशराशि ऐसी प्रतीत होती थी, जैसे सूर्य के प्रकाश में आकाश से झरने वाली वर्षा की कोई बौछार हो। दासी ने बालों के गुल्म हाथ में ले लिए और उनमें लहरें बना दीं। उसने बालों को इस प्रकार संवारा कि वह धातु के बने किसी सर्प के समान शीर्ष पर स्थिर हो गए और सोने की पिनें उसमें तीरों के समान बिंध गई। उसने उन्हें हरे बन्धन से बांध दिया और उसके तीन चक्र बनाए, ताकि वह रेशम के रंग से समुचित विरोध उपस्थित कर सकें। क्राइसिस एक हाथ की दूरी पर अपना तांबे का रंगीन आइना संभाले हुए थी। वह उस दासी के श्यामवर्ण हाथों की गति

को अलस भाव से देख रही थी, अपने घने बालों के गुच्छों और इधर-उधर बिखरी अलकों को सुन्दर केश-क्रोड़ों में परिवर्तित होते हुए देख रही थी। इतनी चतुराई से दासी ने बाल संवारे थे कि लगता था उसने सांचा लेकर मूर्ति का निर्माण कर दिया हो।

जब केश-शृंगार सम्पन्न हो गया, तो क्राइसिस ने धीमे स्वर में कहा, "अंगराग लगाओ।"

ड्योसकोरिस द्वीप से आया हुआ संदल का वह प्रसाधन-पात्र खोला गया। उसमें अनेक रंगों के अंगराग थे। ऊंट के बालों से बने हुए ब्रश से थोड़ा-सा श्यमावर्ण प्रलेप दासी ने पलकों पर लगा दिया, ताकि आंखें और भी अधिक नीली दिखलाई पड़ने लगे। दो हल्के-से स्पर्शों से उनको और भी विस्तृत कर दिया गया। एक नीला-सा सफ़ूफ़ पुतलियों पर छिड़क दिया गया। आंखों के दोनों कोयों में एक चमकीला सिन्दूर लगा दिया गया। तब इन रंगों को स्थिर करने के लिए मुंह पर इर्गजा प्रलेप किया जाना आवश्यक था। ज्वाला ने एक मोर पंख सफ़ेद प्रलेप में डुबो दिया और उससे क्राइसिस की बाहों और गर्दन पर कुछ धारियां बना दीं और ब्रश में किरमिज़ी रंग भरकर उसने मुंह में लगा दिया, फिर उसकी अंगुलियों ने कपालों पर एक लाल सफ़ूफ़ लगा दिया। तब एक रंगीन चर्म-निर्मित पैड से उसने उसकी कोहनियों पर थोड़ा-सा रंग लगाया और नाख़ूनों की सुर्ख़ी फिर से ताज़ा कर दी। इस प्रकार वह शृंगार समाप्त हो गया।

अब क्राइसिस ने मुस्कराना शुरू कर दिया था और हिन्दू दासी से कह रही थी कि संगीत प्रारम्भ करे। वह स्वयं अपनी संगमरमर की आराम कुर्सी में एक वृत्त बनाती हुई बैठी थी। उसकी पिनें उसके मुखमण्डल से निकलने वाली सुनहरी किरणों के समान चमक रही थीं। उसके हाथ वक्षस्थल पर सिमटे हुए और उसके रंगीन नाख़ून कन्धों के मध्य स्वतः एक चन्द्रहार का रूप धारण कर चुके थे। उसके पैर पत्थर पर जुड़े हुए रखे थे। ज्वाला दीवार के सहारे बैठ गई और प्राचीन भारत के प्रेम-गीतों को स्मृति-पटल पर उतारने लगी। "क्राइसिस... !" वह मध्यम स्वर में गाने लगी, "क्राइसिस ! तुम्हारे केश मधु-मक्षिकाओं के छत्ते के समान हैं, जो वृक्ष की शाखा पर शान्त होकर विश्राम कर रहा है। गर्म पुरवैया बयार इसमें से प्रेम के बिन्दु वहन करती और रात्रि में खिलने वाले पुष्पों का गीला पराग लेकर बह रही है।" उस युवती ने और भी धीमे स्वर से गीत को उठा लिया, "मेरी केशराशि मैदान में निरन्तर बहने वाली उस सरिता के सामान है जो संध्या की अरूणाभा में डूबी हुई हो।"

तब क्राइसिस और उसकी दासी एक के बाद दूसरी इस प्रकार गाने लगीं, "तेरी आंखे नीले कमल के समान हैं, जिनमें मृणाल नहीं है, परन्तु जो फिर भी जल की सतह पर खिले हुए हैं।"

"मेरी आंखें मेरी पलकों की घनी छाया में उस सरोवर के समान प्रतीत होती हैं, जिसपर चारों ओर से घनी छायादार शाखाएं घिर आई हों।"

"तेरे होंठ दो कोमल फूल हैं, जिन पर हिरन का रक्त गिर गया है।"

"मेरे होंठ किसी ज़ख़्म के झनझनाते हुए दो किनारे हैं?"

"तेरी जिह्वा एक ख़ूनी ख़ंजर है, जिसने तेरा यह चेहरा रूपी व्रण बनाया है।"

"मेरी जिह्वा के ऊपर मूल्यवान पत्थर जड़े हुए हैं। मेरे होंठों की प्रतिछवि पाकर वह लाल हो उठे हैं।"

"तेरी बाहें दो सुडौल गजदन्तों के समान हैं और तेरी बग़लें दो मुंहों के समान हैं।"

"मेरी बाहों का विस्तार कमल-नाल के समान है और मेरी पांच अंगुलियां कमल की पांच पंखुड़ियों के समान हैं?"

"तेरी जंघाएं दो सफ़ेद हाथियों की सूंडों के समान हैं और तेरे चरण ऐसे हैं, जैसे सूंडों ने मुंह में दो कमल-पुष्प संभाले हुए हैं।"

"मेरे चरण-कमल दो पंखुड़ियों के समान हैं और मेरी जंघाएं कमल की दो फूली हुई कलियों के समान हैं।"

"तेरा वक्ष चांदी की ढाल के समान है।"

"यह चन्द्रमा है... और चन्द्रमा का जल में प्रतिबिम्ब है।" एक मधुर नीरवता एक क्षण के लिए छा गई, दासी ने अपने हाथ ऊपर उठाए और तब झुककर प्रणाम किया। क्राइसिस कहती रही, "मैं एक किरमिज़ी रंग का गुचा हूं, जो मधुर पराग और अमृत से परिप्लावित है...मैं सागर में निवास करने वाली नागकन्या हूं... कोमल और रात्रिजीवी पुष्प... मैं एक कुआं हूं, जो कि सदा गर्म रहने वाली सीमाओं से घिरा है।"

प्रणत दासी ने बुदबुदाया, "तू मेदुसा[1] के मुख के समान रौब वाली है।"

क्राइसिस ने अपना पैर झुकी हुई दासी की गर्दन पर रख दिया और कांपते हुआ कहा, "ज्वाला... !"

शनैः शनैः रात्रि का आविर्भाव हो चुका था, लेकिन चन्द्रमा इतना जाज्वल्यमान था कि सम्पूर्ण कक्ष नीले प्रकाश से भरा था। निर्वसना क्राइसिस अपनी त्वचा से प्रकीर्ण होती छटा को निरन्तर देखती रही थी और उन स्थलों को भी, जहां स्वयं उसी के अंगों की छाया गहरी हो उठी थी। वह सहसा उठ खड़ी हुई, "ज्वाला, हम किस चीज़ का ध्यान कर रहे हैं। रात हो गई और मैं अभी तक बाहर नहीं जा सकी। हेप्टेस्टेडियन पर केवल कुछेक नौसैनिक ऊंघते मिलेंगे अब तो। मुझे बताओ ज्वाला, क्या मैं सचमुच हसीन हूं?" और दुगने उत्साह से अपने प्रश्न को दोहराती हुई बोलने लगी, "मुझे बताओ ज्वाला, क्या मैं आज रात सदैव

1. मेदुसा (Medusa) ग्रीक पौराणिक गाथा में तीन राक्षसियों में से एक जिसके बालों में सर्पों का वास था, जो भी उसकी ओर देखता था वह उसकी नज़र से पत्थर बन जाता था।

से अधिक सुन्दर लग रही हूं? मैं अलेक्ज़ेण्ड्रिया की सुन्दरतम रमणी हूं? क्या तुम जानती हो कि जो मेरी तिरछी निगाहों का शिकार होगा, वह कुत्ते की तरह मेरे पीछे-पीछे नहीं फिरने लगेगा? क्या मैं जिस तरह चाहूंगी, उसे नचा नहीं सकूंगी; उसे अपनी सनक का ग़ुलाम नहीं बना सकूंगी? उस पहले आदमी से जो मेरी ओर आकर्षित होगा, क्या मैं उसे अधम से अधम काम करने के लिए प्रेरित नहीं कर सकती? मेरा श्रृंगार करो ज्वाला!"

उसकी बाहों पर दो रजत -नाग लहरा उठे, उसके पैरों में सैण्डलों की जोड़ी शोभित होने लगी, जो उसके किशमिशी रंग के टखनों तक चमड़े के फ़ीतों से कसे हुए थे। उसने अपनी कटि में स्वयं करधनी कस ली। उसने अपने कानों में चक्राकार कर्णफूल पहने, अंगुलियों में मुद्रिकाएं और आरसी धारण की और गले में तीन स्वर्ण हार धारण किए, जो पेफ़ोस के स्वर्णकारों द्वारा तैयार किए गए थे।

केवल आभूषण पहनकर वह काफ़ी देर तक अपने आप को देखती रही। तब उसने सन्दूक़ में से लिनेन का पीत परिधान निकाला और आपाद-मस्तक समस्त शरीर उससे आवेष्टित कर लिया। महीन वस्त्रों में से उसके अंगों का गठन स्पष्ट झलक रहा था। उसकी एक कोहनी ढकी थी और दूसरी खुली थी, जिससे वह अपने अधोवस्त्र संभालती थी, ताकि वह धूल में घिसटता न चले।

उसने डैनों से बना हुआ पंखा लिया और बाहर चली गई।

ड्योढ़ी की सीढ़ियों पर सफ़ेद दीवार पर हाथ टिकाए ज्वाला खड़ी हुई अपनी स्वामिनी को जाते हुए देख रही थी।

वह उस निर्जन गली से होती हुई जा रही थी, जिसकी निर्जनता पर केवल सफ़ेद चांदनी ही पड़ रही थी। एक छोटी छाया नर्तन करते हुए उसकी पीठ-पीछे फुदकती चल रही थी।

सागर-तट

एलेक्ज़ेण्ड्रिया की चौपाटी पर एक लड़की खड़ी हुई गा रही थी। उसके दो साथी कमर तक ऊंची दीवार पर बैठे हुए अलगोजा बजा रहे थे।

बनदेवताओं ने वन की अप्सराओं को घने जंगलों में पहुंचा दिया,
और सागर की अप्सराएं भी लाचार होकर
पर्वत की ओर भाग खड़ी हुईं,
वे क्रुद्ध थीं, उनकी आंखों में आंसू थे और बाल बिखरे थे,

उन्हें पकड़ लिया गया और घास पर बिठा दिया गया,
उनके अर्ध दैवी गात्र कांपते हुए समाप्त हो गए।
सौंदर्य का देवता स्त्रियों के होठों पर सदैव ही,
कसकती हुई और मधुर लालसा पाता है।

अलगोजा बजाने वालों ने अपने स्वरों में सौंदर्य का देवता कहकर ज़ोरों से स्वर ऊपर उठाया और फिर एक आह खींचकर समाप्त कर दिया।

साइवेली, अटीज को खोजती-खोजती
मैदान की ओर भागी,
सौंदर्य के देवता ने उसके हृदय को प्रेम के
बाणों से बींध दिया था,
लेकिन वह उससे नफ़रत करता था
क्यों सौंदर्य का देवता लालसा का प्रतिदान,
घृणा से ही देता है
उसने ठंडी सांस खींची
और मृत्यु का स्वागत किया।
सौंदर्य का देवता स्त्रियों के होंठों पर सदैव ही
कसकती हुई और मधुर लालसा पाता है।
और सौंदर्य का देवता कहकर अलगोजे का स्वर फिर आकाश में गूंज उठा।
साइरिक्स रुदन करती हुई तट पर आई,
और तब आगे ही भागती गई...
वह अजाचरण की कामातुर दृष्टि को बचाती हुई भागी,
उसकी कांपती हुई छाया चश्मे के किनारे
उगी घास से कानाफूसी करती हुई जाती थी।

इन्हीं भावनाओं को चित्रित करते हुए अलगोजा बजाने वालों ने अलगोजे की आत्माओं को जाग्रत किया।

सौंदर्य का देवता स्त्रियों के होठों पर सदैव ही
कसकती हुई और मधुर लालसा पाता है।

जिस समय गाना समाप्त हो गया, तो लड़की ने अपने चारों ओर खड़े हुए लोगों की तरफ़ हाथ फैलाया और उसे चार अबोली (सिक्का) प्राप्त हुए।

धीरे-धीरे सारी भीड़ विदा हो गई। उसे अपार भीड़ के विदा होने का दृश्य भी अजीब था। लोगों के पैरों की आहट और असंख्य कंठों से निकलते हुए स्वर ने सागर के घोष को

भी ढक लिया था। नौसैनिकों ने कन्धों पर लादकर अपना सामान जहाजों से सागर-तट पर उतारना शुरू कर दिया था। फल बेचने वाली छोकरियां उनके निकट से होती हुई गुज़र गईं। उनकी टोकरियां अभी भी फलों से भरी हुई थीं। फ़क़ीर कांपते हाथों से भीख मांग रहे थे। चमड़े की बनी हुई बोतलों से लदे गधे अपने मालिकों के डण्डों के भय से ठकाठक करते चले जा रहे थे। यह समय शाम का था और विदा होने वाली भीड़ की तरह लोगों की एक बड़ी भीड़ चौपाटी पर ही इधर-उधर घूम रही थी। जगह-जगह पर लोगों ने समूह बना लिए थे और सभी समूहों के बीच में स्त्रियां वर्तमान थीं। कुछ लोग प्रसिद्ध मूर्तियों को नाम लेकर पुकारते सुनाई पड़ते थे। तरुण लोग उन दार्शनिकों की ओर देख रहे थे, जिन्होंने जीवनपर्यन्त नारी-जीवन पर चिन्तन किया था। इन लोगों में अनेक वर्गों और स्थितियों के लोग थे। उनमें वे लोग भी थे, जिन्हें बड़ी भारी सामाजिक प्रतिष्ठा प्राप्त थी और जो रेशमी और जड़ाऊ पोशाक पहने हुए थे। अत्यन्त दरिद्र लोग भी थे, जो नंगे पैर ही चल रहे थे। ग़रीब लोग दूसरों से कम सुन्दर नहीं थे। हां, केवल कम सौभाग्यशाली अवश्य थे। इन सत्पुरुषों की दृष्टि उन लोगों पर पहले पड़ती थी, जिनकी सहज रूपछटा को मणि-माणिक्यों और जड़ाऊ पोशाक तथा आभूषणों ने आच्छादित नहीं कर लिया था, क्योंकि यह समय अफ्रोडाइटी (यूनानी सौंदर्य की देवी) के उत्सव के पूर्व का था, इसलिए हर स्त्री को अपनी मनचीती पोशाक धारण करने की पूरी सुविधा थी और जो अत्यन्त तरुण थीं, उन्होंने किंचितमात्र वस्त्र धारण करने के प्रति भी उपेक्षा ही रखी थी, लेकिन इस आचरण पर कोई भी आश्चर्य प्रकट करता नहीं दिखाई देता था, क्योंकि अगर उनकी त्वचा में कोई ऐसा रोग होता, जो उन्हें हास्यास्पद बनाता, तो शायद लड़कियां किसी प्रकार भी वैसा आचरण न कर सकती थीं।

"ट्राइफ़ेरा! ट्राइफ़ेरा!"

एक ख़ुशमिज़ाज महिला ने भीड़ में जाती हुई अपनी एक परिचिता को पहचानकर अपने आसपास के लोगों को कुहनी से धकेलना शुरू कर दिया था, "ट्राइफ़ेरा, क्या तुम भी निमन्त्रित की गई हो?"

"कहां, सेसो?"

"बच्चीज़ के यहां।"

"अभी तो नहीं, क्या वह लोगों को खाने पर बुला रही है?"

"हां, खाना भी और जशन भी, मेरी प्रिय, और वह पर्व से अगले दिन अपनी सर्वाधिक सुन्दरी दासी अप्रोडीसिया को मुक्त कर रही है।"

"आख़िर उसकी समझ में आ गया कि आने वाले लोग अब उसके लिए नहीं उसकी दासी के लिए ही आते हैं।"

"मेरा विचार है कि उसने आज तक देखा तो कुछ भी नहीं है, लेकिन खाड़ी के कप्तान चेरीज़ को वह पसंद है। वह दस मिन्क्स देकर उसे ख़रीदना चाहता था, बच्चीज़ ने इन्कार कर दिया। बीस मिन्क्स पेश करने पर भी उसने इन्कार कर दिया।"

"वह तो पागल है!"

"तुम उससे और अधिक आशा भी क्या कर सकती हो। उसकी महत्वाकांक्षा थी कि वह अपनी किसी ग़ुलाम को मुक्त करने का गौरव प्राप्त करे, लेकिन उसका इस तरह सौदा करना भी उचित ही था। चेरीज़ पैंतीस मिन्कस देगा और इस मूल्य पर लड़की मुक्त हो जाएगी।"

"पैंतीस मिन्क्स! तीन हज़ार पांच सौ डैक्मा! तीन हज़ार पांच सौ ड्रैक्मा एक नीग्रो लड़की के लिए!"

"लेकिन वह एक गोरे की लड़की है।"

"फिर भी, उसकी मां तो काली है।"

"बच्चीज़ ने घोषित कर दिया था कि उससे कम में वह बात करने के लिए भी तैयार नहीं है। चेरीज़ उस पर इतना आसक्त है कि वह तैयार हो गया।"

"क्या उसे निमन्त्रित किया गया है, कम से कम उसे तो ज़रूर किया गया होगा?"

"नहीं, फलों के अन्तिम दौर के बाद जशन में उसका नृत्य होगा। तब अगले दिन वह चेरीज़ को सौंप दी जाएगी, लेकिन मैं सोचती हूं, तब तक तो वह बहुत थक चुकी होगी?"

"उस पर रहम करने की ज़रूरत नहीं है। उसके साथ रहकर उसे अपनी थकान दूर करने का अवसर मिल जाएगा। मैंने उसे सोते हुए देखा है। मैं उसे जानती हूं सेसो।"

वह दोनों मिलकर चेरीज़ का उपहास करने लगीं और तब एक दूसरे को साधुवाद देने लगीं।

"आज तो बहुत सुन्दर पोशाक पहनी हो," सेसो ने कहा, "क्या घर पर कढ़वाई है?"

ट्राइफ़ेरा की पोशाक एक बहुत महीन कपड़े की थी और उस पर ख़ूबसूरत फूलों की कढ़ाई की गई थी। उसके बाएं कंधे पर सोने का एक कार्बंकल लगा हुआ था और पूरी पोशाक धातु के कमरबन्द तक ग्रीवा-वस्त्र की तरह लटकती थी। पैरों के उठने से पोशाक में जो आन्दोलन होता था, उससे शरीर का गौर वर्ण स्पष्ट हो उठता था।

"सेसो," एक और आवाज़ सुनाई पड़ी, "सेसो और ट्राइफ़ेरा, इधर आओ, अगर तुम्हें कुछ भी सूझ नहीं रहा है। मैं तो दीवार पर अपना नाम देखने जा रही हूं।"

"माउसेरियन , तुम कहां से आ रही हो, छुटकनी?"

"मैं फ़ेरोज़ से आ रही हूं। इस समय वहां कोई नहीं है।"

"क्या मतलब है तुम्हारा, वहां तो इतनी भीड़ रहती है कि लाइन में खड़े होकर काम

चलाना पड़ता है।"

"लेकिन मुझे मछलियों की दरकार नहीं है, इसलिए मैं तो दीवार की तरफ़ जा रही हूं। आना हो तो तुम भी आओ।"

रास्ते में सेसो ने बच्चीज़ के यहां के जशन का फिर ज़िक्र छेड़ दिया।

"ओह बच्चीज़ के यहां," माउसेरियन ऊंची आवाज़ में बोली, "तुम्हें पिछले डिनर की याद है ट्राइफ़ेरा, क्राइसिस के बारे में वहां क्या-क्या कहा गया?"

"कृपा करके उसे दोहराने की ज़रूरत नहीं है। जानती हो, सेसो उसकी मित्र है।"

माउसेरियन ने अपने होंठ काट लिए, लेकिन सेसो फिर भी बेचैन हो गई थी, "क्या, क्या कहते थे वह लोग?"

"ओह, ... बिल्कुल अनर्गल बातें।"

"लोग चाहे जो भी बातें करें," सेसो ने कहा, "लेकिन उसका मूल्य हम तीनों को मिलाकर भी अधिक है। जिस दिन भी वह बाहर निकल आई, तो मैं अपने अनेक ऐसे प्रेमियों को जानती हूं, जो कभी भी हमारे पास लौटकर नहीं आएंगे।"

"ओह, ओह!"

"ठीक है, मैं उसके कहने से न जाने कितनी ग़लतियां कर सकती हूं। मेरा विश्वास करो, उसके समान सुन्दर यहां और कोई भी नहीं है।"

बातें करते-करते तीनों लड़कियां सिरैमिक दीवार के निकट आ गई थीं। उस सफ़ेद भित्ति पर काली स्याही में एक के नीचे दूसरा नाम लिखा हुआ था। अगर कोई युवक किसी सुन्दरी को प्राप्त करना चाहता, तो वह उसका नाम और प्रस्तावित उपहार का नाम उस दीवार पर लिख देता था; और अगर वह व्यक्ति और वह उपहार लड़की को पसन्द होता, तो वह उस दीवार के साथ उस स्थान पर खड़ी हो जाती, जब तक लिखने वाला आ न पहुंचा होता।

"देखो सेसो," ट्राइफ़ेरा ने हंसते हुए कहा, "किसी मसख़रे ने उधर क्या लिख छोड़ा है?" और उन्होंने बड़े-बड़े अक्षरों में लिखे शब्दों को पढ़ा–

बच्चीज़

थेरसीटीज़

दो अबोली

"औरतों का इस प्रकार उपहास किया जाना निषिद्ध होना चाहिए। अगर मेरे लिए यह लिखा जाता, तो मैं तो इसकी छान-बीन करती।"

लेकिन कुछ दूर चलकर एक अधिक गम्भीर लिखाई के नीचे सेसो रुक गई–

सेसो आव बीडोज़

टाइमन लियाज़ का पुत्र

एक मीना

वह थोड़ी-थोड़ी पीली पड़ गई, "मैं यहां ठहरती हूं।" उसने कहा।

और वह रास्ता चलने वालों की दृष्टि में ईर्ष्या की भावना को जन्म देते हुए दीवार से पीठ सटाकर खड़ी हो गई।

कुछ क़दम चलकर माउसेरियन को भी अपनी चाह मिल गई। उपहार यद्यपि स्वीकार करने योग्य था, पर स्पृहणीय नहीं था। केवल ट्राइफ़ेरा चौपाटी पर लौटकर पहुंची।

चूंकि समय बहुत हो चुका था, इसलिए भीड़ इतनी खचाखच नहीं थी, लेकिन फिर भी तीन गायक गा रहे थे और उनका अलगोजा बज रहा था। ट्राइफ़ेरा ने एक आदमी को देखा, जो कोई परदेसी प्रतीत होता था; और उसके कन्धों को छूकर कहा, "बाबा जी, मैं शर्त लगाकर कह सकती हूं कि आप अलेक्ज़ेण्ड्रियन नहीं हैं।"

"ठीक कहा बेटी," उस भले आदमी ने उत्तर दिया, "तुमने ठीक-ठाक अनुमान लगा लिया है, क्योंकि इस नगर और यहां के लोगों को अजनबियों की निगाह से मुझे देखता पाकर तुमने यह अनुमान लगा लिया है।"

"आप बूबास्टिज़ से पधारे हैं?"

"नहीं, कबीरा से। मैं यहां अपना अनाज बेचने आया था और यहां से पांच सौ मिन्क्स लेकर लौटूंगा। देवताओं को धन्यवाद देना चाहिए कि अब की फ़सल बहुत अच्छी रही।"

ट्राइफ़ेरा के मन में इस सौदागर के प्रति अकस्मात दिलचस्पी पैदा हो गई।

"मेरी बच्ची," बूढ़े ने विनम्रतापूर्वक कहा, "तुम मुझे एक बहुत बड़ा सुख दे सकती हो। मैं कल कबीरा चला जाऊंगा, लेकिन अगर मैं किसी भी महापुरुष के दर्शन किए बिना ही लौट गया, तो अपनी पत्नी और तीन लड़कियों को क्या नई बात बता सकूंगा? तुम तो यहां के महापुरुषों से अच्छी तरह परिचित हो न?"

"हां, कुछ थोड़ों से।" उसने हंसते हुए कहा।

"बहुत अच्छा, अगर वह इधर से गुज़रें, तो मुझे बताती जाना। मुझे विश्वास है कि पिछले दो दिनों में उन सभी महापुरुषों और राजपुरुषों को मैंने देख अवश्य लिया होगा किन्तु मैं जानता किसी को भी नहीं हूं, यही तो असमर्थता है।"

"आपकी मनोकामना पूरी हो जाएगी। यह देखिए, उधर नाक्रेटीज़ आ रहे हैं।"

"यह नाक्रेटीज़ कौन हैं?"

"यह एक दार्शनिक हैं।"

"और उनका उपदेश क्या है?"

"कि आदमी को मौन रहना चाहिए।"

"ज्योस की सौगन्ध। इस सिद्धान्त का निर्माण करने के लिए तो किसी बड़ी प्रतिभा की ज़रूरत नहीं थी। इस दार्शनिक के दर्शन करके मुझे लेशमात्र भी हर्ष नहीं हुआ।"

"वह फ्रेसीलास हैं?"

"यह फ्रेसीलास कौन हैं?"

"यह एक गाबदू हैं।"

"तो फिर तुमने उसे गुज़र क्यों न जाने दिया।"

"क्योंकि लोगों का विचार है कि वह भी महान् हैं। ये हर बात बड़ी मस्ती से कहते हैं जिससे लोगों को भ्रम हो जाता है कि उनकी भूलों में भी कोई ख़ास रहस्य अन्तर्निहित है और उनकी तुच्छताओं में भी कोई विशिष्टता है। इनके दोनों हाथों में लड्डू हैं। दुनिया ने इनके द्वारा अपना छ़ला जाना जैसे स्वीकार कर लिया है।"

"मेरे लिए यह विषय कुछ अधिक दुरूह है। मेरी समझ में तुम्हारी बातें अच्छी तरह आती नहीं हैं। इसके अलावा इन फ्रेसीलास महोदय के चेहरे पर कुछ पाखण्ड की झलक भी मुझे दिखाई देती है।"

"वह उधर फ़िलोमिडोज़ हैं?"

"युद्ध विद्या विशारद?"

"नहीं एक लैटिन कवि, जो ग्रीक में लिखता है।"

"ओह वह छुटकना, वह तो दुश्मन है। अच्छा होता, मैं उसे देखता भी नहीं।"

इसी समय समस्त भीड़ में एक भारी आन्दोलन हुआ और अनेक आवाज़ें फुसफुसाकर एक ही नाम का उच्चारण करती सुनाई पड़ती थीं, "डिमिट्रियोस...! डिमिट्रियोस...!"

ट्राइफ़ेरा एक पत्थर पर चढ़ गई और सौदागर से कहने लगी, "डिमिट्रियोस...देखो वह डिमिट्रियोस आया। तुम किसी महापुरुष को देखना चाहते थे न?"

"डिमिट्रियोस, साम्राज्ञी का प्रेमी? क्या यह मुमकिन है?"

"तुम्हारा भाग्य अच्छा था। वह तो कभी बाहर निकलता ही नहीं। जब से मैं अलेक्ज़ेण्ड्रिया में हूं, उसे आज पहली बार चौपाटी पर आते हुए देखा है।"

"कहां है वह?"

"वह उधर, झुककर जहाज़ों को आते हुए देख रहा है।"

"लेकिन वहां तो दो आदमी झुके खड़े हैं।"

"वह नीली पोशाक पहने हुए है।"

"मैं उसे देख नहीं पाता। उसने हमारी तरफ़ पीठ की हुई है न।"

"क्या तुम्हें मालूम है कि वह एक इतना महान् मूर्तिकार है, जिसके सामने साम्राज्ञी ने अपने आपको अफ़्रोडाइटी (सौन्दर्य की ग्रीक देवी) की मूर्ति बनाने के लिए माडेल के रूप

में पेश कर दिया है।"

"लोग कहते हैं कि वह साम्राज्ञी का प्रेमास्पद है, वह मिस्र का स्वामी है।"

"वह अपोलो[1] की तरह सुन्दर है।"

"आह, वह लौट रहा है! मुझे प्रसन्नता है कि आज मैं यहां हूं, मैं घर जाकर कह सकूंगा कि मैंने उसे देखा है। मैंने उसके बारे में अनेक कहानियां सुनी हैं। मालूम होता है। कि आज तक कोई भी नारी उसके सम्मुख समर्पण करने से अपने को रोक नहीं सकी है। उसने जीवन में अनेक खेल खेले हैं। क्या तुम यह नहीं जानती? यह किस प्रकार हुआ कि साम्राज्ञी को आज तक उसकी सूचना ही नहीं दी गई?"

"साम्राज्ञी उन सब चीज़ों को हमारी तरह ही जानती हैं। लेकिन वह उसे इतना प्यार करती हैं कि उन बातों को ज़बान पर लाने का साहस ही उनमें नहीं है। उन्हें भय है कि कहीं वह नाराज़ होकर अपने स्वामी फ़ेरीक्रेटस के पास न चला जाए। वह साम्राज्ञी के समान ही शक्तिशाली भी है। फिर बात तो यह है कि साम्राज्ञी को ही उसकी चाह अधिक है!"

"वह बहुत सुखी मालूम नहीं पड़ता। उसके व्यक्तित्व में इतना विषाद क्यों है? मुझे लगता है कि अगर उसके स्थान पर मैं होता, तो अपने को एक सुखी आदमी समझता। मेरी तो हार्दिक कामना है कि मैं डिमिट्रियोस बन सकता। चाहे केवल एक सांझ के लिए ही।"

सूर्य अस्त हो चुका था। वह नारी उस पुरुष की ओर देख रही थी, जो समस्त नारी-वर्ग का स्वप्न बन चुका था। वह इस यथार्थ से अवगत नहीं था कि उसकी उपस्थिति ने वातावरण में क्या हलचल पैदा कर दी है और वह जंगले के ऊपर झुका हुआ था और अलगोजा बजाने वालों के स्वर को सुन रहा था।

उन छोटे गायकों ने एक अलाप और लिया और तब उन्होंने अपने अलगोजे आहिस्ता से अपनी पीठों पर डाल लिए। गायिका ने दूसरे दो की गर्दनों में बाहें डाल लीं और वे नगर की ओर चल खड़े हुए।

ज्योंही अंधकार का अविष्कार हुआ, दूसरी स्त्रियां छोटे-छोटे दल बनाकर पुन: रंगस्थल पर प्रकट होने लगीं। उनके पीछे ही अलेक्ज़ेण्ड्रिया के लोग थे लेकिन वह सभी लोग गुज़रते हुए पीठ फेरकर डिमिट्रियोस की ओर देखते जाते थे। अन्तिम महिला जो उधर से गुज़री, उसने अपना एक पीला फूल उसकी ओर फेंका और हँसती रही। समस्त खाड़ी के अञ्चल पर एक ख़ामोशी छा गई।

---

1. अपोलो-यूनानी सूर्यदेव ओर पौरुषेय सौंदर्य का प्रतीक।

डिमिट्रियोस

उन तीन गायकों के चले जाने के बाद डिमिट्रियोस प्लाज़ा पर कोहनी के बल झुका हुआ अकेला ही खड़ा रह गया था। वह सागर की मर्म ध्वनि, जलपोतों की चर्रमर्र सुन रहा था और तारों की छाया में वायु को बहते देख रहा था। चांद पर बादलों की एक हलकी टुकड़ी आ गई थी। आकाश में भरा प्रकाश कुछ क्षीण हो चुका था, लेकिन शहर में प्रकाश की चकाचौंध पैदा हो गई थी।

वह युवा पुरुष अपने चारों ओर देख रहा था। वीणा वादकों के कुछ पद-चिह्न अभी भी वहां की धूल पर बने हुए थे। उसने उनके चेहरे स्मरण करने की कोशिश की, उनमें दो एफ़ीसियन थीं। उनमें सबसे बड़ी उसे सुन्दर दिखाई दी थी, लेकिन सबसे छोटी में कोई भी आकर्षण नहीं था। उसे बदसूरती से चिढ़ पैदा होती थी इसलिए उसने उसका विचार छोड़ दिया।

उसके क़दमों के पास हाथी दांत की कोई चीज़ पड़ी थी। उसने उसे उठा लिया। वह लिखने की तख़्ती थी और उसमें धूप-घड़ी का हत्था लटका हुआ था। यह बहुत अधिक प्रयोग में आ चुकी थी, लेकिन इतनी बार अक्षर उस पर लिखे जा चुके थे और पिस चुके थे कि इस बार उस तख़्ती में अन्दर तक प्रवेश कर गए थे।

उसने केवल तीन शब्द ही अन्दर लिखे हुए देखे–

मिरटिस रोडोक्लिया को प्रेम करती है

उसने अपने आपसे प्रश्न किया कि उन दो औरतों में से वह तख़्ती किसकी होगी। या कोई और औरत किसी की प्रेमास्पद है और इफ़ीसोज़ में छूट गई है। तब उसने सोचा कि वह लपककर जाए और उन गायिकाओं को उनका वह उपहार दे दे, जो कि उनके शायद दिवंगत प्रेमी का दिया हुआ उपहार हो, लेकिन बिना अधिक झंझट में पड़े वह उनका पता नहीं लगा सकता था, क्योंकि उन लोगों में उसकी दिलचस्पी क्रम से घटती जा रही थी, इसलिए उसने उधर से मुंह फेर लिया और उस छोटी-सी वस्तु को समुद्र में फेंक दिया। वह तेज़ी से जाकर गिरी और किसी सफ़ेद पक्षी की तरह सतह पर फिसलती चली गई। उसने दूरस्थ काले पानी से पैदा होने वाली छपाक को सुना। इस आवाज़ को सुनकर उसे अनुभव हुआ कि उसके चारों ओर कितनी ख़ामोशी है! अपनी पीठ ठण्डे जंगले पर टिकाते हुए उसने अपने मस्तिष्क से हर एक विचार को दूर करने का प्रयत्न किया और अपने चारों तरफ़ देखना शुरू कर दिया।

वह अपनी ज़िन्दगी से भयभीत था। जिस समय चारों तरफ़ की दुनिया का कारोबार

बन्द हो जाता, तो वह अपने निवास-स्थान से निकलता था और जिस समय पौ फटती और प्रात:काल मछियारे शिकार के लिए निकलते और रसोई के लिए माली सब्ज़ियां लादकर शहर को चल पड़ते, तो वह लौट आता था। शहर की केवल छाया और उसके मध्य अपनी आकृति को देखने का उसका शौक़ इतना बढ़ गया था कि महीनों तक उसने दोपहर के समय सूर्य के दर्शन ही नहीं किए थे।

वह थक चुका था, परन्तु साम्राज्ञी पर अभी शौक़ सवार था। उसके मस्तिष्क में आज से तीन वर्ष पहले के उस आह्लाद की थोड़ी भी झांकी नहीं थी, जब कि साम्राज्ञी ने उसकी प्रतिभा से नहीं वरन् उसके सौंदर्य से अभिभूत होकर उसको निमंत्रित करने की आज्ञा दी थी और राजमहल के सान्ध्य-द्वार पर चांदी की तुरहियों के घोष से उसका स्वागत किया गया था।

इस द्वार को स्मरण करके कभी-कभी उसकी स्मृति में ऐसे उपहारों की याद ताज़ा हो जाती थी, जो अपने बहुत अधिक माधुर्य के कारण आत्मा में इतने ग़हरे पैठ जाती है कि उसे सहन नहीं किया जा सकता। साम्राज्ञी ने अपने निजी कक्ष में उसका स्वागत किया था। इस कमरे में अत्यन्त मुलायम और चापहीन गद्दे और बिछावन बिछे थे। वह अपने वाम पार्श्व से लेटी हुई थी और हरित वर्ण सिल्क में उसके केशों की बैंग़नी प्रतिछवि पड़ रही थी। उसकी सुकुमार देह बहुत शानदार कशीदा की गई पोशाक से आवेष्टित थी।

डिमिट्रियोस ने प्रतिष्ठापूर्वक कोर्निस करते हुए साम्राज्ञी बेर्निस का छोटा-सा नग्न पैर अपने हाथों में ले लिया था, जैसे कि वह चुम्बन करने योग्य कोई अत्यन्त मूल्यवान और मधुर वस्तु हो। तब वह उठी थी, एक सुन्दर गुलाब की तरह, जो एक माडल की तरह काम करती है। उसने अपनी पोशाक उतार दी थी, अपने बाजूबन्द और कंकण, अपने अंगूठों के छल्ले भी और वह अपने दोनों कन्धों के सामने हाथों को चौड़ा कर खड़ी थी। मूंगे-मोती के उसके आभूषण उसके कपोलों के चारों ओर सुशोभित हो रहे थे।

वह सीरिया की एक राजकुमारी की पुत्री थी और एस्टार्टी के वंशज देवताओं की कुल-परम्परा से थी, जिसे ग्रीक लोग अफ़्रोडाइटी पुकारते हैं। डिमिट्रियोस इस इतिहास से परिचित था और साम्राज्ञी को अपनी महान् कुल-परम्परा पर बड़ा गौरव भी था, इसलिए उस समय उसने बिना किसी सौजन्य के यह कहा था, "मैं एस्टार्टी हूं। संगमरमर और अपनी छेनी उठाओ और मुझे मिस्र के लोगों के सामने प्रस्तुत करो। मैं चाहती हूं कि मेरी मूर्ति की पूजा की जाए।"

डिमिट्रियोस गहरी दृष्टि से उसे देखता भर रह गया था। आश्चर्य के साथ अनुमान लगाता रहा था कि कौन-सी सरल और अभिनयस्फूर्णा उसे आन्दोलित कर रही थी। उसने कहा था, "और मैं आपकी अभ्यर्थना करता हूं।"

साम्राज्ञी ने इस उक्ति पर आक्रोश नहीं किया था, वरन पीछे हटते हुए कहा था, "क्या तुम अपने को एडोनिस समझते हो कि देवी के स्पर्श का अधिकार तुम्हें मिल जाए?"

उसने उत्तर दिया था, "हां।"

उसने भी गहरी नज़र से उसकी ओर देखा था और एक सरल मुस्कान के साथ कहा था, "तुम ठीक कहते हो।"

यही कारण था कि वह निराश्रय हो गया था और उसके सभी मित्र उससे छूट गए थे, लेकिन सभी औरतें उसके लिए प्राण देती थीं। जिस समय वह राजमहल के किसी हाल से गुज़रता था, तो दासियां काम करते हुए रुक जातीं, राज-महिषियां ख़ामोश हो जातीं, अजनबी लोग उसका स्वर सुनने के लिए बेचैन रहते, क्योंकि उसके स्वर में दूसरे का मन हरण करने की अद्भुत शक्ति थी। अगर वह साम्राज्ञी के पास चला जाता, तो वहां भी कोई न कोई बहाना बनाकर लोग उसकी अभ्यर्थना करने पहुंच ही जाते थे। अगर वह नगर के राजपथों से गुज़रता तो उसकी पोशाक की तहों में क्रोध से भरे अनेक पुर्ज़े अटके रहते थे और वह उन्हें सदैव ही बिना पढ़े अपने पैरों के नीचे कुचल डालने का अभ्यस्त था, क्योंकि वह जानता था कि उनमें क्या होता था। जिस समय उसने अपनी कलाकृति समाप्त कर ली थी और उसे अफ्रोडाइटी के मन्दिर में स्थापित कर दिया था, तो अनेक रमणियां अपने उस जीवित आराध्यदेव के नाम पर पुष्पांजलि अर्पित करने के लिए दिन-रात उमड़ी पड़ती थीं।

शीघ्र ही उसका स्थान अनेक उपहारों से भर उठा, जिन्हें प्रथम तो वह उदासीनतापूर्वक स्वीकार कर लेता था, किन्तु बाद में जब उनके उद्देश्य से वह अवगत हो गया था, तो उसने उन्हें अस्वीकार करना आरम्भ कर दिया था। यहां तक कि उसकी गुलाम भी उससे प्रेम-निवेदन करने का साहस कर लेती थी। वह उन पर कोड़े बरसवाता और उन्हें बिकवा देता। तब उसके पुरुष गुलाम घूस लेकर नई-नई स्त्रियों के लिए द्वार खोल देते। उसके प्रसाधन-उपकरणों और शृंगार मेज़ पर से अनेक चीज़ें उठनी शुरू हो गई थीं। नगर की अनेक स्त्रियों के पास उसकी सण्डलें और गर्डल थीं, कोई प्याला जिसमें वह मदिरा पी चुका होता था, यहां तक कि उन फलों के डंठल या छोड़े गए गूदे को भी वह उठा ले जाती थीं। अगर भ्रमण को जाते समय उसका कोई फूल गिर जाता, तो उसे एक पल में ही उठा लिया जाता। उसके पैरों से स्पर्श होने वाली धूलि को भी गहरी भावना से सहेज कर रखने वाली आत्माएं उस नगर में थीं।

यह एक हक़ीक़त थी कि इस अवरुद्ध जीवन में उसकी समस्त भावुकता नष्ट होती जा रही थी और वह यौवन के उस सन्धि-स्थल पर पहुंच चुका था, जहां पहुंचकर आदमी के लिए यह निर्णय करना आवश्यक हो जाता है कि वह आत्मा और इन्द्रियों के व्यापार-क्षेत्र

को एक जगह न मिला दे। अफ्रोडाइटी-एस्टार्टी की वह मूर्ति उसके इस नैतिक मत-परिवर्तन का पावन प्रयोजन बन चुकी थी। साम्राज्ञी में जितना सौंदर्य था और उसकी देह की रेखाओं के चारों ओर जिस कल्पित सौंदर्य का आरोप किया जाना सम्भव था, वह सभी डिमिट्रियोस ने संगमरमर और छेनी के द्वारा उस मूर्ति में आरोपित कर दिया था और उसने यह कल्पना कर ली थी कि दुनिया की कोई रमणी सुन्दरता में उसकी कभी समता नहीं कर सकेगी। अब वह मूर्ति उसकी आकांक्षा की पात्र बन चुकी थी। इसके बाद उसने इस मूर्ति के सिवा किसी भी अन्य की अभ्यर्थना करनी बन्द कर दी थी। उसने देह से देवत्व की भावना को बिल्कुल विलग कर दिया था।

जब वह साम्राज्ञी को देखता तो उसको लगता कि उसके आकर्षण के वे समस्त उपकरण विच्छिन्न हो गए हैं, वह इस दूसरी हस्ती से बिल्कुल भिन्न थी और फिर भी बहुत कुछ सामांजस्य रखती थी। लगता था कि जैसे किसी प्रशंसित सुन्दरी का स्थान किसी अपरिचित स्त्री ने संभाल लिया हो। उसके बाजू हलके थे, उसके नितम्ब संकुचित हो गए थे। उसकी अपेक्षा जो उसके लिए अब अधिक यथार्थ बन चुकी थी। अन्त में वह साम्राज्ञी से तंग आ गया था।

उसके आराधकों को यह भली-भांति विदित था और हालांकि वह अब भी नित्य प्रति साम्राज्ञी की सेवा में उपस्थित होता था, किन्तु अब बेर्निस को प्रेम नहीं कर पाता था। उसके चारों ओर उत्कण्ठा उत्तरोत्तर बढ़ती जा रही थी। उसने इस परिवर्तन को लक्ष्य नहीं किया था। वास्तव में उसे बिल्कुल दूसरी तरह के परिवर्तन की आवश्यकता थी।

ऐसा बहुत कम देखा गया है कि दो प्रेयसियों से प्रेम करते हुए समय-समय पर ऐसे अवसर न आते हों कि आदमी पर उसकी विकृत वासना उभर न आई हो और उसने उसे परितुष्ट न किया हो। डिमिट्रियोस ने अपने को इसी भावना के आसरे छोड़ दिया था। जिस समय राजदरबार में उपस्थित होने की आवश्यकता उसे बहुत अधिक खलने लगती, तो वह मन्दिर के चारों ओर रहने वाली पवित्र नर्तकियों में पहुंच जाता। यहां की ये स्त्रियां उसे बिल्कुल ही नहीं जानती थीं। वह न चीख़ती थीं और न उनकी आंखों में आंसू होते थे। वे उसमें अपनी काम-पीड़ा से दुर्बलता पैदा न करतीं। सुन्दर और मौन व्यक्तियों से उनका जो वार्तालाप होता, वह सीधा-सादा और खोजहीन होता। उस दिन के आगन्तुक लोग, आने वाले कल का सम्भावित मौसम, घास और रात्रि के मीठेपन पर बातचीत, यही कुछ मधुर वार्तालाप के विषय होते थे। वे मूर्तिकला पर उसके सिद्धान्तों की व्याख्या करने की उससे प्रार्थना नहीं करती थीं। स्कोपा की एचिलीस पर अपना अभिमत भी नहीं देती थीं। अगर वह आगन्तुक की प्रशस्ति में उसकी देह-यष्टि की सराहना करती थीं, तो उसे विश्वसनीय समझा जा सकता था।

उनसे विदा लेने के बाद वह मन्दिर की सीढ़ियों पर चढ़कर अफ़्रोडाइटी की मूर्ति के निकट पहुंच जाता था और अनेक कल्पनाओं में खो जाता था।

लाल पत्थर की पीठिका पर अनेक बेशक़ीमती आभूषणों से युक्त देवी की वह प्रतिमा जीवित प्रतीत होती थी। वह सर्वथा नग्न थी और उस पर नारी-सुलभ मानवीय अवयवों की छटा अंकित करने के लिए रंगों का भी प्रयोग किया गया था। उसके एक हाथ में प्रतीक-रूप मुकुर था और दूसरे से वह अपनी छवि का परिष्कार करती प्रतीत होती थी। उसकी ग्रीवा में मुक्ताओं से बना एक सतलड़ा हार था। एक मुक्ता, जो कि दूसरों की अपेक्षा अधिक बड़ा था, रजतोज्जवल और लम्बमान था और उसके वक्षस्थल पर इस प्रकार शोभित होता था, जैसे दो बादलों के बीच दूज का चन्द्रमा।

डिमिट्रियोस उसके विषय में अनेक कोमल कल्पनाएं करता रहा। सर्वसाधारण की तरह वह भी यही विश्वास करना चाहता था कि उस प्रतिमा के कंठ में वास्तव में वही मोती थे जो कि एन्डियोमेनी की सीपी से निकले थे।

"ओ अलौकिक भगिनी," उसने कहा, "ओ पुष्पान्वित, ओ विभिन्न बाह्याकृति! अब तुम वह एशियाटिक नहीं हो, जिसे मैंने तुम्हारा अयोग्य माडल बनाया है। तुम उसका चिरन्तन स्वरूप हो, उस एस्टार्टी की कुलमाता हो, जिससे उसके वंश की उत्पत्ति हुई। तुम्हारा निवास उसके उज्ज्वल नेत्रों में था, उसके गुलाबी होठों में था और उसके उन्नत उरोजों में तेरी ही सांस की धड़कन थी, अपने जन्म से पूर्व और जिस वस्तु को देखकर एक गड़रिए की लड़की आह्लादित हो सकती थी, उसे देखकर तुम भी प्रफुल्लित होती थी। देवि, तुम समग्र देवताओं और मानवों की जननी हो, विश्व की सुख और दुःख की प्रतीक, लेकिन मैंने तुम्हें देख लिया है, उपलब्ध कर लिया है। ओ अप्रतिम साइथीरिया, मैंने पृथ्वी पर बसने वालों के लिए तुम्हारा उद्‌घाटन कर दिया है। यह तुम्हारी प्रतिमा नहीं है, यह तुम स्वयं हो, जिसके हाथ में मैंने मुकुर दे दिया है और मुक्ताओं से अलंकृत करके मैंने यह उसी प्रकार स्थापित किया है। आकाश की रक्तिमा और सागर की फेनिल मुस्कान से जन्म लेने के उपरान्त ओसकणों से सिक्त उषा ने नील देवताओं के परिचारकों सहित तुझे साइप्रोस के तट पर भेज दिया था।"

सागर-कूल पर आने के पूर्व उसने इन्हीं शब्दों में उस प्रतिमा की अभ्यर्थना की थी। भीड़ धीरे-धीरे खिसक रही थी और वह गायिकाओं के संगीत की करुण तान को सुन रहा था, लेकिन इस संध्या को मन्दिर में जाना उसने स्थगित कर दिया था, क्योंकि एक कुंज में अर्धनग्न एक युग़ल को ऐसी स्थिति में देखा था कि घृणा से उसका मन ख़राब हो चुका था और उसका हृदय विद्रोह कर उठा था। शनैः शनैः रात्रि की कोमलता ने उस पर अपना प्रभाव डालना प्रारम्भ कर दिया था। उसने वायु के प्रवाह की ओर मुंह फेर लिया जो कि अमावस के गुलाबों की सुवास अपने साथ बहाकर ला रहा था।

उसके विचारों में अनेक स्त्रियों की मनोरम आकृतियां तैर रही थीं। उससे प्रार्थना की गई थी कि वह मन्दिर के लिए तीन देवदासियों की प्रतिमाएं और बना दे, किन्तु इस विचार के विरुद्ध उसकी भावनाओं ने विद्रोह किया था और उसने यह तय किया था कि उसी पीठिका पर वह एक ही स्त्री के तीन रूप अंकित करेगा। दो देवदासियां वस्त्र धारण किए होंगी और उनमें एक पंखा हाथ में लिए अधमुंदे नेत्रों से अलकों से खेलती होगी और दूसरी उसकी पोशाक की सिलवटों में ही नृत्य करती हुई होगी। तीसरी अपनी इन सखियों के पीछे होगी और उसके उठे हुए बाजू उसकी फैली हुई केशराशि के नीचे गर्दन में फैले हुए होंगे।

उसके मस्तिष्क में अनेक दूसरे विचार भी तरंग लेते थे और वह सोचता था कि फ़ेरोज़[1] द्वीप की चट्टानों पर एन्ड्रामीडा[2] की काले संगमरमर की एक प्रतिमा बनाए, जो सागर के दुर्धर्ष दैत्य का सामना करते हुए हो और बूशिन की पहाड़ी के चारों ओर सुदृढ़ अवयवों सहित चार विगासस[3] की मूर्तियां स्थापित करे और उसके मन में यह भी उठा था कि टिटान के आक्रमण के समय अजीब प्रकार से जेग्रियस भयभीत हुआ था, उसकी भी एक मूर्ति का निर्माण कर दे। सौंदर्य से वह कितना अभिभूत था! प्रेम से वह कितनी विकलता से अपने को तोड़ लेने के लिए आकुल था! और वह मानव के मांसल स्वरूप से देवत्व की भावना को किस प्रकार अछूता रखने के लिए आतुर हो उठता था! और आज वह आख़िर कितना मुक्त अनुभव करता था! अब उसने खाड़ी की ओर अपना रुख़ बदल लिया था और दूर स्थान पर एक घुमक्कड़ नारी के चमकदार पीत परिधान की और उसका ध्यान आकर्षित हो चुका था।

आगन्तुक

वह अपनी ग्रीवा को एक ओर झुकाए निर्जन सागर-तट पर उस स्थान पर आई थी, जहां चन्द्रमा का प्रकाश फैला हुआ था। एक छोटी-सी चंचल छाया उसके सम्मुख थिरकती जाती थी।

---

1. फ़ेरोज़– एक ऐसा द्वीप जिस पर लाइट-हाउस बना हुआ था।
2. एण्ड्रामीडा– ग्रीक धार्मिक गाथाओं में वर्णित एक लड़की, जिसने अपने राष्ट्र की रक्षा के लिए अपने को एक समुद्री दैत्य के सम्मुख समर्पित कर दिया था।
3. विगासस– कवि –कल्पना उड़ान का प्रतीक, एक उड़न घोड़ा जिसे ग्रीक देवी मिनर्वा ने पाला था।

डिमिट्रियोस उसकी गति का अवलोकन करता रहा। उसकी देह-यष्टि की बंकिम रेखाएं महीन वस्त्रों से झांकती नज़र आती थीं। उसकी एक कोहनी घाघरे से बाहर निकली हुई थी और वह वस्त्रों को इस प्रकार संभाले हुए थी कि पीछे लटकने वाला वस्त्र-छोर धूल में न घिसटने पाए। उसने उसके मोतियों को देखकर अनुमान लगा लिया कि वह वेश्या थी। उसको प्रणाम स्वीकार करने का उपचार भी वह निभाना नहीं चाहता था। इसलिए वह लपककर दूसरी ओर हो गया।

वह उसकी तरफ़ दृष्टिपात करना नहीं चाहता था। वह इच्छापूर्वक अपना मस्तिष्क जेग्रियस के चित्र में तल्लीन करना चाहता था, लेकिन फिर भी उसकी निगाह जाने वाले की तरफ़ घूम गई।

तब उसने देखा कि वह उसे देखकर थोड़ा भी नहीं रुकी, वह उसकी उपेक्षा करते हुए आगे निकल गई। उसने सागर की ओर देखने का उपचार भी नहीं किया, न अपने मुंह पर पड़ा हुआ नक़ाब उठाया, और तो और उसने अपने विचारों में तल्लीन रहने का उपक्रम भी नहीं किया। वह केवल भ्रमण के लिए आई थी और शीतल वायु एकान्त, स्वच्छन्द वातावरण और उस ख़ामोशी की हलकी-सी थिरकन को अनुभव करने आई थी।

अपनी जमी हुई निगाह को लेश-मात्र भी विचलित किए बिना वह उधर ताकता आश्चर्य में डूब गया था। कुछ ही दूर पर एक पीली परछाईं की तरह, उदासीन-सी वह जा रही थी; और एक काली छाया उसके सामने थिरकती हुई जा रही थी। हर क़दम पर पथ की धूल में उसके पदत्राण की कोमल आवाज़ सुन पड़ती थी। वह फेरोज़ के द्वीप की ओर बढ़ रही थी और चट्टान पर चढ़ने लगी थी।

अकस्मात जैसे कि वह उस अज्ञात महिला को कितने ही दिन से प्रेम करता रहा हो, ऐसे ही सहसा उसके पीछे दौड़ा, लेकिन फिर वह रुक गया, पीछे लौट पड़ा, अपने आचरण पर अत्यन्त क्षुब्ध हुआ। उसने चौपाटी को छोड़ देने का प्रयत्न किया, लेकिन आज तक उसने अपनी इच्छाशक्ति का प्रयोग अपनी विलास-भावना की पूर्ति के अतिरिक्त किया ही नहीं था इसलिए जिस क्षण उसे अपने चरित्र को हीनता से उबारना था और अपने को अनुशासन के अंकुश के अनुकूल ढालना था, उसने एक कादर्य-भाव अपने अन्दर अनुभव किया और वह मेख़ की तरह उसी जगह जड़ा रह गया।

चूंकि वह उसकी बात को अपने मस्तिष्क में से निकाल नहीं सका था, इसलिए उसने इस आकर्षण के लिए नए कारण खोजने प्रारम्भ कर दिए थे। उसने कल्पना की कि उसके गुज़रने के अन्दाज़ में जो ख़ूबसूरती है, उसी का आकलन उसकी सौंदर्यप्रिय प्रतिभा करती रही है। उसने अपने मन में एक प्रश्न पैदा किया कि मन्दिर में देवदासी की प्रतिमा बनाने के लिए जो योजना उसके सामने रखी गई है, उसी को पूरा करने के लिए वह बहुत ही

उपयुक्त माडल का काम कर सकती है, वह देवदासी जो चंवर डुलाने वाली का काम करेगी। अकस्मात उसके सारे विचार बिखर गए और आतुरता के साथ इस पीत वसना को लेकर उसके मस्तिष्क में प्रश्नों का तूफ़ान खड़ा हो गया था।

रात्रि के इस प्रहर में इस द्वीप पर वह क्या करने आई है, क्यों और किसके लिए वह इतनी देर में इधर आई है? उसने उसे चीन्हने और उसकी अभ्यर्थना करने का प्रयत्न क्यों नहीं किया? उसने उसे देख लिया था, निश्चय ही जिस समय वह चौपाटी के दूसरी ओर गया था, उसने उसे देख लिया था। आख़िर उसकी अभ्यर्थना किए बिना वह अपने रास्ते पर किस तरह बढ़ती चली गई। अफ़वाह थी कि कुछ औरतें हैं, जो पौ फटने से पहले ही शीतकाल में फ़ेरोज़ में सागर-स्नान करने के लिए आती हैं। सागर उस स्थल पर बहुत गहरा था। इसके अतिरिक्त यह भी कितने आश्चर्य की बात है कि एक औरत केवल स्नान करने के लिए आए और इतने जवाहरात धारण किए हुए हो! तो फिर क्या चीज़ थी, जो रहाकोटिस से उसे यहां खींचकर लाई? शायद किसी से अभिसार करने की भावना? किसी नौजवान के साथ इस सागर की तरंगों द्वारा प्रक्षालित इस चट्टान पर?

डिमिट्रियोस अपने को आश्वस्त कर लेना चाहता था, लेकिन वह तरुणी लौटकर चल पड़ी थी, उसी कोमल और शान्त पदचाप के साथ। इस समय चन्द्रमा का पूरा प्रकाश उसके मुखमंडल पर प्रखर था और वह अपने पंखे से रास्ते की धूलि को मुंह पर से हटा रही थी।

आइना, कंघा और कण्ठहार

उसके सौंदर्य में कुछ विशेषता थी। उसकी केश-राशि दो स्वर्ण-पुंजों के समान प्रतीत होती, लेकिन वह इतनी घनी थी कि उसका भाल, अपने पर पड़ने वाली घनी छाया की दो लहरों से भाराक्रान्त-सा लगता था। इन लहरों ने उसके दोनों कानों को भी आत्मसात कर लिया था और उसकी ग्रीवा के पृष्ठ भाग पर यह केश-राशि सात ख़म खाकर गिर रही थी। उसकी कोमल नासिका दो सुघड़ रन्ध्रों से सुशोभित थी, जो कभी उसके गोल, चपल और अनुरंजित ओष्टकोणों पर हलकी-सी थिरकन भी पैदा कर देते थे। उसके हर क़दम पर उसकी लोचदार देह लहर की भांति आन्दोलित होती थी और उसके गोल और प्रभावशाली कटि-प्रदेश के नीचे सुन्दर नितम्बों का नियमन उसमें एक नए जीवन का संचार करता था।

जिस समय वह इस युवक से केवल दस क़दम पर रह गई, उसने अपनी निगाह उसकी

ओर उठाई। डिमिट्रियोस एकबारगी कांप उठा। वह असाधारण आंखें थीं, सुनील, लेकिन गहरी और साथ ही उज्जवल, भीगी और अवसादपूर्ण जैसे आंसुओं और आक्रोश की भावना से युक्त; और उसकी पलकों के भार से जैसे बिल्कुल ढकी जा रही थीं। वह आंखें इस तरह देखती थीं, जैसे कोई अप्सरा गाती हो। इन नेत्रों के प्रकाश में से जो भी गुज़रेग, जैसे मंत्रमुग्ध होकर रह जाएगा! वह अपनी इस अद्भुत शक्ति से अवगत थी और चातुरी से उसका प्रयोग करती थी, लेकिन वह उदासीनता पर अधिक भरोसा रखती थी, उस आदमी को जीतने के लिए , जिसे आकुल और प्रचुर प्रेम आज तक स्पर्श भी न कर सका था।

वह मल्लाह, जो लाल सागर के पार गंगा तक की सामुद्रिक यात्रा कर चुके हैं, कहते सुने गए हैं कि समुद्र के गर्भ में चकमक पत्थर की बहुत-सी चट्टानें हैं। जिस समय कोई जहाज़ उनके पास से गुज़रता है, तो लोहे की मेख़ें और लोहे की बनी दूसरी चीज़ें उखड़कर उस चट्टान से जा चिपकती हैं और वह जहाज़ कुछ तख़्तों का फ्लोटिला बनकर खड़ा रह जाता है, जिन्हें सागर की छाती पर चलने वाली झंझार और ज्वार तथा भाटा तितर-बितर कर डालते हैं। डिमिट्रियोस की स्थिति उन दो आंखों के सामने बिल्कुल इसी प्रकार थी, उसकी समस्त शक्तियां उससे दूर हो चुकी थीं।

उसने अपनी पलकें नीचे गिरा लीं और उसके निकट से गुज़रने लगी। उसकी स्थिति ऐसी थी कि वह जैसे बेक़रार होकर चिल्ला उठेगा। उसकी मुट्ठियां बंध गईं। उसे यह आशंका हो गई थी कि उसके साथ सम्भाषण करने योग्य स्थिति वह नहीं बना पाएगा, वह इतना अशान्त हो उठा था, लेकिन शिष्टाचार-सम्मत शब्दों में उसने उसे सम्बोधित किया, "मैं आपको प्रणाम करता हूं।" उसने कहा।

"मैं भी आपको प्रणाम करती हूं।" गुज़रने वाली ने कहा।

डिमिट्रियोस ने कहा, "आप किधर जाने का विचार कर रही हैं? देखता हूं कि बहुत जल्दी में भी नहीं हैं।"

"मैं लौट रही हूं।"

"बिल्कुल एकाकी?"

"बिल्कुल एकाकी ही।"

उसने अपने चेहरे के अंगराग ठीक करने के लिए कुछ उपक्रम किया। डिमिट्रियोस को लगा कि उसने उसे वेश्या समझकर भूल की है। कुछ समय से न्यायाधीशों तथा बड़े राजकर्मचारियों की पत्नियों ने भी वेशभूषा और मुख-शृंगार में वेश्याओं का अनुकरण करना प्रारम्भ कर दिया है। सम्भव है, वह कोई अत्यन्त प्रतिष्ठित महिला हो, और तब उसने सहसा कहा, "अपने पति के पास?"

उसने अपने हाथ जंगले पर टिकाकर हंसना आरम्भ कर दिया। डिमिट्रियोस ने अपने

दांत काट लिए और अत्यन्त हीन भाव से कहा, "उसे यहां खोजने का प्रयत्न करना व्यर्थ है। आपने देर से प्रयत्न शुरू किया है। यहां इस समय कोई नहीं है।"

"किसने आपसे कहा कि मैं किसी को खोजने आई हूं। मैं तो अकेले घूम रही हूं और किसी की भी तलाश में नहीं हूं।"

"तो फिर आप कहां से आ रही हैं। यह तो स्पष्ट है कि आप इतने हीरे-जवाहरात अपने लिए नहीं धारण किए हैं और फिर यह रेशमी अवगुण्ठन?"

"क्या आप सोचते हैं कि मैं निर्वसना ही अपने घर से निकल आती अथवा ग़ुलामों की तरह गर्म कपड़े पहन कर आती? मैं अपने आनन्द के लिए ही पोशाक पहनती हूं। मुझे यह जानकर आनन्द होता है कि मैं सुन्दर हूं। जब मैं चलती हूं, तो अपनी अंगुलियों में पहनी हुई मुद्रिकाओं को देखती रहती हूं, बस।"

"आपके पास तो एक आइना होना चाहिए था, ताकि आप अपनी आंखों को उसमें देखती रह सकतीं। ये आंखें, एलेक्ज़ेण्ड्रिया मैं पैदा नहीं हो सकतीं। आप एक यहूदी मालूम पड़ती हैं, क्योंकि मैं सुनता हूं कि उनकी आवाज़ हम लोगों की आवाज़ से अधिक कोमल होती है।"

"नहीं, मैं यहूदी नहीं हूं; मैं गैलीलियन हूं।"

"आप किस प्रकार अपने को पुकारती हैं, मीरियम या नौयमी?"

"मेरा सीरियन नाम... उसे तुम नहीं जान सकोगे। यह एक रजकीय नाम है। इधर कोई भी आदमी इस तरह के नाम नहीं रखता। मेरी मित्र मुझे क्राइसिस पुकारती हैं। तुम भी मुझे क्राइसिस कहकर पुकार सकते हो।"

डिमिट्रियोस ने अपना हाथ उसके बाजू पर रख दिया।

"ओह, नहीं, नहीं," उसने तिरस्कारपूर्वक कहा, "इस प्रकार के आमोद-प्रमोद के लिए मेरे पास समय नहीं है। मुझे घर से निकले तीन घण्टे हो चुके हैं। मैं थकान के मारे मरी जा रही हूं।" झुकते हुए उसने अपनी एक टांग को दर्द-सा अनुभव करते हुए अपने हाथ में उठा लिया।

"देखो, ये मेरे फ़ीते किस प्रकार मुझे पीड़ा पहुंचाते हैं। इन्हें बहुत अधिक कस दिया गया है। अगर मैं इन्हें ढीला नहीं करती, तो मेरे पैरों पर निशान पड़ जाएंगे। इसमें सन्देह नहीं कि अगर कोई मेरा आलिंगन करने लगे, तो ये और भी अच्छे लगेंगे। मुझे जल्दी ही चले जाना है। आह, क्या बदतमीज़ी है, अगर मैं जानती होती, तो कदापि इधर न ठहरती। कमर पर मेरा पीला चीर किस तरह कुचल गया है, देखो!"

डिमिट्रियोस ने अपने माथे पर हाथ फेरा। तब एक अलिप्त आदमी के स्वर में, जिसे निर्णय करने का अधिकार हो- उसने कहा, "मेरे लिए शुभ मार्ग का निर्देश करो।"

"मैं किसी प्रकार भी वह नहीं करूंगी," क्राइसिस चकित भाव से चिल्लाई, "तुममें इतना सौजन्य भी नहीं कि यह पूछो कि मुझे यह सब पसंद भी है कि नहीं। क्या तुम मुझे कोई वेश्या-पुत्री समझते हो? क्या तुम्हें यह नहीं मालूम कि मैं मुक्त हूं? क्या तुमने सड़क पर मेरा पीछा करके कुछ देखा है; क्या तुमने उन द्वारों को देखा है, जहां मेरा स्वागत होता है? क्या तुमने उन आदमियों की गणना की है, जो यह समझते हैं कि वे क्राइसिस को प्रेम करते हैं? 'मेरे लिए मार्ग निर्देश करो!' मैं हर्गिज तुम्हारे लिए वह नहीं करूंगी, जो मर्ज़ी हो सो करो। यहीं रहो, चाहे कहीं और जाओ, लेकिन मेरे साथ हर्गिज नहीं जा सकते।"

"तुम शायद जानती नहीं हो कि मैं कौन हूं?"

"तुम... तुम। ठहरो, ठहरो। तुम डिमिट्रियोस हो, साईस के रहने वाले! तुमने मेरी देवी की प्रतिमा का निर्माण किया है; तुम मेरी साम्राज्ञी के प्रेमी हो और हमारे नगर के स्वामी हो, लकिन मेरे लिए तो तुम केवल एक सुन्दर ग़ुलाम हो, जिसने मुझे देख लिया है और जो मुझे प्यार करता है।"

वह निकट खिसक आई और उत्तेजक स्वर में कहती गई, "मैं जानती हूं कि तुम मुझे प्यार करते हो। ओह, बोलो मत, मैं जानती हूं, तुम जो कहोगे। तुम किसी को प्रेम करने के अभ्यस्त नहीं हो, अक्सर दूसरों का प्रेम पाने के अभयासी हो। तुम साक्षात कामदेव हो, अत्यन्त अभिवांछित और आराध्य हो। तुमने एण्ट्रियोचोज़ को भी इंकार करने वाली लीकेरा को अस्वीकार कर दिया था। डमोनासा, जिसने आजीवन कुमारी रहने की शपथ ले ली थी और जो तुम पर अधिकार जता सकती थी, अगर तुम्हारी दो लीबियन दासियां उसे भवन से बाहर न लिकाल देतीं। सुनामा कैलीशियन जिस समय तुम्हारे निकट पहुंचने में असफल रही तो उसने तुम्हारे भवन के सामने ही अपने लिए एक मकान ख़रीद लिया और नित्य प्रात: खिड़की से अपने दर्शन कराती है। तुम सोचते हो मुझे यह सब नहीं मालूम। ये सभी चीज़ें औरतों में अक्सर चर्चा का विषय बनती रहती हैं। जिस रात तुम एलेक्ज़ेण्ड्रिया आए थे, उसी दिन लोगों ने मुझे तुम्हारे बारे में बताया था। उस दिन से शायद एक दिन भी ऐसा न गुज़रा होगा, जब कि तुम्हारा नाम मेरे सामने न लिया जाता रहा हो। मैं वह सब बातें भी जानती हूं, जिन्हें तुम भूल चुके हो। बेचारी फ़िलिस ने तुम्हारे द्वार पर पहुंचकर अपने को फांसी लगा ली, क्या ऐसा नहीं हुआ है? यह एक फ़ैशन है, जो कि फैलता जाता है। लीडिया ने भी फ़िलिस का अनुकरण किया था। मैं उधर से गुज़री थी, तो मैंने देखा था। वह नीली पड़ चुकी थी, लेकिन उसके कपोलों पर आंसू अभी सूखे नहीं थे। तुम जानते नहीं हो लीडिया कौन थी? एक पन्द्रह साल की बालिका, जिसे उसकी मां ने पिछले महीने सामोस के कप्तान को बेच दिया था, जब कि वह थेब्स नदी पर जाने से पूर्व एलेक्ज़ेण्ड्रिया से गुज़र रहा था। वह भी पास आई थी। मैंने उसे परामर्श दिया था। वह नितान्त अबोध थी, यहां तक

कि वह डाइस खेलना भी नहीं जानती थी। मैं बहुधा उसे अपने ही बिस्तर पर सुला लिया करती थी, क्योंकि उसके पास सोने के लिए स्थान नहीं था। वह तुम्हें प्यार करती थी। काश कि तुम सुन सकते कि वह किस प्रकार तुम्हारा नाम लेकर पुकारती थी... वह तुम्हें लिखना चाहती थी। क्या तुम्हारी समझ में आता है? मैंने उसे कहा था कि कोई ऐसा काम नहीं करना। अपना बलिदान करो।"

डिमिट्रियोस बिना कुछ सुने उसे ताकता रहा, "ठीक है। तुम्हारे लिए सब कुछ एक मामूली-सी ही बात है। क्यों नहीं?" क्राइसिस ने कहना जारी रखा, "तुम उसे प्यार नहीं करते थे। केवल मुझे तुम प्यार करते हो। तुमने वह सुना भी नहीं है, जो मैंने अभी-अभी कहा है। मुझे यक़ीन है कि अगर पूछा जाए, तो तुम एक शब्द भी नहीं दोहरा सकते। तुम चकित होकर यही कल्पना करने में लगे हो कि मेरी पलकें किस प्रकार की बनी हैं, चेहरा कितना सुन्दर है और मेरी केश-राशि कितनी कोमल है! आह, कितने दूसरे लोग हैं, जो सब यही कहते हैं और दोहराते हैं। सभी मेरे सौंदर्य का उपभोग करने के लिए लालायित रहते हैं, युवा, प्रौढ़ और वृद्ध पुरुष! बच्चे, स्त्रियां और किशोरियां! पिछले वर्ष मैंने दो हज़ार की एक भीड़ के मध्य नृत्य किया था। मुझे मालूम था कि तुम उन दर्शकों में नहीं थे। क्या तुम्हें यह विश्वास है कि मैं कोई पर्दानशीन औरत हूं? आह, आख़िर ऐसा क्यों कर हो सकता है! स्नान के अवसर पर अनेक स्त्रियों ने मुझे देखा है, सभी पुरुषों ने मुझे देखा है। तुम, केवल तुम मुझे कभी न देख सकोगे। मैं तुम्हें इनकार करती हूं, इनकार करती हूं। मेरे अन्तर में क्या है, मैं क्या अनुभव करती हूं, मेरे सौंदर्य और प्रेम किसी के भी बारे में तुम्हें कभी भी कुछ मालूम न हो सकेगा। कभी नहीं, कभी भी नहीं! तुम पैशचिक वृत्ति के आदमी हो, बेदर्द, भावहीन और कापुरुष! मेरी समझ में यह नहीं आता कि हममें से कोई एक ऐसी क्यों न हुई, जो तुम दोनों को घृणा करके मृत्यु के निकट पहुंचा सकती। तुम्हें पहले और साम्राज्ञी को उसके बाद!"

डिमिट्रियोस ने उत्तर में एक भी शब्द कहे बगैर उसकी बांह पकड़ अपने अंग में भर लिया। उसे क्षण भर को क्रोध आया, किन्तु तत्काल वह सीधी खड़ी हो गई और धीमे स्वर में कहा, "आह, मुझे उसकी चिन्ता नहीं है, डिमिट्रियोस! मुझे मुक्त होने दो। तुम मेरी बांह को कुचले दे रहे हो!"

एक क्षण के लिए ख़ामोश हो गए। तब डिमिट्रियोस बोला, "अब यह सब बन्द करो क्राइसिस। तुम यह भली भांति जानती हो कि मैं तुम्हें चोट नहीं पहुंचा सकता, लेकिन मुझे अपने साथ ले चलो। तुम जो इतना गर्व कर रही हो, डिमिट्रियोस को इनकार करना तुम्हारे लिए महंगा पड़ेगा।"

क्राइसिस चुप रही।

उसने और भी कोमल स्वर में कहा, "आख़िर तुम्हें किस चीज़ का भय है।"

"तुम दूसरों से प्रेम प्राप्त करने के अभ्यासी हो, क्या तुम्हें मालूम है जो नारी प्रेम न करती हो, उसे प्राप्त करने के लिए क्या करना होता है?"

वह अत्यन्त आतुर हो उठा, "मैं सारी दुनिया का स्वर्ण तुम्हारे चरणो में अर्पित कर दूंगा। यहां मिस्र में मेरी अपनी सामर्थ्य है।"

"मेरे केशों में स्वर्ण है। मैं स्वर्ण से थक गई हूं। मैं स्वर्ण नहीं चाहती। मैं तीन चीज़ों की कामना करती हूं। क्या तुम मेरे लिए वह उपलब्ध कर सकोगे?"

डिमिट्रियोस ने अनुभव किया कि वह कोई असम्भव वस्तु मांगने वाली है। उसने विकलतापूर्वक उसकी ओर देखा, लेकिन वह मुस्कराने लगी और अत्यन्त कोमल स्वर में बोली, "मुझे एक चांदी के आइने की चाह है ताकि मैं अपनी आंखों से अपनी आंखों की छाया देख सकूं?"

"तुम्हें वह मिलेगा, और तुम क्या मांगती हो, शीघ्र बतलाओ।"

"मैं हाथी-दांत का नक्काशीयुक्त कंघा चाहती हूं, जो कि मेरे बालों में इस प्रकार प्रतीत हो, जैसे सूर्य से प्रकाशित जल के मध्य जाल।"

"तो फिर?"

"तुम मुझे मेरा मनचाहा कर दोगे?"

"निश्चय ही, बस, समाप्त?"

"मैं नीलम का एक नेकलेस चाहती हूं, जो मेरे वक्ष पर उस समय शोभित होगा जब कि मैं तुम्हारे लिए अपने देश का विवाह के अवसर पर किया जाने वाला नृत्य करूंगी।"

उसने अपनी भवें ऊपर उठाईं, "क्या इतनी ही?"

"तुम मुझे मेरा नेकलेस दे सकोगे?"

"हां, वही जो तुम्हें पसन्द होगा।"

उसका स्वर अत्यन्त कोमल हो गया, "वही जो मुझे पसन्द होगा। आह, यही चीज़ तो मैं तुमसे कहना चाहती थी। क्या तुम मुझे यह सुविधा दोगे कि मैं अपने उपहार स्वयं चुन सकूं?"

"क्यों नहीं?"

"तुम सौगन्ध खाकर कहते हो?"

"हां-हां सौगन्ध खाकर।"

"क्या सौगन्ध तुम ले रहे हो?"

"तुम नाम कह दो।"

"अफ्रोडाइटी की सौगन्ध, जिसकी दुनिया तुमने बनाई है।"

"मैं अफ्रोडाइटी की सौगन्ध खाकर कहता हूं, लेकिन तुम्हें इतना अविश्वास क्यों है?"

"कुछ नहीं, पहले पक्का विश्वास नहीं था, अब हो गया।"

उसने अपना सिर उठाया, "मैंने अपने उपहार चुन लिए हैं।"

डिमिट्रियोस एक बार फिर बेचैन हो उठा, "इतने शीघ्र?"

"हां, क्या तुम सोचते हो कि मैं कोई चांदी का आइना, जो स्मर्ना के किसी सौदागर या किसी अज्ञात वीरांगना के यहां से प्राप्त कर लिया गया हो, स्वीकार कर सकती हूं? मैं अपनी मित्र बच्चीज़ का आइना चाहती हूं, जिसने पिछले सप्ताह मेरे साथ विश्वासघात किया था और एक पार्टी के अन्दर आयोजन उसने ट्राइफ़ेरा, माउसेरियन तथा दूसरी तरुण मूर्खाओं के साथ किया था, जिसने मेरा उपहास किया था। इस आइने पर वह प्राण देती है, क्योंकि यह आइना वास्तव में रोडोमिस का था, जो कि यूसुफ़ की एक ग़ुलाम थी और सैपो का भाई उसे यहां वापस कर लाया था। तुम जानते हो कि वह एक बहुत ही प्रतिष्ठित वेश्या है। उसका आइना बहुत सुन्दर है। लोग कहते है कि सैपो उसमें अपना चेहरा देख चुकी है, इसलिए वह ईर्ष्यापूर्वक उसे अपने पास रखती है। उसके पास इससे अधिक मूल्यवान वस्तु दुनिया में कोई भी नहीं है, लेकिन मैं जानती हूं, तुम्हें कहां वह मिलेगा। एक रात जब वह पीकर अत्यन्त उन्मत्त हो गई थी, तो उसने मुझे बताया था। वह आइना वेदी के तीसरे पत्थर के नीचे है। हर शाम जब वह दिन छिपे बाहर जाती है, तो उसे वहीं रख कर जाती है। कल इसी समय उसके घर पहुंच जाओ और किसी से भी घबराना नहीं। उसकी दासियां भी उसके साथ ही बाहर चली जाती हैं।"

"यह निरा पागलपन है," डिमिट्रियोस चिल्लाया, "क्या तुम चाहती हो कि मैं चोरी करूं?"

"क्या तुम मुझे प्यार नहीं करते? मैंने समझा था तुम मुझसे प्यार करते हो। फिर क्या तुमने सौगन्ध नहीं ले ली है? मैंने सोचा था कि तुमने सौगन्ध ले ली है। अब तक यह मेरी भ्रान्ति है; तो छोड़ो। इस क़िस्से को आगे ही न बढ़ाया जाए।"

वह यह समझ गया था कि इस प्रकार स्वेच्छापूर्वक बिना संघर्ष किए उससे दूर हटने का दिखावा करने पर भी अगर वह वस्तुतः पीछे हट गया, तो वह उसे बर्बाद करके ही दम लेगी, "जो कुछ तुम कहोगी, मैं करूंगा?" उसने कहा।

"ओह, मैं जानती हूं, तुम यह करके ही छोड़ोगे, लेकिन तुम पहले पहल थोड़ा हिचकते हो। मैं यह समझ सकती हूं, यह कोई साधारण उपहार नहीं। मैं किसी दार्शनिक से तो यह मांग कभी नहीं कर सकती थी, मैंने तो तुम से ही यह मांग की है। मैं भली भांति जानती हूं कि तुम मुझे यह दे सकोगे।"

वह थोड़ी देर के लिए अपने पंखे पर लगे मोर-पंखों से खेलती रही और तब अकस्मात

कह उठी, "आह...! और मैं कंघा भी कोई साधारण नहीं चाहती जो कि शहर के किसी सौदागर से ख़रीद लिया गया हो। तुमने कहा है कि मैं स्वयं अपना चुनाव कर सकती हूं, क्या नहीं? तब तो ठीक है। मैं चाहती हूं... मैं चाहती हूं, वह चित्रकारी युक्त कंघा जो बड़े पादरी की पत्नी के बालों में लगा हुआ है। वह कंघा रोडोपिस के आइने की अपेक्षा बहुत मूल्यवान है। वह मिस्र की एक साम्राज्ञी का था और तभी से चला आता है। उस साम्राज्ञी का नाम भी इतना अटपटा था कि मैं उच्चारण भी नहीं कर पाती। ये गज दन्ती बड़ा कंघा पुराना है और हालांकि उस पर सुनहरा पानी चढ़ा हुआ है, लेकिन उसका असली रंग पीला है। उन्होंने उस कंघे पर एक ऐसी लड़की का चित्र अंकित किया है, जो कि एक दल-दल में फंस गई है और वहां उससे भी अधिक ऊंचे कमल खिले हुए हैं और वह अपने अगूंठों के बल चल रही है, ताकि भीग न जाए... वह दरअसल बहुत ही सुन्दर कंघा है।... जिस समय तुम वह कंघा मुझे लाकर दोगे, मेरे मन में बड़ा संतोष भर उठेगा।... जिसके पास वह आजकल है, उसके विरुद्ध मुझे यह शिकायत भी है। पिछले महीने मैंने अफ्रोडाइटी पर एक नीला परिधान चढ़ाया था, अगले दिन देखा कि वह उस औरत के सिर पर सुशोभित है। उसने वह काम कितनी जल्दी किया और मुझे उसकी इस हरकत पर क्रोध आ गया, लेकिन अगर उसका कंघा आ गया, तो मेरा मुआवज़ा पूरा हो जाएगा।"

"लेकिन उसे मैं पा किस तरह सकूंगा," डिमिट्रियोस ने पूछा।

"आह, यह ज़रा कुछ मुश्किल काम ज़रूर होगा! वह मिस्र वासिनी है और अपने देश की रस्म के अनसार अपने सिर पर दो सौ प्लेटें काढ़ती है, परन्तु वर्ष में केवल एक बार, लेकिन मैं कल ही अपना कंघा चाहती हूं, ऐसा करने के लिए तुम्हें उसको क़त्ल करना पड़ेगा, पर तुम ने सौगन्ध जो ले ली है।"

उसने डिमिट्रियोस की ओर मुंह बिचकाया। डिमिट्रियोस उस समय ज़मीन की तरफ़ देख रहा था। तब उसने बड़ी शीघ्रता के साथ इस प्रकार अपनी मांग समाप्त कर दी, "मैंने अपना नेकलेस भी चुन लिया है। मैं वह सतलड़ा हार चाहती हूं, जो कि अफ्रोडाइटी के गले में शोभायमान है।"

डिमिट्रियोस चौंक उठा, "आह, इस बार तुमने सीमा का अतिक्रमण कर डाला! तुम्हें इस हद तक मेरा उपहास नहीं करना चाहिए। कुछ भी नहीं, तुम सुनती हो, कुछ भी नहीं। न आइना, न कंघा और न नेकलेस, तुम्हें कुछ भी नहीं मिल सकेगा!"

लेकिन उसने अपने हाथ से उसका मुंह बन्द कर दिया और प्रेरक स्वर में बोली, "ऐसा मत कहो। तुम जानते हो कि तुम यह भी मुझे दोगे। मुझे इस पर पूर्ण विश्वास है। मुझे तीनों ही उपहार उपलब्ध होंगे। तुम कल शाम मेरे पास आओगे और परसों शाम भी। अगर चाहो तो प्रत्येक शाम को। तुम्हारे समय पर मैं वहां रहूंगी, उसी पोशाक में जो तुम्हें बहुत

पसन्द है, रंगीन; और मेरे केश इस तरह गूंथे होंगे कि तुम उलझकर रह जाओगे। अगर तुम्हें कोमलता प्रिय हो, तो मैं एक शिशु के समान तुम्हें दुलारूंगी। अगर तुम्हें ख़ामोशी पसन्द होगी, तो मैं ख़ामोश रहूंगी। जिस समय तुम गाने का संकेत करोगे, तो गाऊंगी। आह, तुम देखोगे परम प्रिय कि मुझे सभी देशों के गीत आते हैं। मुझे ऐसे गाने भी आते हैं, जिनका स्वर छोटे चश्मों के नर्म स्वर के समान कोमल होता है और ऐसे भी, जिनके स्वर में मेघों का गम्भीर घोष और बिजली की कड़क होती है। मैं कुछ गीत इतने भोले और ताज़गी पैदा करने वाले भी गा सकती हूं, जो कि एक बेटी अपनी मां को भी सुना सकती है। ऐसे भी जानती हूं कि उन्हें लोग लेम्पसाकोस के अवसर पर भी गाने का साहस न कर सकें। कुछ ऐसे भी मुझे याद हैं, जिन्हें एलिफ़ेन्टिस लोग भी गाने का साहस न कर सकें और जिन्हें मैं भी गाऊंगी नहीं। जिन रातों को मुझे नृत्य करने को कहोगे, मैं दिन निकले तक नाचती रहूंगी। मैं पूरी पोशाक पहनकर ही नाचूंगी, मेरी टयूनिक फ़र्श पर फैली होगी या अवगुण्ठन डालकर या केवल एक अंगरखा ही डालकर। मैं अपने सिर पर लहराती हुई वेणी में भी पुष्प गूंथ कर नाचूंगी, जो कि एक देवी की प्रतिमा के समान प्रतीत होगी। मैं जानती हूं हाथों का बाजुओं पर किस तरह संतुलन किया जाता है, तुम देखोगे। मैं अपने अंगूठों के सिरों पर भी नाचना जानती हूं। मैं अफ्रोडाइटी के सभी नृत्य जानती हूं, वह भी जो यूरानियां के सामने नाचे जाते हैं और एस्टार्टी के सम्मुख भी। मैं ऐसे नृत्य भी जानती हूं, जिन्हें नाचने की लोग हिम्मत भी नहीं कर सकते। मैं तुम्हारे लिए सभी प्रकार के प्रेम-नृत्य करूंगी। तुम देखना तो! साम्राज्ञी मुझसे अधिक समृद्ध है, या कि दुनिया का एकभी राजमहल ऐसा नहीं है, जिसमें मेरे विलास-कक्ष के समान साज-सज्जा हो! तुम्हें वहां क्या मिलेगा, मैं अभी से बताऊंगी नहीं। उसमें कुछ इतनी सुन्दर चीज़ें है कि मैं उनकी सादृश्यत वर्णन द्वारा प्रस्तुत नहीं कर सकती और कुछ इतनी विरल हैं कि मेरे पास उनका वर्णन करने के लिए शब्द ही नहीं हैं। फिर तुम्हें मालूम है, इनमें भी सर्वोपरि वस्तु और क्या है– क्राइसिस, जिसे तुम प्यार करते हो और आज तक जानते नहीं हो। तुमने मेरा चेहरा ही देखा है, लेकिन अभी जानते नहीं हो कि मैं कितनी कोमलांगी हूं। आह... आह.. आह, अभी तुम्हें न जाने कितने आश्चर्य देखने हैं! आह, तुम किस तरह मेरी आराधना करोगे, मेरी बाहों में तुम किस तरह कम्पायमान हो उठोगे और मेरे प्रेम की मदिरा से तुम किस प्रकार मूर्च्छित हो उठोगे और मेरा मुखमण्डल कितना आकर्षक होगा और मेरे चुम्बन!..."

डिमिट्रियोस ने एक मायूस निगाह उस पर डाली। वह अब भी कोमलतापूर्वक कहती रही थी, "क्या तुम मुझे एक चांदी का आइना भी नहीं दे सकते, जब कि मेरे बालों में तुम्हें स्वर्ण का एक महान् उपवन प्राप्त हो जाएगा?"

डिमिट्रियोस का मन हुआ कि उसका स्पर्श करे। वह पीछे हट गई और कहा, "कल।"

"तुम्हें तुम्हारा उपहार मिलेगा।" उसने फुसफुसाया।

"और तुम मेरे लिए वह तुच्छ हाथी दांत का कंघा भी नहीं ला सकते, जब कि दो विशाल गज दन्तों के समान मेरी दोनों बाहें तुम्हारी गर्दन में पड़ी रहेंगी?" उसने उसको अंक में लेने का प्रयत्न किया। वह पीछे हट गई और कहा "कल"।

"मैं कल तुम्हें कंघा ला दूंगा।" उसने बहुत धीमी आवाज़ में कहा।

"आह, मैं अच्छी तरह जानती थी!" वारांगना ने कहा, "और तुम वह मोतियों से जड़ा नेकलेस भी मेरे लिए अवश्य लाओगे, जो कि अफ्रोडाइटी के गले में पड़ा है। उसके बदले मैं तुम्हारे चेहरे पर इतने चुम्बन अंकित करूंगी, जितने सागर में मोती भी न होंगे।"

डिमिट्रियोस ने याचनापूर्वक अपना सिर उधर बढ़ाया और जिस समय उसने अपने विलासयुक्त होठों को आगे बढ़ाया, उस नारी की विशाल दृष्टि ने उसकी नज़रों को अभिभूत कर दिया।

जिस समय उसने अपनी आंखें खोलीं, वह काफ़ी दूर निकल चुकी थी। एक छोटी-सी छाया, जो अपेक्षाकृत अस्पष्ट थी, उसके लहराते हुए दामन के पीछे फुदकती जा रही थी। वह खोया-सा नगर की ओर बढ़ रहा था और उसका सिर एक अकथनीय लज्जा से नीचे झुका हुआ था।

कुमारियां

सागर के अंक पर प्राची का धुंधला प्रकाश छा गया। सभी चीज़ें बकाइन के रंग में स्नान कर उठीं। फ़ेरोज़ की चोटी पर चिन्गारियां सुलगाने वाला महापात्र चन्द्रमा के साथ ही अस्त हो गया था। सागर की बनफ़शी लहरों पर पीला प्रकाश ऐसा प्रतीत होता था, जैसे सामुद्रिक घास के नीचे सागर-सुन्दरियां छिपकर झांक रही हों, फिर सहसा चारों और प्रकाश छा गया।

चौपाटी बिल्कुल ख़ाली पड़ी थी। नगर बिल्कुल निस्पंद था। यह पहली पौ फटने का प्रथम प्रकाश था, जो कि दुनिया की नींद को हलका करता है और प्रात:काल के ताज़गी पैदा करने वाले स्वप्नों को प्रेरित करता है। ख़ामोशी के अलावा जैसे और कुछ भी अस्तित्व में नहीं था।

सोते हुए पक्षियों के समान एक क़तार बनाकर खाड़ी में खड़े हुए जहाज़ों ने अपने पतवार पानी में गिरा दिए थे। नगर-पथों का दृश्य नितान्त वास्तुकला-प्रधान था। कोई छकड़ा,

घोड़ा या ग़ुलाम इस दृश्य में बाधक नहीं था। एलेक्ज़ेण्ड्रिया नितान्त निर्जीव-सा पड़ा था, जैसे वह सदियों से वीरान पड़ी हुई कोई प्राचीन नगरी हो।

अब दो लड़कियों की पगध्वनि सड़क पर मुखरित होना शुरू हो गई थी। इनमें एक पीले और दूसरी नीले परिधान पहने हुए थी।

उन दोनों ने कुमारियों जैसी पोशाक पहन रखी थी और नितम्बों पर पटका बांधा हुआ था। पिछली रात एक को गायिका के रूप में निमन्त्रित किया गया था और दूसरी एक बांसुरी बजाने वाली थी।

गायिका अपनी मित्र से अधिक सुन्दर और आयु में भी कम थी। वह अपनी पोशाक की तरह पीली थी। उसकी आंखों में एक निर्जीव मुस्कान थी। उसकी आंखें पलकों के नीचे आधी डूबी हुई थीं। दो पतली बांसुरियां उसके कन्धे पर लगी फूलदार गांठ से कमर पर लटक रही थीं। इन्द्रधनुष के समान एक दोहरी तगड़ी उसकी गोल देह पर लिपटी हुई थी और उसके महीन वस्त्रों के नीचे से उसकी चपलता स्पष्ट परिलक्षित होती थी और वह उसके टख़नों पर पहने हुए दोनों चांदी की पाज़ेबों से बंधी हुई थी। उसने कहा, "मिर्टोक्लिया, इसका दुःख न करो कि हमारी तख़्तियां खो चुकी हैं। क्या तुम कभी भूल सकोगी कि रोडिस के प्रेम पर तुम्हारा अनन्य अधिकार है? क्या तुम, उच्छृंखल छोकरी यह ख़्याल कर सकती हो कि मेरे हाथ की लिखी पंक्तियां सदैव अकेले ही पढ़ती रहोगी? मैं उन साथियों में से हूं, जो अपने प्रिय मित्र का नाम अपने नाख़ून पर खोद लेते हैं और जब नाख़ून बढ़कर कट जाता है, तो मैं भी दूसरे के पास चली जाती हूं। क्या तुम्हें मेरे उपहार की आवश्यकता है, जब कि मैं जीवित और सम्पूर्ण ही तुम्हारे पास हूं? मैं मुश्किल से उतनी ही उम्र की हूं, जिस उम्र में लड़कियां शादी करती हैं, फिर भी मैंने जब सर्वप्रथम तुम्हें देखा था, तो आज से आधी भी नहीं थी। हमारी माताएं हमारी बांह पकड़े हुए थीं और हम एक दूसरे की ओर ललक रही थीं। क्या तुम्हें याद है, स्नान करते समय का वह दृश्य! वस्त्र पहनने के पूर्व हम संगमरमर पर कितनी ही देर तक खेलती रही थीं? उस दिन से हम कभी एक दूसरे से अलग नहीं हुई और पांच वर्ष बाद हम एक दूसरे से प्रेम करने लगीं।"

मिर्टोक्लिया ने उत्तर दिया, "एक और भी प्रथम दिन था रोडिस, तुम्हें याद है। यह वह दिन था, जब तुमने मेरी तख़्ती पर हम दोनों का नाम मिलाकर लिख दिया था। वह था पहला दिन। हम उसे कभी उपलब्ध नहीं कर सकते, लेकिन कोई चिन्ता की बात नहीं। हर दिन मेरे लिए नया दिन होता है और जब तुम सन्ध्या समय जगती हो, तो मुझे बिल्कुल नई दिखाई देती हो। मेरा विश्वास है कि तुम लड़की नहीं हो। तुम एक छोटी-सी आर्काडिया की वन-सुन्दरी हो और तुम अपना निवास-स्थान छोड़कर इसलिए चली आई हो, क्योंकि फ़ोबोस ने तुम्हारा चश्मा सुखा दिया है। तुम्हारी देह ज़ैतून की शाखा के समान मुलायम

और चिकनी है। तुम्हारी त्वचा जैसे ग्रीष्मकाल में ठण्डे पानी के समान सुखदायी है। तुम्हारे चारों ओर आकाश-गंगा बहती है और तुम उसी तरह कमल-पुष्प धारण करती हो, जिस तरह एस्टार्टी खुला हुआ अंजीर। न जाने तुम्हारी माता ने किस तपोवन में तुम्हारे जन्म के पूर्व निवास किया होगा। न जाने किस अलौकिक नदी का देवता घास में उसके पास आया होगा। जब हम इस भयानक अफ़्रीकन सूर्य को छोड़ देंगे, तो तुम मुझे सोफ़ीज़ और फ़िनोज़ के बसंत-प्रदेश में ले जाओगी, जहां वन की विशाल छाया में वन-देवता और वन-सुन्दरियां निवास करती हैं। वहां तुम एक चिकनी चट्टान खोज निकालोगी और उस पर बही गोद दोगी, जो तुमने मोम पर गोदा है। वही तीन शब्द जो हमारा सुख हैं, सुनो, सुनो, रोडिस! अफ़्रोडाइटी की तगड़ी की सौगन्ध, जिससे विश्व की समस्त इच्छाओं का उद्‌भव होता है, मेरे लिए तुम मेरे स्वप्नों की अपेक्षा भी अधिक मेरी हो। अमल्थिया के सींग की सौगन्ध, जहां से दुनिया की सभी अच्छी चीज़ों का उद्‌भव होता है। दुनिया मेरे लिए उदासीन है, क्योंकि मैंने तुम्हें पा लिया है। तुम ही मेरे लिए सारी दुनिया में केवल एक अच्छाई हो। जब मैं तुम्हारी तरफ़ देखती हूं और फिर अपने ऊपर नज़र डालती हूं, तो मेरी समझ में नहीं आता, तुम किस प्रकार मुझे प्यार कर सकती होगी! तुम्हारे बाल गेहूं की बालों के समान सुनहरे हैं और मेरे बाल बकरी के बालों के समान काले। तुम्हारी त्वचा गड़रिये के मक्खन के समान सफ़ेद है और मेरी त्वचा सागर-तट की तपी हुई रेती के समान है। तुम्हारे कोमल उरोज ऐसे शोभित होते हैं, जैसे पतझड़ के मौसम में नारंगी का पेड़ और मैं इतनी पतली और क्षीणकाय हूं कि जैसे चट्टानों के बीच कोई देवदार का वृक्ष उग आया हो। अगर मेरा चेहरा कुछ सुन्दर है, तो केवल इसलिए कि मैं तुम्हें प्यार करती रही हूं। मुझे मालूम नहीं कि तुम मुझे क्यों प्यार करती हो, लेकिन अगर तुम कहीं बहिन थानू के समान ही मुझे प्रेम करना बन्द कर दो और जहां हम काम करते हैं, वहीं काम भी करते रहें, तो मैं शायद उस रात कभी भी न सो सकूं और तुम अगर लौटकर आओ तो मुझे अपने कटिबन्ध से फांसी लगाकर समाप्त हुई ही देखो!"

रोडिस की लम्बी आंखें वेदना और हर्ष के आंसुओं से भीग उठीं। यह विचार ही इतना बेदर्दी और पागलपन से भरा हुआ था। उसने एक पत्थर पर अपना पैर जमा दिया, "अगर मेरे पैरों के बीच फूल आ जाएं, तो मुझे चिढ़न पैदा होती है। उन्हें हटा दो, मेरी प्रिय मिर्टो! मैं आज रात और नहीं नाचूंगी।"

गायिका ने कन्धे हिलाए, "ओह, मैं तो भूल ही गई थी, उन आदमियों और लड़कियों को! उन्होंने तुम दोनों को नचाया, तुम इस पोशाक में थी और साथ में तुम्हारी बहिन। अगर मैं तुम्हारी रक्षा न करती, तो हमारी आंखों के सामने ही वह तुम्हारे साथ भी वही व्यवहार करते, जो तुम्हारी बहिन के साथ किया...। आह, कितनी घृणित बात है! आदमी कितना

बेरहम होता है!"

वह रोडिस के साथ नीचे झुक गई और पहले दो मालाएं और बाद में फूल हटा दिए। जब वह उठी तो उस बालिका ने अपनी बाहें उसकी गर्दन में डाल दीं और उसे चूम लिया।

"मिर्टो, तुम उन बदमाश आदमियों से ईर्ष्या तो नहीं करती हो? तुम्हारे लिए इसका महत्त्व है कि उन्होंने मुझे देख लिया है। यानो उनके लिए काफ़ी है और मैं उसे वहीं छोड़ आई हूं। वह मुझे नहीं पा सकेंगे, मेरी प्यारी मिर्टो! इसलिए उनसे व्यर्थ ईर्ष्या न करो।"

ईर्ष्या... मैं उन सब से ईर्ष्या करती हूं, जो तुम्हारे निकट आते हैं। तुम्हारी पोशाक केवल तुम्हारे द्वारा ही धारणा की जाती रहे, इसलिए जब कभी तुम उन्हें उतार देती हो, मैं पहन लेती हूं। तुम्हारी वेणी के जो पुष्प तुमसे प्रेम नहीं करते, मैं, उन्हें ग़रीब वेश्याओं को दे देती हूं। तुम जिस चीज़ को भी स्पर्श करती हो, मुझे उससे भय लगता है। जिस चीज़ को भी तुम देखती हो, मुझे उससे घृणा होती है। मैं तो यही कामना करती हूं कि हम लोग कारावास में बंद रहें और वहां केवल तुम हो और मैं रहूं। और अपने अंक में तुम्हें इस प्रकार भर लूं कि किसी को भी सन्देह न हो सके कि तुम यहां हो। मैं चाहती हूं कि मैं वह फल बन जाऊं जिन्हें तुम खाती हो, वह इत्र जो तुम्हें पसन्द आता है और वह नींद जो तुम्हारी पलकों के नीचे निवास करती है। जो सुख-सान्त्वना मैं तुम्हें देती हूं, मुझे उससे भी ईर्ष्या होती है, लेकिन फिर भी मैं भरसक समस्त सुख और सान्त्वना तुम्हें अर्पण करना चाहती हूं। मेरी ईर्ष्या को तो देखो!"

रोडिस हार्दिकता से उत्फुल्ल हो उठी, "क्या तुम चाहती हो कि थेसोस के देवता के समक्ष नसीथों की तरह ही बलि अर्पित करने के लिए मैं भी जाऊं? लेकिन आज सुबह नहीं मेरी प्यारी! मैं बहुत देर तक नाचती रही हूं, मैं बहुत थक गई हूं। मैं अब जाना चाहती हूं, ताकि घर जाकर सो सकूं।"

वह मुस्कराई और बोली, "थानो को कह दिया जाना चाहिए कि अब वह भविष्य में हमारे बिस्तर में नहीं सो सकती। आज रात के बाद मैं उसके साथ कोई सम्पर्क नहीं रखूंगी। मिर्टो, सचमुच यह कितना वीभत्स है। क्या प्रेम की यह अभिव्यक्ति होना सम्भव है? क्या इसी को लोग प्रेम कहते हैं?"

"यही तो है!"

"यह उनकी भूल है मिर्टो, वे जानते नहीं हैं।"

वायु के एक झोंके ने उनके केश एक दूसरे से मिला दिए।

क्राइसिस के केश

"हां," रोडिस चिल्लाई, "देखो वहां कोई है!"

गायिका ने उधर देखा। एक स्त्री उनसे बहुत दूर खाड़ी की ओर तेज़ी से बढ़ रही थी। "मैं उसे पहचानती हूं," बालिका ने कहा, "वह क्राइसिस है, उसने अपनी पीली पोशाक पहन रखी है।"

"क्या, उसने अभी से वस्त्राभूषण धारण कर लिए हैं?"

"मेरी समझ में मामला कुछ आया नहीं। बहुधा वह मध्याह्न से पूर्व बाहर नहीं निकलती और अभी तो सूर्य मुश्किल से निकला ही है। उसे कुछ मिल गया है। वह है भी ऐसी ही सौभाग्यशालिनी, इसमें संदेह नहीं!"

वे उससे मिलने गईं और कहा, "बधाई है क्राइसिस।"

"बधाई तुम्हें भी। तुम लोग कब से यहां हो।"

"हम कह नहीं सकते। जब हम आए थे, तो पौ फट चुकी थी।"

"क्या किसी को तुमने यहां चौपाटी पर देखा है?"

"किसी को भी नहीं।"

"कोई आदमी यहां नहीं आया, क्या तुम्हें ठीक मालूम है?"

"ओह, बिल्कुल सही बात है! लेकिन तुम क्यों पूछती हो?"

क्राइसिस ने कोई उत्तर नहीं दिया। रोडिस फिर बोली, "क्या तुम्हें यहां किसी से मिलना था?"

"हां... शायद... पर मेरा ख़्याल है कि बेहतर यही है कि मैं उससे न मिलूं। हां, यही बेहतर है। मेरी ग़लती थी कि मैं लौटकर आई, लेकिन मैं अपने को रोक नहीं सकी।"

"आजकल क्या नए हालचाल हैं, क्राइसिस, कृपा करके बात हमें नहीं बताओगी?"

"ओह, नहीं!"

"हमें भी नहीं, हमें भी नहीं, अपनी मित्रों को?"

"तुम जान लोगी कुछ समय बाद। तुम क्या सारा शहर ही जान लेगा।"

"वह तो तुम्हारा अनुग्रह है।"

"थोड़ा पहले भी, अगर तुम अधिक हठ करोगी, लेकिन आज इस रहस्य को तुम्हें बताना बिल्कुल असम्भव है। कुछ असाधारण घटनाएं घटित हो रही हैं, मेरी बच्चियो! मेरे तो प्राण निकले जा रहे हैं कि अपना दिल तुम्हारे सामने खोलकर रख दूं, लेकिन मैं अपनी ज़बान बन्द किए हुए हूं। क्या तुम अपने घर जा रही थीं? मेरे साथ घर चलो। मैं बिल्कुल

अकेली हूं।"

"ओ क्राइसी, क्राइसिडियन! हम बहुत थक गई हैं। हम घर जाकर सोना चाहती हैं।"

"अच्छा तुम सोओगी? यह अफ़्रोडाइटी के पर्व की पूर्व बेला है। यह विश्राम का समय है। अगर तुम चाहती हो कि देवी इस वर्ष तुम्हारा मंगल करे, तो तुम मन्दिर अवश्य जाना। उस समय तुम्हारी आंखों की पलकें बनफ़शा की तरह काली और तुम्हारे गाल सफ़ेद पंखुड़ियों के समान रहने चाहिए। हम लोग मेले में चलेंगे, मेरे घर चलो।"

उसने उनकी कमरों में हाथ डाल लिया और उन्हें तेज़ी के साथ धकेलती ले चली। रोडिस अभी तक भी उसी विचार में तल्लीन थी, "और हम तुम्हारे घर में किस समय पहुंच सकेंगे?" उसने कहना ज़ारी रखा, "और तुम हमें यह नहीं बताओगी कि आजकल तुम किस चीज़ में व्यस्त हो; तुम्हारे जीवन में क्या घटित होने जा रहा है?"

"मैं तुम्हें अनेक बातें बताऊंगी... अनेक बातें, जो तुम्हें पसंद होंगी, पर वह ख़ास बात नहीं। ज़िद न करो रोडी! कल तुम्हें पता चल ही जाएगा। कल तक सब्र करो!"

"तुम बहुत सुखी होने वाली हो, बहुत शक्तिशालिनी!"

"हां, बहुत शक्तिशालिनी!"

रोडिस की आंखें विस्फारित हो उठीं और वह चिल्लाई, "तुम साम्राज्ञी के दर्शन करने जाओगी?"

"नहीं," क्राइसिस ने हंसते हुए कहा, "लेकिन उतनी ही शक्तिशालिनी हो जाऊंगी, जितनी वह है। क्या तुम्हें मेरी आवश्यकता है, क्या तुम्हें किसी चीज़ की कामना है?"

"ओह, हां है!" और वह बच्ची पुनः विचार-मग्न हो गई।

"अच्छा तो, बताओ, तुम किस चीज़ की कामना करती हो।" क्राइसिस ने पूछा।

"यहां सभी असम्भव चीज़ें हैं, मैं क्यों उनकी कामना करूं?"

मिर्टोक्लिया उसकी तरफ़ से बोली, "एफ़ीसोज़ की परम्परा है कि रोडिस और मेरे समान दो लड़कियां परस्पर प्रेम करती हैं, तो पुजारी उन्हें आशीर्वाद देता है। तब दोनों एथेना के मन्दिर में जाती हैं, जहां वह दोनों अपने कटिबन्धों को संकल्पित करती हैं और इफ़ीनो के पवित्र स्थान में जाती हैं और दोनों अपने बालों की एक संयुक्त लट अर्पित करती हैं। अन्त में डाइनीसोस के पेरीस्टाइल में एक रस्म अदा की जाती है। सन्ध्या समय वह अपने नवीन स्थान को जाती है और पुष्पों से सज्जित द्वार पर उन्हें बैठाया जाता है, चारों तरफ़ मशालें जलाई जाती हैं और शहनाई बजाने वाले शहनाइयां बजाते हैं। उसके बाद उन्हें समस्त अधिकार प्राप्त होते हैं। उनकी प्रतिष्ठा होती है। यह रोडिस का स्वप्न है, लेकिन इस देश में ऐसा रिवाज़ ही नहीं है।"

"लेकिन क़ानून बदल दिया जाएगा" क्राइसिस ने कहा, "और तुम दोनों को आशीर्वाद

प्राप्त होगा। मैं यह कार्यभार अपने ऊपर लेती हूं।"

"ओह सच।" छोटी लड़की आनन्द से उन्मत्त होते हुए बोली।

"हां, और मैं यह भी नहीं पूछती कि तुममें से कौन अधिक सुखी होगी। मैं मिर्टो को जानती हूं और यह स्वीकार करती हूं कि उस जैसी मित्र पाकर तुम निहाल हो गई हो। लोग कुछ भी कहें, लेकिन ऐसी मित्र और मित्रता सदैव दुर्लभ होती है।"

वह द्वार पर आ गई, जहां ड्योढ़ी पर बैठी ज्वाला फ़्लैक्स की एक तौलिया बुन रही थी। आगन्तुकों के लिए उसने उठकर रास्ता दे दिया और आप पीछे-पीछे चल पड़ी। एक ही क्षण बाद वह दोनों गायिका और बांसुरी-वादक अपनी सीधी-सादी पोशाक में बाहर खिसक आईं। हरे संगमरमर के हौज़ में उन दोनों ने एक दूसरे को सावधानी से नहलाया और तब वह बिस्तर में डूब गईं।

क्राइसिस गीली आंखों से उन्हें देखती रही। डिमिट्रियोस के संक्षिप्त से वाक्य भी बार-बार उसके कानों में गूंज रहे थे। उसे यह भी अनुभव नहीं हुआ कि ज्वाला ने उसका लम्बा सफ़्रन को बुर्का उतार दिया है, उसका कटिबन्ध खोल दिया है, नेकलेस उतार लिया है, अगूंठियां भी उतार दी हैं और कंकण तथा दूसरे आभूषण भी उतार लिए हैं। सोने की पिन निकालने से उसके बालों के गिरने की सरसराहट ने उसका ध्यान भंग कर दिया। उसने अपना आइना लाने की आज्ञा दी।

क्या उसे यह संदेह था कि उसमें उतनी सुन्दरता थी भी कि नहीं कि वह अपने नए प्रेमी को अपने प्रेमपाश में बांधकर रख सके, क्योंकि पागलों जैसी मांगें पेश करने के बाद उसे पकड़ रखना एक बड़ी आवश्यकता बन गई थी, या सम्भवतः अपने अंग-प्रत्यंग के सौन्दर्य को देखकर वह पुनः यह विश्वास पैदा कर लेना चाहती थी कि उसकी व्यग्रता व्यर्थ है? उसने अपने शरीर के हर भाग को आइने के सामने रखा और उसका अध्ययन करती रही। उसने अपनी त्वचा को देखा और सुदीर्घ आलिंगनों की कल्पना करके उसकी ऊष्मा को अनुभव किया। उसने अपनी देह की पुष्टता को परखा और मांस-पेशियों की दृढ़ता को तौला। उसने अपने बालों को नापा और उसकी स्निग्धता को देखा। अपनी दृष्टि की शक्ति को परखा और मुंह की अभिव्यंजना, श्वास की मधुरिमा को देखा और अपनी बग़लों से लेकर कोहनियों तक को निहारा और अपने बाजुओं पर एक लम्बा चुम्बन अंकित कर दिया।

कुतूहल और गर्व, निश्चयात्मकता और व्यग्रता की असाधारण भावना ने अपने ही होठों के द्वारा स्पर्श किए जाने पर भी उसमें एक मुग्ध भाव पैदा कर दिया था। वह घूम उठी, जैसे किसी को खोजती हो, पर अपने बिस्तर में उन दोनों इफ़ेसियनों को देखकर, जिन्हें वह इस बीच भूल चुकी थी, उन के बीच में लेट गई और उसके सुनहरे बालों ने तीनों के सिरों को आच्छादित कर लिया।

देवी का उद्यान

अफ्रोडाइटी-एस्टार्टी का मन्दिर नगर-प्रकोष्ठ के बाहर एक विशाल पुष्पोद्यान में बना हुआ था। यह उद्यान अनेक प्रकार के पुष्पों और घने छायादार वृक्षों से भरा हुआ था। नील नदी से काटकर निकाली गई सात नहरों के द्वारा लाए गए जल से सिंचित यह उपवन प्रत्येक मौसम में हरियाली से भरपूर रहता था। सागर-तट पर स्थित यह उद्यान, ये नहरें-चश्में, ये झीलें और लाल-लाल दूर तक फैले हुए खेत, इस मरुस्थल में आज से दो सौ वर्ष से अधिक हुए, प्टोलेमीज़ प्रथम ने बनवाए थे। उसके आदेश पर उस समय जो अंजीर के पौधे लगाए गए थे, वे बढ़कर आज विशाल वृक्षों का रूप धारण कर चुके थे। उपजाऊ खनिजों से भरे जल के द्वारा निरन्तर सिंचाई होते-होते उस समय के घास के लॉन आज चरागाह बन चुके थे। छोटे-छोटे तालाब झीलों का रूप धारण कर चुके थे और प्रकृति ने उस पार्क को एक विशाल वन्य प्रदेश में परिणत कर दिया था।

लेकिन उस उद्यान को केवल घाटी क्षेत्र अथवा वन-प्रान्तर-मात्र पुकारना उचित नहीं होगा। वह तो पत्थरों से घिरी एक बिल्कुल ही दूसरी दुनिया बन चुकी थी, जिसकी एक अधिष्ठात्री देवी थी, जो इस दुनिया की आत्मा और उपासना का केन्द्र बन चुकी थी। उसके चारों ओर एक बड़ा परकोटा खिंचा हुआ था, जिसकी ऊंचाई बत्तीस फ़ीट थी और लम्बाई अड़तालीस हज़ार फ़ीट। यह केवल एक दीवार ही नहीं थी, यह एक बहुत बड़ा नगर था, जिसमें चौदह-सौ घर बने हुए थे। इतनी ही संख्या में देवदासियां भी इस पवित्र नगर में रहती थीं और इस असाधारण स्थान में दुनिया की सत्तर क़ौमों का प्रतिनिधित्व होता था। इन पवित्र आवास-गृहों का निर्माण योजनाबद्ध था, जो इस प्रकार था : द्वार, लाल तांबे का, यह धातु देवी को समार्पित की गई होती थी। हर द्वार पर एक घण्टी और बजाने का हथौड़ा टंगा रहता था। हर द्वार पर मालिक के नाम की तख़्ती लगी होती थी।

द्वार के दोनों तरफ़ दो कमरे होते थे, जो बहुधा दूकानों के रूप में प्रयोग में आते थे, लेकिन उद्यान की तरफ़ वाले भाग में दीवार नहीं बनी होती थी। दाहिनी तरफ़ एक झरोखा होता था, जहां देवदासियां झलक देती थीं, जब लोगों के आने का समय होता था। बाईं तरफ़ वाला कमरा समागतों के लिए होता था, जो घास पर बिना सोए रात्रि गुज़ारना चाहते थे।

इस खुले हुए द्वार से प्रवेश करने पर संगमरमर के फ़र्श वाला एक बहुत बड़ा आंगन सामने आता था, जिसके बीचों-बीच एक अण्डाकार ताल बना होता था। यह स्थान एक महराब से ढका होता, जिससे सातों कमरों में प्रवेश करने वाले द्वारों पर घनी छाया रहती। पीछे की तरफ़ एक वेदी बनी होती, जिसका निर्माण गुलाबी रंग के पत्थर से किया गया होता।

हर औरत अपने स्वदेश से देवी की एक मूर्ति लाती थी और उसे अपनी इस घरेलू वेदी पर रखती थी और अपनी भाषा में उसकी पूजा करती थी। उसे दूसरों की भाषाओं का ज्ञान कभी न हो पाता। लक्ष्मी, अश्तारथ, वीनस, इश्तर, फ़ीया, मीलिता, काइप्रिस इसी प्रकार के अनेक नाम उनकी उपास्य देवियों के थे। कुछ केवल प्रतीक बनाकर ही पूजा करती थीं, कोई लाल पत्थर या प्रतिमा-सा प्रतीत होने वाला पत्थर, या कोई बड़ा नोकदार पत्थर रखकर पूजा करती थीं।

कुछ स्त्रियां चिकनी लकड़ी की पीठिका पर कोई खुरदरा-सा स्टैच्यू रखती थीं, जिसकी बाहें पतली, उरोज भारी और नितम्ब विशाल होते थे। उस मूर्ति के चरणों पर वह मेंहदी की एक टहनी रखती थी और वेदी पर गुलाब के फूल बिखेर देती थीं। हर प्रार्थना के समय उनके हृदय में एक विशाल भावुकता की भावना पैदा हो जाती थी। वह मूर्ति उनके समस्त दुःखों की निदान करने वाली, श्रम की साक्षी और उनके समस्त सुखों की स्रोत समझी जाती थी। उनकी मृत्यु के समय वही मूर्ति उनके शव के साथ रख दी जाती, ताकि वह उनकी क़ब्रों की रक्षा करती रहे।

इन लड़कियों में सर्वाधिक सुन्दरियां वे थीं, जो एशियाई देशों से आई थीं। हर वर्ष साथी देशों अथवा ख़िराज देने वाले मुल्कों से तोहफ़े भरकर लाने वाले जहाज़ जब एलेक्ज़ेण्ड्रिया में आकर उतरते, तो कपड़े की गाठों और शराब की बोतलों के साथ एक सहस्र देवदासियां भी पवित्र मन्दिर की सेवा करने के लिए भेज दी जाती थीं। इनका चुनाव पुजारी करता था। इनमें मीसियन, यहूदी, फ्राइजियन और क्रीटवासी लड़कियां होतीं। ऐक्बाटना और बेबीलोनिया, रत्नों की खाड़ी के तट पर स्थित देशों और पवित्र गंगा-तटीय प्रदेश से भी आती थीं। कुछ का रंग गोरा होता, मुखाकृतियां किसी चित्रकारी-युक्त पात्र जैसी होतीं, सुदृढ़ उरोज होते, कुछ का रंग वर्षा से भीगी ज़मीन की तरह काला होता। ये लोग अपनी नाकों में सुनहरी बालियां पहनतीं और उनके कुंचित केश कन्धों पर लहराते रहते थे।

कुछ कुमारियां इससे भी आगे से आती थीं। छोटा क़द , क्षीणकाया और शिथिल गति, जो पीले बन्दरों के समान प्रतीत होतीं और उनकी भाषा किसी की भी समझ में नहीं आती। उनकी आंखें कनपटियों की ओर लम्बी खिंची होती थीं, उनके सीधे-काले केश बहुत ही विलक्षणता से संवारे होते थे। ये लड़कियां जीवनपर्यन्त किसी खोए हुए पशु के समान विपन्न रहतीं। वे प्रेम की समस्त लीलाओं से परिचित होतीं, किन्तु चुम्बन करने में हिचकती थीं। आने वालों के बीच ये लड़कियां आपस में बैठी खेल खेलती रहती थीं और बच्चों की तरह अपना मनोरंजन करती रहती थीं। एक पृथक् चरागाह में सुनहरे केशों वाली गुलाब-सी सुर्ख उत्तरकन्याएं रहती थीं, ये घास पर लेटी रहतीं। उनमें सरमेशियन भी थीं,

जिनकी देह भरी हुई और कन्धे चौरस होते और वे मनोरंजन के लिए आपस में मल्ल-युद्ध करती थीं। चपटी नाक और विशाल उरोजों वाली सीथिया-वासिनी भी होतीं, जिनके शरीर पर बाल होते। विशाल आकार की जर्मन लड़कियां जिनके बालों को देखकर मिस्त्री लोग भयभीत हो उठते, क्योंकि उनका रंग बूढ़े आदमियों के पीले बालों जैसा होता था। फ्रैंच लड़कियां होतीं, जिनके बाल पशुओं की तरह लाल होते, जो बिना कारण ही हंसती रहती थीं और कोमल कैल्टिक बालाएं , जिनकी आंखें सागर की तरह सुनील होती थीं।

किसी एक स्थान पर आइबेरिया-वासिनी लड़कियां होतीं, जो दिन में आपस में मिलकर बैठती थीं। उनके बाल घने होते और वह उन्हें बड़ी चतुराई से सजाती थीं। उनकी सख़्त त्वचा और शक्तिशाली देहयष्टि एलेक्ज़ेण्ड्रिया-वासियों को बहुत पंसद आती थीं। वे लोग इनमें से बहुतों को नर्तकियों के रूप में चुनते और उन्हें अपने यहां रख लेते थे। ताड़ के वृक्षों की घेर वाली छाया में अफ्रीका की लड़कियां रहती थीं, सफ़ेद अवगुण्ठन धारण किए नुमीडिया-वासिनी और काला रेशम पहनने वाली कार्थीजीनिया-वासिनी और बहुरंगी पोशाक पहनने वाली अफ्रीका की नीग्रो लड़कियां भी इस विशाल नगर में रहती थीं। कुल मिलाकर इनकी संख्या चौदह सी थी।

कोई औरत यहां प्रवेश करने के उपरान्त कभी बाहर क़दम नहीं रखती थी, जब तक कि वह बुढ़ापे की सीमा में क़दम न रख दे। अपनी आय का वे आधा भाग मन्दिर को अर्पित करती थी और आधे से उनका जीवन-यापन भली प्रकार हो जाता था।

वे ग़ुलाम नहीं होती थीं। उनमें से प्रत्येक को इसी परकोटे में एक मकान मिल जाता था, लेकिन सभी एक समान लोकप्रिय नहीं होती थीं। उनमें से अनेक सौभाग्यशालिनी अपनी पड़ोसिनों के मकान भी ख़रीद लेती थीं, जो भुखमरी से बचने के लिए बेच दिए जाते थे। तब ये लोग अपना सामान पार्क में रख लेती थीं और चपटे पत्थर की वेदी एक कोने में बनाकर रहती थीं और अपने स्थानों को कभी अकेला नहीं छोड़ती थीं। ग़रीब सौदागर लोग यह जानते थे और इन्हीं के पास आकर ठहरना पसंद करते थे, लेकिन कभी-कभी ये लोग भी उनकी ओर से मुंह फेर लेते थे, तो ये लड़कियां आपस में मिल जाती थीं, उनमें प्रगाढ़ मैत्री भाव पैदा हो जाते और अपने सुख-दुःख और हर्ष-विषाद परस्पर बांटकर जीवन बिताती थीं। कभी-कभी ऐसी मैत्रियां स्थायी प्रेम में परिवर्तित हो जातीं, वे घर की हर वस्तु में समान हिस्सा रखतीं, यहां तक कि एक ही कम्बल को ओढ़ लेतीं, क्योंकि उनकी दीर्घकालीन सच्चरित्रता का चलना सम्भव होता था।

जिन लोगों की महिला मित्र नहीं होती थीं, वे अपनी अधिक ख़ुशहाल बहनों के घरों में स्वेच्छा से दासियों का काम स्वीकार कर लेती थीं। नियम यह था कि एक देववासी बारह से अधिक दासियां अपनी टहल में नहीं रख सकती थी, लेकिन बाईस वेश्याएं ऐसी

थीं, जिन्होंने बारह-बारह दासियां रखकर अपने घर को विभिन्न जातियों का अजायबघर बना लिया था।

अगर संयोग से उनके पुत्र उत्पन्न होता, तो मन्दिर में उसका लालन-पालन होता और उसका जीवन दैनिक सेवा के लिए होता और अगर लड़की होती, तो वह देवी की सेवा में समर्पित कर दी जाती। उसके जीवन के प्रथम दिन ही उसका विवाह डायोनिसस (सुरा का देवता) के साथ सम्पन्न हो जाता। बाद में वह डिडेस्केलियन में दाख़िल कर दी जाती। यह एक बड़ा विहार-शिक्षा-केन्द्र होता था, जहां सात अलग-अलग कथाएं बना कर पुजारिन अपनी छात्राओं को मन्दिर के रहस्यों की शिक्षा देती थीं। ये छात्रा अपनी मर्ज़ी के अनुसार अपनी दीक्षा का प्रथम दिन स्वयं चुन लेती थी, क्योंकि देवी के आदेश का उल्लंघन होना असम्भव था। इसी दिन उसे परकोटे के मकानों में से एक मकान दे दिया जाता था। इन्हीं छात्राओं में से कुछ अत्यन्त अनथक थीं और सबसे अधिक लोग इनके यहां आते थे।

डिडेस्केलियन के आन्तरिक भाग और सात कक्षाओं, कोर्ट के चारों तरफ़ की मेहताबियों और छोटे-से थियेटर की दीवारों पर बानवे भित्ति-चित्र बने हुए थे, जिनमें प्रेम सम्बन्धी सभी उपदेश चित्रित किए गए थे। ये चित्र कल्योचेयर्स नाम के व्यक्ति ने बनाए थे, जो उसने मृत्यु-शैया पर पहुंचकर भी समाप्त किए थे। थोड़े ही दिन हुए साम्राज्ञी बेरेनिस ने आदेश दिया था कि डिमिट्रियोस द्वारा निर्मित संगमरमर की कुछ मूर्तियां भी उस स्कूल में रखी जाएं। साम्राज्ञी इस स्कूल के सुचारु संचालन में बहुत दिलचस्पी लेती थीं और उन्होंने अपनी छोटी बहनों को इसी स्कूल में शिक्षा ग्रहण करने के लिए भर्ती करा दिया था। लेकिन इस माला में केवल एक ही मूर्ति तैयार की जी सकी थी।

हर वर्ष के अन्त में इन देवदासियों की विशाल सभा के समक्ष एक महान् प्रतियोगिता होती थी जो कि महिलाओं के अन्दर रूप-गुण में सर्वोपरि होने की भावना को उत्तेजना देती थी। इस अवसर पर बारह पारितोषिक वितरित किए जाते। ये पारितोषिक इन महिलाओं के जीवन के महानतम स्वप्न होते थे और उन्हें प्राप्त करने के बाद उन्हें कोट्टीटियन में प्रवेश पाने का अधिकार प्राप्त हो जाता था।

यह कोट्टीटियन वह अन्तिम विहार था जिसके चारों और इतने रहस्य जुड़े हुए थे कि उनका विस्तृत विवरण दिया जाना प्रायः असम्भव है। हम केवल इतना जानते हैं कि वह भी इसी उद्यान की सीमा के अन्दर था। इसकी स्थिति त्रिकोणाकार थी और उसमें देवी कोटीटो का मन्दिर बना हुआ था– जिसके नाम पर कुछ अज्ञात और भयानक अनुष्ठान किए जाते थे। इस विहार के दूसरे प्रकोष्ठ में बारह मकान बने हुए थे। इनमें छत्तीस वैश्याएं रहती थीं। धनाढ्य प्रेमी लोग इनके पीछे इतने उन्मत्त रहते थे कि वे दो मिन्क्स से कम कभी स्वीकार नहीं करती थीं। वे एलेक्ज़ैण्ड्रिया के पवित्र संस्कार करने वाली थीं। महीने में एक

बार जबकि आकाश में पूर्ण चन्द्र निकला होता, वे मन्दिर के निकट एकत्रित हो जातीं और अनेक प्रकार के मद्यसारों का पान करके और अनेक वेश-भूषाओं से अलंकृत होकर उन्मत्त नाचती थीं। इनमें से जो सबसे अधिक आयु की होती थी, उसे प्राणान्तक पेय का एक घूंट पीना पड़ता। तेज़ी से निकट आने वाली मृत्यु के निश्चय को अटल मानकर वह ऐसी-ऐसी क्रीड़ाएं करती, जिन्हें करने में जीवित देवदासियां नितान्त लज्जा का अनुभव करती थीं। उसका शरीर जो सर्वत्र झाग की तरह तैरता-सा प्रतीत होता था, इस प्रमत्त नर्तन का केन्द्र बना होता था। चारों तरफ़ नृत्यरता वेश्याएं शोर मचाती, चीखती, रोती और नृत्य करती थीं, उसका आलिंगन करतीं और अपने बालों से उसे आच्छादित कर लेतीं और उस भयानक वेदना के बदलते हुए रंगों में परिवर्धन करतीं। तीन वर्ष तक वे महिलाएं इस प्रकार जीवन व्यतीत करतीं और छत्तीस महीने के अन्त में इसी प्रकार प्राणान्तक पेय उनकी जीवन-लीला समाप्त कर देता।

इन स्त्रियों ने अफ्रोडाइटी के नाम से प्रख्यात कुछ दूसरी देवियों के मन्दिर भी बना लिए थे, जो शान-शौकत में अपेक्षाकृत कुछ कम थे। वे वेदी ऐसी भी थी, जो यूरेनियन को समर्पित की गई थी, जिसके समक्ष कुछ भावुक वारांगनाएं अपनी पवित्रता की प्रतिज्ञा किया करती थीं, दूसरी एक वेदी एपिस्थिपया की थी, जो दुःखान्त प्रेम-प्रसंगों को विस्मरण करने में सहायता करता था। एक वेदी क्राइसिस के निमित्त थी, जो धनाढ्य प्रेमियों को आकर्षित करती और एक वेदी जेनिटिलिस के लिए, जो नवयुवतियों की सुरक्षा करती थी, एक वेदी कोलिएड के प्रति थी, जो शक्तिशाली भावावेशों को स्वीकृति प्रदान करता था और वह सभी वस्तुएं जिनसें प्रेम का सम्बन्ध था, देवी के लिए सम्पूज्य थीं, लेकिन ये छोटी-छोटी उपास्य देवियां केवल छोटी-छोटी इच्छाओं की पूर्ति का ही साधन समझी जाती थीं। उनकी उपासना भी नैत्यिक थी और उनके आशीर्वाद भी नित्य-प्रति ही प्राप्त होते थे। जिन प्रार्थियों की मनोकामना पूरी हो जाती थीं, वे साधारण फूल इनकी मूर्तियों पर चढ़ा देते थे। अगर मनोकामना पूरी नहीं होती थी, तो इनकी मूर्तियों पर धूल चढ़ाई जाती थी। वह न तो पवित्र समझे जाते थे और न ही पुजारी लोग उनकी देखभाल करते थे। और अगर कोई उन्हें अपवित्र करता था, तो उसे दण्ड देने की प्रथा भी नहीं थी।

इसके बिल्कुल विपरीत मन्दिर का अनुशासन था। मन्दिर, अधिष्ठात्री देवी का विशाल मन्दिर, मिस्र-भर को पवित्रतम स्थान, जिसमें अप्रतिहत एस्टार्टियन की तीन सौ छत्तीस फ़ीट ऊंची मूर्ति थी, उसकी आधारशिला उद्यान की उपेक्षा सात सीढ़ियां ऊंची करके रखी गई थी। उसके स्वर्ण-द्वारों पर बाहर प्रतिहारी पहरा देते थे, जो दोनों लिंगों की क्षमताओं से सम्पन्न होते थे। ये बारह प्रतिहारी प्रेम और रात्रि के बारह घण्टों के प्रतीक स्वीकार किए जाते थे।

मन्दिर का द्वार पूर्व की ओर नहीं था वरन् पोफ़ोस की ओर था, जिसका अर्थ हुआ उत्तर-पूर्व की ओर। सूर्य की किरणें कभी भी सीधी उस महान् आराध्य देवी की पवित्र वेदी तक नहीं पहुंच पाती थीं। छियासी स्तम्भ चारों तरफ़ की मेहराबों को संभाले हुए थे। अपनी आधी ऊंचाई तक वह लाल रंग से पुते थे और रंगीन भागों को छोड़कर ऊपर का हिस्सा बिल्कुल सफ़ेद रंग का था, जो किसी खड़ी हुई औरत के क़द के समान मालूम पड़ता था।

मेहराब और कोरोना के मध्य में कुछ ऐसे चित्र थे, जिनमें बड़े-बड़े पशुओं की रतिक्रियाएं अंकित की गई थीं। घोड़ियां और बिना अख़्ता किए हुए घोड़े भी थे। बकरियां बन के देवताओं के साथ थीं। सफ़ेद अप्सराएं, बारहसिंघे, सुरी में उन्मत्त बच्चूस के उपासक (सुरा का देवता) चीते, सिंहनियां और बड़े-बड़े दैत्य सभी अजायबघर का-सा दृश्य उपस्थित करते थे, प्राणियों का यह महान् समूह इसी प्रकार आगे बढ़ता जाता था। उनमें कुछ दृश्य अत्यन्त स्थायी महत्त्व के बन गए थे। यूरोपा, ओलम्पियन सांड के साथ और लीडा, बत्तख के साथ चित्रित की गई थी। ग्लाकोज़, सागर-अप्सरा की गोद में मूर्छित था, पशुओं का देवता अजाचरण एक अप्सरा का आलिंगन कर रहा था, जिसके बाल उड़ रहे थे। स्फ़िन्क्स (एक पंखों वाला दानव, जिसका नीचे का शरीर सिंह का और ऊपर का स्त्री का होता था, यूनानी धर्म-गाथाओं में आने वाला दानव) देवी मिनर्वा द्वारा पाले गए उड़न घोड़े के साथ विहार कर रही थी और अन्त में चित्रकार ने स्वयं को देवी अफ़्रोडाइटी के सम्मुख अपने उपासना के गीतों को अंकित करते हुए चित्रित किया था।

मिलीटा

"अपने को पवित्र कर लो, आगन्तुक?"

"मैं पवित्र होकर ही प्रवेश करूंगा" डिमिट्रियोस ने कहा।

द्वार पर बैठी हुई तरुण रक्षिका ने अपने बालों का अन्तिम भाग पानी में डुबोया और पहले उसकी पलकों से स्पर्श किया, तब उसके होठों और अंगुलियों से, ताकि उसकी दृष्टि, उसका चुम्बन और उसके हाथों का दुलार सभी कुछ पवित्र हो गए।

उसके बाद वह अफ़्रोडाइटी के उद्यान में चला गया। स्याह पढ़ती हुई वृक्ष की शाखाओं के मध्य से उसने पश्चिमी क्षितिज पर लाल अंगारे के रंग के सूर्य को देखा। अब उसे देखकर आंखें चौधियाती नहीं थीं। यह उस दिन जैसा ही सूर्य था, जिस दिन उसे क्राइसिस के सर्वप्रथम दर्शन हुए थे और उसका अपना जीवन अपनी स्वाभाविक गति बदल चुका था।

नारी की आत्मा कितनी सीधी और सरल होती है कि आदमी उस पर वैसा कभी भी विश्वास जमा नहीं पाता। जहां कहीं सीधी पंक्ति होती है, वहां आदमी मकड़ी के जाले के समान पेचीदगी प्राप्त करना चाहता है कि उसे स्थान मिल जाए और वह उसमें अपने को खो दे। क्राइसिस की आत्मा जो कि एक शिशु की आत्मा के समान सरल थी, डिमिट्रियोस को किसी अध्यात्मवादी उलझन से भी अधिक रहस्यमयी जान पड़ी। इस औरत को चौपाटी पर छोड़कर जब वह घर लौटा, तो जैसे किसी स्वप्निल अवस्था में था और उन समस्त प्रश्नों का उत्तर खोजने में वह अपने को असमर्थ पाता था, जो उसके मस्तिष्क में उठ-उठकर उसको व्यथित कर रहे थे। आख़िर वह उन तीन उपहारों का क्या करेगी? एक चुराया हुआ आइना साथ रखना अथवा उसे बेचकर मूल्य वसूल कर लेना उसके लिए नितान्त असम्भव होगा। इसी प्रकार एक क़त्ल की गई औरत का कन्घा और देवी का मोतियों का हार उसके लिए किस प्रकार उपादेय सिद्ध हो सकते हैं? और अगर वह उन्हें घर पर रखेगी, तो किसी भी दिन उनका पता चल जाने पर उसको भयानक विपत्ति का शिकार बनना पड़ सकता है, तो फिर उसकी इन मांगों का क्या उद्देश्य हो सकता है? केवल उन्हें नष्ट करना! वह अच्छी प्रकार जानता था कि स्त्रियां किसी चीज़ को गुप्त रखने में कोई आनन्द नहीं लेतीं और सुखद घटनाएं उन्हें उस समय तक प्रसन्न नहीं करतीं जब तक वह जग-जाहिर नहीं हो जातीं, फिर उसने किस महान् दैवी शक्ति से यह पता लगा लिया है कि उसमें उन तीन असाधारण कृत्यों को सम्पन्न करने की सामर्थ्य है। इसमें संदेह नहीं कि अगर डिमिट्रियोस चाहती, तो क्राइसिस को पकड़कर उसकी सेवा में उपस्थित कर दिया जाता और वह उसकी कृपा पर अवलम्बित होती। वह चाहता तो उसे अपनी पत्नी बनाता, प्रेयसी अथवी दासी चाहे कुछ भी बना सकता था। केवल उसका सर्वनाश-भर कर देना भी उसके हाथ में था, इससे पहले भी ऐसी क्रान्तियां हुई हैं और नागरिक लोग एक वेश्या के जीवन को ध्वस्त करने में दूसरी बार भी न सोचने के अभ्यस्त हो चुके हैं, क्राइसिस को भी तो यह सब पता होगा ही! तब भी उसने साहस किया...!

उसने जितना ही उस समस्या पर विचार किया, उतनी ही अधिक प्रसन्नता उसे हुई कि उसने कितने भिन्न पहलुओं से उस पर विचार किया है। उसके स्थान पर कितनी ही दूसरी स्त्रियां और होतीं, जो उतनी ही वांछनीय होती हुईं भी कितने भद्दे तरीक़े से अपने को पेश करतीं। न प्रेम, न स्वर्ण और न हीरे-जवारात! केवल तीन अविश्वसनीय अपराध! उसने एक गहरी दिलचस्पी उसमें पैदा कर दी थी। उसने समस्त मिस्र का ख़जाना उसके क़दमों पर रखने की बात कही थी। उसने अब अनुभव किया कि अगर वह उस पर राज़ी हो जाती, तो सम्भवतः दो ओबोली (ग्रीक सिक्के) भी उसे कभी प्राप्त न हो सकते और वह उसके प्राप्त होने से पूर्व ही उससे आजिज़ आ चुका होता। तीन अपराध निश्चय ही बहुत बड़ी

फीस है, परन्तु उसके लिए वह सब कुछ भी अधिक नहीं है, क्योंकि उसने वह सब मांगा है और डिमिट्रियोस ने अपने वचन को पूरा करने का प्रयत्न जारी रखा। वह अपने को इस काम में तत्काल लगा देना चाहता था, इस डर से कि कहीं उसमें विरक्ति पैदा न जो जाए। वह सीधा बच्चीज़ के यहां गया। घर उसे बिल्कुल ख़ाली मिला। उसने चांदी का आइना उठा लिया और उद्यान की ओर चल दिया।

क्या वह अब सीधा क्राइसिस के दूसरे शिकार की ओर चला जाए , पुजारिन टोनी के पास, जिसके बालों में गज दन्ती कन्घा था। पुजारिन इतनी सुन्दर और कोमल थी कि उसे लगा कि अगर वह समुचित तैयारी के बिना उधर जाएगा तो शायद अपने उद्देश्य में सफल नहीं हो सके। उसे डर था कि उसका मन उसे देखकर अभिभूत हो उठेगा। वह फिर पीछे लौट गया और उस महान् परकोटे के आस-पास घूमने लगा। मन्दिर की औरतें अपने खुले हुए कमरों में इस तरह बैठी थीं, जैसे फूल नुमाईश के लिए सजाए गए हों। जितना वैभिन्नय उनकी अवस्थाओं, क़िस्मों में था, उतना ही उनके अन्दाज़ों और पोशाकों में था। जो सर्वाधिक सुन्दरियां थीं वे फ्रेने के फ़ैशन पर ऐसी पोशाकें पहने हुए थीं, जिनमें उनकी मुखकृतियां ही दीख पातीं, शरीर के दूसरे भाग को वह लिनेन के वस्त्रों से आच्छादित रखती थीं। कुछ ने ऐसी पोशाकें पहनी हुई थीं जिनके नीचे उनका सौंदर्य उसी प्रकार सौंदर्ययुक्त प्रतीत होता था, जिस प्रकार स्वच्छ सरोवर के तटवर्ती जल में तट पर खड़ी हुई घास की परछाई छविमान होती है।

जिनमें यौवन था उन्होंने वस्त्र इस तरह धारण किए हुए थे कि देह-यष्टि स्पष्ट दृष्टिगत होती थी, लेकिन जो अपेक्षाकृत प्रौढ़ाएं थीं, उनमें भी सौन्दर्य था, उनकी पोशाक उनके नारीत्व को और भी आकर्षक बना रही थी। डिमिट्रियोस धीरे-धीरे उनके सामने से गुज़रता आता था और उनके सौन्दर्य की प्रशंसा करता हुआ थकता नहीं था।

उसके जीवन में ऐसे क्षण कभी न आए कि उसने किसी नारी को देखा हो और भावनाएं उसमें न जाग उठी हों। नवयौवनाओं के समक्ष उसमें खिन्नता पैदा नहीं होती थी और अल्पवयस्काओं के समक्ष उसकी नाड़ियों में शीतलता का संचार नहीं होता था। आज तो कोई भी औरत उसे मुग्ध कर सकती थी। अगर वह शान्त और सरल हो, तो वह उसकी सुन्दरता के लिए भी अपनी आसक्ति को तिलांजली दे सकता था। ज्यो-ज्यों वह देह-यष्टि की सम्पूर्णता पर विचार करता, त्यों-त्यों उसकी भावनात्मक प्रतिक्रिया शिथिल होती जाती थी। जीवित सौन्दर्य के दर्शन से उसके हृदय में जितनी वासना उत्तेजित होती थी, उतना ही अफ्रोडिसिया के सौन्दर्य का चमत्कार ढीला पड़ता जाता था। उसने आक्रोश के साथ एक ऐसी महिला का स्मरण किया, जिसे वह अपने अंक में ले चुका था।

"दोस्त," एक आवाज़ ने कहा, "क्या तुम मुझे नहीं पहचानते?"

उसने पीछे पलटकर देखा। नकारात्मक संकेत करते हुए वह अपने रास्ते पर चलता रहा, क्योंकि उसका नियम था कि एक युवती के पास एक से अधिक बार वह कभी नहीं जाता था। उद्यान में जाते समय इसी सिद्धान्त का वह दृढ़तापूर्वक पालन करता था। डिमिट्रियोस किसी प्रकार भी दूसरी बार किसी लड़की के पास जाकर पूर्व-समागम के सौन्दर्य को नष्ट नहीं करना चाहता था।

"क्लोनेरियन !"

"ग्रैथीन !"

"प्लैन्गो।"

"म्नेइज़"

"क्रोबाइली !"

"आयोसा !"

जैसे-जैसे वह उधर से गुज़र रहा था, सुन्दरियां आवाज़ देकर अपनी सुन्दरता और रसिकता का बखान करती जाती थीं। डिमिट्रियोस अपने पथ पर चलता जा रहा था और जैसी कि उसकी आदत थी वह अकस्मात किसी को पसंद करने की मनःस्थिति में ही था कि एक लड़की ने, जो कि नीले वस्त्रों में लिपटी हुई थी, अपना सिर बाहर निकाला और बिना उठे धीरे से कहा, "क्या कहीं रास्ता नहीं रुकता ?"

इस गुर की अप्रत्याशितता ने उसे गुदगुदा दिया। वह रुक गया, "दरवाज़ा खोलो," उसने कहा, "मैं तुम्हें पसंद करता हूं।"

लड़की खुशी से उछल पड़ी और उसने एक घण्टे पर प्रहार किया, जिसे सुनकर एक वृद्धा दासी उपस्थित हुई और उसे दरवाज़ा खोलने का हुक्म दिया गया। "गार्गो," उसने कहा, "देखो मेरा कोई अतिथि आया है, जल्दी, क्रीट की शराब और केक लाओ ?"

और वह डिमिट्रियोस की ओर आमुख हुई "आपको तगड़े पेय की प्यास तो नहीं है न ?"

"नहीं," युवक ने हंसते हुए कहा, "क्या तुम्हें ?"

"मुझे तो होनी ही चाहिए, क्योंकि अतिथि लोग, आपको शायद पता नहीं है, हमेशा शक्तिशाली पेय की मांग करते हैं। इधर से आ जाइए। ज़रा सीढ़ियों का ध्यान रखिएगा। उनमें एक टूटी हुई है ? मेरे कक्ष में आकर बैठिए, मैं अभी हाजिर होती हूं ?

कक्ष बिल्कुल ही अलंकारविहीन था। आरम्भ करने वाली दूसरी देवदासियों की तरह ही। एक बड़ा पलंग, कुछ ग़लीचे और कुछ कुर्सियां जो कमरे को सजाने के लिए अपर्याप्त थी, लेकिन एक विशाल खुली हुई वीथि से उद्यान, सागर और एलेक्ज़ेण्ड्रिया का दोहरा राजपथ स्पष्ट दिखाई देता था। डिमिट्रियोस दूरी पर स्थित उस नगर की ओर खड़ा होकर देखने लगा।

बन्दरगाहों के उस ओर अस्तोन्मुख सूर्य, नौसैनिक, नगरों की अनुपम गौरव– गरिमा! स्वर्गोपम शान्ति थी। सागर के अरुण वितान, तुम किस आत्मा में शान्ति का आविष्कार नहीं करते, वह आत्मा चाहे सुख में विभोर हो, या दुःख से कातर हो, कौन से चरण हैं, जो तुम्हें देखकर ठिठक नहीं जाते, कौन-सा आनन्द है, जो तुम्हें देखकर स्तब्ध नहीं हो जाता! कौन-सी वाणी है, जो तुम्हें देखकर मूक नहीं हो जाती!... डिमिट्रियोस ताकता रहा, सूर्य, सागर में आधी डुबकी लगा चुका था और किरणों की एक बौछार-सी क्षितिज पर छाई हुई थी और अफ़्रोडाइटी के उद्यान तक फैली हुई मालूम देती थी। एक क्षितिज से दूसरे क्षितिज तक समस्त भूमध्यसागर पर लाल-लाल और मख़मली रंग के डोरे फैले हुए थे। इस दोलायमान गरिमा और मेरियोटिस-झील के उस हरित वर्ण मुकुर के मध्य नगर का वह सफ़ेद रंग का समूह मख़मल से लिपटा हुआ-सा प्रतीत होता था। बीस हज़ार चपटे भवन के रंगों में बीस हज़ार रंगीन स्थलों का भान होता था और पश्चिम के अस्तोन्मुख सूर्य के साथ-साथ नगर का सम्पूर्ण कायाकल्प होता जाता था। तब वह बहुत तेज़ी से आग का लाल-लाल अंगारा बन गया। सूर्य अब डूब चुका था और रात्रि के प्रथम प्रहर के साथ हलकी-सी हवा बहनी प्रारम्भ हो गई थी, जो सन्तुलित और पारदर्शी थी।

"ये अंजीर हैं, उधर केक है और यह मधु का पात्र, इधर सुरा और उधर सुन्दरी! अंजीरों का आनन्द दिन-दिन में ही ले लेना चाहिए?" लड़की लौट आई थी और हंस रही थी। उसने नवयुवक को आसनारूढ़ कर दिया था, स्वयं उसके घुटनों के निकट बैठ गई थी, और अब हाथों को सिर के पीछे करते हुए अपने केशों से गिरते हुए गुलाब पुष्प को सम्भाल रही थी।

लेकिन डिमिट्रियोस ने जान-बूझ कर अपना आश्चर्य प्रकट किया, "तुम अभी बूढ़ी औरत भी नहीं हो?"

"मैं औरत नहीं हूं। दोनों देवियों की सौगन्ध, बताइए तो फिर मैं क्या है? एक थ्रेशियन[1] कुली या कोई दार्शनिक हूं?"

"तुम्हारी आयु कितनी होगी?"

"मेरा जन्म ही उद्यान में हुआ था। मिलेशियन मेरी माता हैं। वह पाइथिया[2] हैं, जिसे लोग 'अजा' पुकारते हैं। वह सुन्दर हैं।"

"क्या तुमने डिडेसकेलियन में शिक्षा पाई है?"

"मैं अभी तक वहीं हूं, छठे क्लास में। अगले वर्ष मैं विद्यालय से निकल जाऊंगी,

---

1. बालकन पेनिनशुला : पूर्वी प्रदेश, प्राचीन देश थ्रेस का निवासी।
2. मीराक्यूज देश का निवासी– अत्याचारी राजा डायोनीसिसयस के राज्य में।

लेकिन फिर भी उस घड़ी को पकड़ना बहुत आसान नहीं है।"

"क्या तुम उससे तंग आई हुई हो?"

"आह, अगर तुम जानते होते कि उस्तानियां कितनी कठोर होती हैं! वह हमें एक ही सबक को पच्चीस बार दोहराने को मजबूर करती हैं। इस तरह आदमी थक जाता है। मैं यह सब पसन्द नहीं करती। आइए, यह अंजीर लीजिए। आह, वह नहीं, यह पका हुआ। मैं आपको खाने की एक नई पद्धित से परिचित कराऊंगी, देखो?"

"मैं जानता हूं। यह तरीका देरतलब है, लेकिन बेहतर नहीं है। मेरे ख़्याल में तुम अपने विद्यालय की बहुत अच्छी छात्रा होओगी?"

"ओह, जो कुछ मुझे आता है, वह तो मेरा अपना है, उस्तानियां हमें यह मान लेने पर मजबूर करती हैं कि वे हमसे अधिक जानती हैं। मुमकिन है वह सब उनके सामान्य जीवन का अंग हो, किन्तु उन्होंने नया कुछ भी अविष्कार नहीं किया है।"

"क्या तुम्हारे पास अनेक अतिथि आते हैं?"

"सभी बूढ़े होते हैं, लेकिन क्या किया जाए, मजबूरी है। जवान लोग बड़े मूर्ख होते हैं? वे तो चालीस वर्ष की स्त्रियों को ही प्यार करते हैं। मैंने देखा है कि उनमें कोई-कोई तो कामदेव के समान सुन्दर होते हैं? लेकिन वे चुनेंगे किसे– कोई हिप्पोपोटामी! आह, यह देखकर ही आदमी पीला पड़ सकता है। मैं उम्मीद करती हूं कि मैं उस स्थिति को पहुंचने की अवस्था तक जीवित नहीं रहूंगी। मैं वैसी हुई तो लाज से मर जाऊंगी। तुम देखते हो मैं कितनी प्रसन्न हूं, इतना अधिक कि मैं अभी तक तरुणी प्रतीत होती हूं। मुझे अपना चुम्बन लेने दो। मैं तुम्हें प्रेम करती हूं।

इसके बाद वार्तालाप थोड़ा कम संतुलित हो गया। यदि उसे धीमा न भी कहें तो? डिमिट्रियोस को शीघ्र ही विदित हो गया कि उसकी अपरिपक्वता का संदेह निर्मूल था, क्योंकि उसकी बुद्धि अत्यन्त विकसित अवस्था को प्राप्त हो चुकी थी। वह इस बात के प्रति जागरूक थी कि यह प्रकट कर सके कि किसी जवान आदमी का आतिथ्य करने के लिए वह बहुत ही उपयुक्त है। वह इतने विशाल गुणात्मक आतिथ्य के लिए सन्नद्ध थी कि जिसकी न कोई कल्पना कर सकता था और न ही वैसी अनुमति अथवा निर्देश दे सकता था। वह उसे सोचने की सुविधा प्रदान नहीं करती थी। अन्त में उसने उसका आलिंगन किया। आधे घण्टे तक यह प्रेम-लीला चलती रही।

वह उठी और मधुपात्र में अपनी उंगलियां डुबोकर उनसे अपने होठों पर शहद लगा लिया; और वह डिमिट्रियोस के ऊपर चुम्बन करने के लिए झुक आई। उसके लम्बे कर्णफूल उसके कपोलों पर दोनों ओर झूल रहे थे। युवक मुसकराया और कोहनियों के बल से झुक गया।

"तुम्हारा नाम क्या है?" उसने पूछा।

"मिलीटा। क्या द्वार पर तुमने मेरा नाम नहीं देखा।"

"मैंने उधर देखा ही नहीं।"

"तुम मेरे कमरे में उसे देख सकते हो। लोगों ने मेरी दीवारों पर उसे बार-बार लिख छोड़ा है, मुझे शीघ्र ही दीवारों पर फिर से पुताई करने का कष्ट उठाना पड़ेगा।"

डिमिट्रयोस ने अपना सिर उठाया। चारों दीवारों के पैनल लिखावट से रंगे हुए थे, "क्यों, कितना अचरज है?" उसने कहा, "क्या मैं उन्हें पढ़ सकता हूं?"

"ओह, अगर तुम्हारी इच्छा हो तो...मेरे यहां कुछ भी गोपनीय नहीं है?"

उसने पढ़ा। मिलिटा का नाम अनेक लोगों के नाम के साथ लिखा हुआ था और अनेक टूटे-फूटे रेखा-चित्र भी बने हुए थे। कोमल और प्रहसन-वाक्य बहुत ही भद्दे ढंग पर लिख दिए गए थे। अतिथियों ने इस मेज़बान के सौन्दर्य का वर्णन किया था और उसके साथियों का मज़ाक भी उड़ाया था। यह सब बहुत ही अरुचिकर था, केवल उसके यहां आने वालों की सामान्य मानसिकता का पता चलता था, लेकिन दीवार के एक कोने में कुछ लिख पढ़कर डिमिट्रियोस को धक्का-सा लगा, "यह कौन है, कौन है यह, मुझे बताओ?"

"कौन, क्या है?" बालिका ने कहा, "क्या हो गया है तुम्हें?"

"यहां, वह नाम, यह किसने लिखा?"

और उसकी अंगुलियां इस दोहरी पंक्ति के नीचे रुक गईं।

मिलीटा और क्राइसिस

क्राइसिस और मिलीटा

"आह," उसने उत्तर दिया, "मैंने ही, मैंने ही तो वह लिखा है।"

"लेकिन यह क्राइसिस कौन है?"

"वह मेरी अन्तरंग मित्र है।"

"यह तो मैं मान लेता हूं। लेकिन मैंने तुमसे यह तो नहीं पूछा था। कौन-सी क्राइसिस? बहुत-सी क्राइसिस हो सकती हैं?

"मेरी मित्र तो परम सुन्दरी है, क्राइसिस-गैलिली की रहने वाली।"

"तुम उसे जानती हो? तुम उसे जानती हो? तो मुझे बताओ वह कहां की रहने वाली है। मुझे उसके बारे में सब कुछ बताओ?"

वह पलंग पर बैठ गया और लड़की को उसने अपनी जांघों पर बैठा लिया।

"तो तुम उसे प्यार करते हो?" उसने पूछा।

"तुम्हारे लिए ऐसा पूछने का महत्व क्या है? जो कुछ तुम्हें मालूम है, मुझे बता दो। मैं सभी कुछ सुनने के लिए बेक़रार हूं।"

"ओह! मुझे तो कुछ भी मालूम नहीं, केवल इतना ही कि दो बार वह मेरे पास आ चुकी है, और तुम यह कल्पना कर सकते हो कि मैं इस प्रकार की सूचनाएं उससे किस तरह ले सकती थी। उसे पाकर मैं अत्यन्त प्रसन्न थी और ऐसे प्रश्न करके मैं किसी तरह भी समय नष्ट नहीं करना चाहती थी।"

"वह कैसी है?"

"एक सुन्दर युवती के समान ही उसकी सुघड़ देह-यष्टि है, लेकिन तुम मुझसे क्या कुछ कहलाना चाहते हो? क्या मैं उसके सिर के प्रत्येक बाल का वर्णन तुम्हारे लिए करूं और कहूं कि वह सुन्दर है; और फिर वह औरत है... एक सच्ची औरत। जब मैं उसके बारे में सोचने लगती हूं, तो मैं नितान्त एकाकी अनुभव करने लगती हूं।"

और उसने अपनी बाहें डिमिट्रियोस के गले में डाल दीं।

"तुम उसके बारे में कुछ भी नहीं जानतीं," उसने कहा, "कुछ भी नहीं?"

"मैं जानती हूं...मैं जानतीं हूं कि वह गैलिली की रहने वाली है; कि वह लगभग बीस वर्ष की हो चुकी है; और वह यहूदियों के क्वार्टरों में रहती है; और उद्यान के निकट ही नगर के उस छोर पर, लेकिन बस, इससे आगे कुछ भी नहीं।"

"और उसके जीवन के बारे में, उसके साथियों के बारे में, क्या तुम मुझे कुछ भी नहीं बता सकती। वह तुम्हारे पास आती है, इससे स्पष्ट है कि उसकी अनेक महिला मित्र हैं, लेकिन क्या पुरुषों में उसके मित्र नहीं हैं।"

"निश्चय ही। पहली बार जब वह इधर आई थी, तो एक आदमी उसके साथ था और मैं सौगन्ध खाकर कहती हूं कि वह उसके प्रति उदासीन नहीं थी। केवल आंख देखकर ही बता सकती हूं कि वह किसी के साहचर्य में आनन्द अनुभव कर रही है अथवा नहीं, लेकिन वह दोबारा भी आई, तो उस बार वह बिल्कुल ही अकेली थी और शीघ्र ही मेरे पास दोबारा आने का वायदा कर गई थी।"

"क्या तुम बता सकती हो कि इस उद्यान में उसकी कोई मित्र और भी है या कोई नहीं है?"

"हां, एक और औरत उसके ही देश की है। चिमारिस, एक ग़रीब औरत?"

"वह कहां रहती है। मैं उससे मिलना चाहती हूं?"

"वह जंगल में एक वर्ष से सोती रही है। उसने अपना मकान बेच दिया है, लेकिन मैं उसकी गुफा को जानती हूं। मैं तुम्हें उधर ले चल सकती हूं। मेरी सैण्डिल मुझे पहनाने का कष्ट क्या तुम कर सकते हो?"

डिमिट्रयोस ने तेज़ी के साथ चित्रकारीयुक्त चमड़े के फ़ीते मिलीटा के दुबले टखनों पर बांध दिए और तब उसे छोटी-सी पोशाक भी उसे पहनानी पड़ी, जो उसने केवल अपने

कन्धों पर डाल ली और फिर वे तेज़ी के साथ बाहर निकल गए। पार्क बहुत बड़ा था, वह काफ़ी देर तक चलते रहे। थोड़ी-थोड़ी दूर पर पेड़ों के नीचे पड़ी रहने वाली लड़कियां उनका नाम लेकर पुकारती थीं और फिर वहीं लेट रहती थीं और आंखों पर हाथ रख लेती थीं। मिलीटा उनमें से अनेक को जानती थी और उन्होंने बिना रोके ही उसका चुम्बन भी कर लिया था। किसी जर्जर वेदी के निकट से गुज़रते हुए उसने दो-तीन फूल तोड़कर उस पर चढ़ा दिए थे।

रात अभी तक अंधियारी नहीं हुई थी। ग्रीष्मकालीन दिन के प्रकाश में इतनी तेज़ी होती है कि सूर्य के डूबने के बाद भी रोशनी की चिलक मालूम पड़ती रहती है। पीले और गीले तारकगण, जो आकाश की गहराई की अपेक्षा कुछ ही कम हलके थे, एक हलकी-सी थिरकन के साथ चमक रहे थे ओर वृक्षों की परछाइयों को देखकर उन्हें चीन्हा नहीं जा सकता था।

"आह !" मिलीटा चिल्लाई, "मामा, वह उधर मामा है !"

एक महिला जो तिरंगी मसलिन पहने हुए थी, जिस पर नीले रंग के छींटे पड़े हुए थे, अकेली शान्त क़दमों के साथ आ रही थी। ज्यों ही उसने इस बालिका को देखा, तो दौड़कर उधर आई, उसे ज़मीन से ऊपर उठा लिया और अपनी गोद में लेकर उसके कपोलों पर ज़ोरों से चुम्बन किया।

"मेरी नन्हीं बच्ची, मेरी प्यारी, तुम किधर जा रही हो ?"

"मैं किसी को साथ ले जा रही हूं चिमारिस से मिलाने के लिए और तुम ! क्या तुम भ्रमण कर रही हो ?"

"कोरिन्न को प्रसव हो चुका है। मैं उसके पास गई थी। उसके पलंग के पास ही बैठकर मैंने खाना खाया है।"

"और उसकी गोद में क्या आया है, लड़का ?"

"जुड़वां पुत्रियां, मेरी प्यारी और मोम की गुड़ियों की तरह। तुम आज रात ही उधर चली जाना। वह तुम्हें दिखा देगी ?"

"ओह, कितनी बढ़िया बात है ! दो देवदासियां ! उनके नाम क्या रखे हैं ?"

"दोनों के ही पेनीचीज़ नाम हैं, क्योंकि वह अफ्रोडाइटी के पर्व के अवसर पर पैदा हुई हैं। ये तो दैविक घड़ियां हैं। दोनों सुन्दर निकलेंगी।"

उस औरत ने बालिका को नीचे उतार दिया और डिमिट्रयोस की ओर देखकर स्वयं ही बोली, "आपको मेरी लड़की कैसी लगी ? क्या मैं उस पर गर्व कर सकती हूं।"

"आप दोनों को एक दूसरे से सन्तोष होना चाहिए।" उसने शान्तिपूर्वक उत्तर दिया।

"मामा का चुम्बन करो।" मिलीटा ने कहा।

उसने धीरे से उसकी भौहों पर एक चुम्बन कर दिया। पाइथिया ने चुपके से उसके मुंह पर बदले में चुम्बन अंकित कर दिया और वे विदा हो गए। डिमिट्रियोस और वह लड़की वृक्षों के नीचे-नीचे चलते रहे। और वह देवदासी अपना मुंह फेरकर उन्हें देखती हुई काफ़ी देर तक खड़ी रही। आख़िरकार वे मंज़िल पर पहुंच गए। मिलीटा ने कहा, "वह यहां है।"

चिमारिस एक वृक्ष और झाड़ी के मध्य एक छोटे-से लॉन पर बाएं पैर पर बल दिए खड़ी थी। उसके पास लाल ग़लीचे जैसी कोई वस्तु थी, जिसे लॉन पर बिछाकर जब वह किसी को आता देखती, तो लेट जाती थी। डिमिट्रियोस अपनी बढ़ती हुई उत्सुकता से उसके ऊपर विचार कर रहा था। उसकी आकृति उन कृषकाय स्त्रियों की तरह थी, जिनके अन्तर की सुलगती हुई आग उनको सैदव जलाती रहती है। उसके पृथुल होंठ, उसकी असाधारण दृष्टि, उसकी बड़ी-बड़ी पलकें, उसके मुंह पर खेलने वाली लिप्सा और रिक्त लालसाओं की दोहरी भावनाओं को व्यक्त करती थी। उसकी देह का गठन शक्तिशाली वासना का द्योतक था और उसके बाल जो एक-दूसरे से उलझकर गुंथ गए थे और अब जंगली सुअर जैसे लगते थे और उसकी लज्जाहीनता के साक्षी थे, यह ज़ाहिर करते थे कि वह कितनी अकिंचन है; और अपनी उदरज्वाला को शान्त करने के लिए उसने अपनी प्रसाधन सामग्री, अपना कन्घा और पिन तक भी बेच डाले थे।

उसके पास ही एक पालतू बकरा अपने सख़्त सुमों पर खड़ा हुआ था। वह एक सोने की ज़ंजीर द्वारा एक वृक्ष से बंधा हुआ था। यह ज़ंजीर पहले शायद उसकी मालकिन के गले में चार लड़ों के रूप में सुशोभित होती थी।

"चिमारिस," मिलीटा ने कहा, "उठो, तुमसे कोई कुछ पूछने के लिए आए हैं।"

वह यहूदिन उठकर बैठी नहीं, केवल ऊपर देखने लगी। डिमिट्रियोस आगे बढ़ा, "तुम क्राइसिस को जानती हो," उसने पूछा।

"हां।"

"तुम उससे अक्सर मिलती रहती हो?"

"हां।"

"क्या तुम मुझे उसके बारे में कुछ बता सकती हो?"

"नहीं।"

"क्यों नहीं...क्यों नहीं बता सकती?"

"नहीं।"

मिलीटा सुनकर चमत्कृत हो गई, "उससे कुछ बोलो," उसने कहा, "उसका विश्वास करो। वह उससे प्रेम करता है। वह उसका भला चाहता है।"

"मैं साफ़ देख रही हूं कि वह उसे प्यार करता है," चिमारिस ने उत्तर दिया, "अगर वह उसे प्यार करता है तो उसका भला नहीं चाहता। अगर वह वस्तुत: उसे प्यार करता है, तो मैं उससे नहीं बोलूंगी।"

डिमिट्रियोस क्रोध से कांपने लगा, किन्तु फिर भी वह ख़ामोश रहा।

"मुझे अपना हाथ दिखाओ," उस यहूदिन ने उससे कहा, "मैं हाथ देखकर यह निश्चित कर लूंगी कि मैं ग़लत हूं अथवा सही।"

उसने उस युवक का बायां हाथ आपने हाथ में ले लिया और चांद की तरफ़ किया। मिलीटा देखने के लिए आगे झुकी और हालांकि वह कुछ भी समझ सकने में असमर्थ रही तथापि रेखाओं की विनाशकारिता तो अत्यन्त स्पष्ट हो उठी थी।

"तुम क्या देख रही हो?" डिमिट्रियोस ने कहा।

"मैं देख रही हूं...क्या मैं कह सकती हूं कि मैंने क्या देखा है? क्या तुम मुझ से प्रसन्न हो सकोगे? क्या तुम मेरा विश्वास भी कर सकोगे? पहले तो मुझे तुम्हारे हाथ में सब ओर सुख और समृद्धि दीख पड़ती है, लेकिन उसका अन्त रक्तपात में है।"

"मेरा ख़ून?"

"एक औरत का ख़ून। इसके बाद दूसरी औरत का ख़ून। इसके बाद अपना स्वयं का ख़ून, लेकिन कुछ समय बाद।"

डिमिट्रियोस ने अपने कन्धे हिलाए और तब वह पीछे घूम उठा और मिलीटा को देखा, जो कि बड़ी तेज़ रफ़्तार से वृक्षों की छाया में बढ़ी जा रही थी।

"वह डर गई है," चिमारिस ने कहा, "लेकिन आपकी रेखाएं न मेरी परेशानी का कारण हैं और न उसकी। चीज़ों को अपनी नैसर्गिक स्थिति में चलने देना चाहिए, क्योंकि समय की गति को बदला नहीं जा सकता। तुम्हारे जन्म से ही तुम्हारा भाग्य सुनिश्चित था।"

और उसने उसका हाथ इतना कहकर छोड़ दिया।

प्रेम और मृत्यु

"एक स्त्री का ख़ून! इसके उपरान्त एक और स्त्री का ख़ून! सबसे बाद में अपना ख़ून, लेकिन कुछ समय बाद!"

ये शब्द डिमिट्रियोस के मस्तिष्क में घूम रहे थे। वह चलता जाता था और उन पर विचार करता जाता था। उसके मन में एक नया विश्वास पैदा होता जा रहा था और उसकी

वेदना भी मुखर होने लगी थी। नक्षत्रों की गति और मृतकों के शवों से होने वाली आकाशवाणियों में उसका विश्वास नहीं था। इस प्रकार की समस्याएं अत्यन्त उलझाने वाली होती हैं, लेकिन अपने हाथ की रेखाओं के प्रभाव का अनुमान करके जो कि नितान्त व्यक्तिगत जन्म-कुण्डली से सम्बन्ध रखता है, उसकी बेचैनी बढ़ रही थी और इसीलिए चिमारिस की भविष्यवाणी उसके मस्तिष्क में चक्कर लगा रही थी।

उसने अपने बाएं हाथ की हथेली को जहां कि उसका रहस्यमय और अपरिहार्य भविष्य अंकित था स्वयं भी देखना शुरू कर दिया था।

सबसे पहले उसने हाथ के ऊपर के भाग पर ज़ोर दिया। वहां एक चनद्राकार चिह्न अंकित था, जिसका अग्रभाग अंगुलियों की जड़ की ओर झुका हुआ था। उसके नीचे एक लाल रंग की चौकोर रेखा गांठ की तरह खिंची हुई थी और उसमें तेज़ लाल रंग के निशान बने थे। एक दूसरी बारीक-सी रेखा साथ ही बनी हुई थी, जो पहले समानान्तर चलकर पहुंचे की ओर मुड़ गई थी। अंतिम रूप से एक तीसरी और रेखा छोटी और साफ़, अंगूठे की जड़ को स्पष्ट अंकित करती थी, जो कि हलकी-हलकी अनेक रेखाओं से गुंथी हुई थी। उसने वह सभी-कुछ देखा, लेकिन उसे यह मालूम नहीं था कि उस रहस्य प्रतीक को वह किस प्रकार समझे, उसने अपना हाथ अपने मुंह पर फेर लिया और विचारणीय विषय को भूल जाने की कोशिश करने लगा।

क्राइसिस! क्राइसिस! क्राइसिस! यह नाम ज्वर की तरह उसकी धमनियों में धड़कने लगा। उसे संतुष्ट करने के लिए, उस पर विजय प्राप्त करने और उसे अंकशायिनी बनाने के लिए, उसे लेकर सीरिया, यूनान, रोम अथवा कहीं भी चले जाने के लिए, जहां उसकी प्रेयसी बनने के लिए कोई स्त्री न होगी और क्राइसिस के लिए प्रेमी बनने के लिए कोई न होगा, उसे तत्काल प्रयत्नशील होना पड़ेगा, तत्काल!

उसके द्वारा मांगे गए तीन उपहारों में से एक उपलब्ध हो चुका है। दो अभी भी बाक़ी हैं। कन्घा और गले का हार। पहले कन्घा प्राप्त करना चाहिए; और उसकी चाल में तेज़ी आ गई।

सूर्यास्त के उपरान्त प्रत्येक शाम को बड़े पादरी की पत्नी एक संगमरमर की बैंच पर बैठती थी। उसकी पीठ जंगल की ओर होती थी और वहां से सागर का दृश्य भली प्रकार देखा जा सकता था। डिमिट्रियोस यह सब अच्छी तरह जानता था, क्योंकि अनेक दूसरी स्त्रियों की तरह वह भी उससे प्रेम करती थी और उसने यह कह छोड़ा था कि किसी भी दिन, जिस दिन वह उसे उपलब्ध करना चाहे, वहां से प्राप्त कर सकता था। इसी चीज़ को मन में रखकर वह उधर चला।

वह वहां बैठी हुई मिली, लेकिन उसने उसे अपनी ओर आते हुए नहीं देखा था। वह

आंखे बन्द किए हुए बैठी थी। उसकी देह बैंच की पीठ पर टिकी हुई थी और उसकी बाहें फैली हुई थीं।

वह मिस्र देश की रहने वाली थी। उसका नाम टोनी था। वह सुर्ख़ रंग की पारदर्शी ट्यूनिक पहने हुए थी और उस पर कोई बक्सुआ या पेटी नहीं लगी हुई थी। उसकी छाती पर बने हुए दो सितारों को छोड़कर और किसी प्रकार की मीनाकारी नहीं थी। इस बारीक वस्त्र पर इस्तरी द्वारा तहें बना दी गई थीं और उसके कोमल घुटनों पर पहुंचकर सुन्दर घेरा बनता था। नीले चमड़े से बनी सैंडिलें उसके पैरों में सुशोभित थीं, उसकी त्वचा बिल्कुल किशमिशी रंग की थी। उसके होंठ भरे हुए थे, उसके कन्धे हलके थे और उसकी इकहरी और लचकदार देह दसके उन्नत उरोजों के भार को वहन करने में असमर्थ प्रतीत होती थी। वह ऊंघ रही थी। उसका मुंह कुछ खुला हुआ था और वह कोमल स्वप्नों में खोई हुई थी।

डिमिट्रियोस आहिस्ता से उसके निकट बैंच पर बैठ गया और धीरे-धीरे उसके निकट से निकटतर खिसकता गया। वह उसके कोमल तरुण स्कन्धों को, जो कि सुचिक्कण और गहरे थे और बगल की गोलाई बनाते हुए कोमलता के साथ उर-प्रदेश में विलीन हो गए थे, निर्विकार दृष्टि से देखता रहा। उसके नीचे लाल मसलिन की उसकी पोशाक फैली हुई थी। कोमल स्पर्श से डिमिट्रियोस ने उसकी पोशाक को छुआ। उसकी गर्म त्वचा में हलकी-सी थिरकन पैदा हुई। लेकिन टोनी फिर भी जागी नहीं। उसका स्वप्न क्रमशः बदलता जा रहा था, किन्तु अभी समाप्त नहीं हुआ था। उसके खुले हुए होंठों में से उसकी सांस तेज़ी से आने लगी थी और उसने एक लम्बे और अस्पष्ट वाक्य का उच्चारण किया और उसका ज्वराक्रांत सिर पीछे की ओर लुढ़क गया। उतनी ही कोमलता के साथ डिमिट्रियोस ने अपना हाथ पीछे खींच लिया और उसने ठण्ड़ी हवा की ओर अपना हाथ उठा दिया।

अदृश्य और नीले ढलानों के पीछे रात्रि के गहरे प्रकाश के नीचे सागर ठाठें मार रहा था। किसी दूसरी पुजारिन के उपप्रदेश की तरह वह सागर तारों की छाया में हिलोरें ले रहा था, और उस महास्वप्न में विभोर था, जो कि उसे इतनी वेगवान गति प्रदान करता है और दुनिया के लोग जिसके रहस्य को उस क्षण तक जानने का प्रयत्न करते रहेंगे, जब तक युगों के उपरान्त प्रलय-काल में उसके अस्तित्व का ही लोप नहीं हो जाएगा। चन्द्रमा अपना विराट् रक्तिम पात्र सागरों पर झुकाए हुए था। बहुत दूर उस निर्मल वातावरण में, जो अनन्त काल से भूलोक और स्वर्गलोक को मिलाए हुए है, एक हलकी लाल रेखा, जिसमें लाल-लाल शिराएं-सी उभरी हुई थीं, उदीयमान चन्द्रमा के नीचे सागर के प्रकाश पर इस प्रकार कांप रही थी, जैसे रात्रि के आलिंगन के परिणामस्वरूप उत्पन्न सिहरन, जो स्पर्श के बाद भी यथावत बनी रहती है।

टोनी अभी भी नींद में खोई थी। उसका सिर झुका हुआ था और उसकी परछाई उसकी पोशाक पर स्पष्ट अंकित थी।

चन्द्रमा की लालिमा, जो अभी क्षितिज से ऊपर नहीं उठा था, सागर के अंचल से होती हुई उसकी ओर आ रही थी। इसका जाज्वल्यमान, भाग्यशाली प्रकाश उसकी देह को एक ऐसी चिंगारी से शराबोर किए हुए था, जो जैसे अचल हो, लेकिन धीरे-धीरे वह प्रतिबिम्ब उस पर से उठने लगा और एक के बाद एक उसकी श्यामल केशराशि के वृत्त स्पष्ट होने लगे; और कन्धा, वह शाही कन्धा, जिसकी इच्छा क्राइसिस को थी, अकस्मात, उभर आया और लालिमा उसकी शुभ्रता पर झलकने लगी।

तब उसने टोनी का मुंह अपने हाथों में ले लिया और अपनी ओर घुमा लिया। उसकी आंखे खुल गईं...विस्फारित हो उठीं। "डिमिट्रियोस !...डिमिट्रियोस !...तुम ?"

और उसने उसे अपनी बाहों में भर लिया।

"ओह !" उसने ऐसी वाणी में कहा जिसमें सुख का संगीत छलका पड़ता था, "ओह, तुम आ गए...तुम मेरे पास हो...यह तुम्हीं हो डिमिट्रियोस, जिसके हाथों में मेरी नींद खुली है। यह तुम हो, मेरी आराध्या के पुत्र, जो मेरे जीवन की अधिष्ठात्री हैं।"

डिमिट्रियोस चमककर पीछे हट गया। एक ही पल में वह उसके पार्श्व में आ चुकी थी, "नहीं ?" वह चिल्लाई, "तुम किस चीज़ से भयभीत होते हो ? तुम्हारे लिए मैं वह नहीं हूं, जिसके चारों ओर पुजारी की सार्वभौम सत्ता छाई हुई है, जिसके कारण लोग मुझसे दूर भागते हैं। मेरे नाम को भूल जाओ डिमिट्रियोस ! प्रेम से परिप्लावित स्त्रियों का कोई नाम नहीं होता। जिसे तुम जानते हो मैं वह नहीं हूं। मैं वह स्त्री हूं, जो तुम्हें प्यार करती है, अपने रोम-रोम से प्यार करती है।"

डिमिट्रियोस ने अपना मुंह नहीं खोला।

"सुनो, एक बार और सुनो !" उसने फिर बोलना शुरू किया, "मैं जानती हूं तुम पर किसका अधिकार है। मैं तो किसी प्रकार भी अपनी साम्राज्ञी की प्रतिस्पर्धिनी नहीं बनना चाहती। नहीं, डिमिट्रियोस, मुझे ऐसी ग़ुलाम मत समझो, जिसे छोड़ दिया गया हो, और शीघ्रता के साथ हृदय से भी निकाल दिया गया हो। मुझे वैसी ही अकिंचन और नगण्य औरत समझो, जो सड़क पर खड़ी होकर प्रेम की भीख मांग रही हो। वास्तव में, मैं उन औरतों से कुछ भी अधिक कहां हूं ! और तुम्हें, कम-से-कम तुम्हें, देवोपम सौन्दर्यराशि प्राप्त हुई है।

डिमिट्रियोस, जो अत्यन्त दुःख-कातर था, अपनी तीव्र दृष्टि से उसे भेदता रहा, "और तुम क्या सोचती हो, भाग्यविहीना, कि देवताओं से किस प्रकार की शक्तियां प्रस्रवित होती हैं।"

"प्रेम...?"

"या मृत्यु।"

वह चौंक उठी, "क्या मतलब है तुम्हारा?...मृत्यु...हां, मृत्यु...लेकिन वह मुझसे कितनी दूर है!...साठ वर्ष में उसकी कल्पना कर सकती हूं, लेकिन तुम मुझसे मृत्यु की चर्चा क्यों करते हो, डिमिट्रियोस?"

उसने सामान्य रूप से कहा, "आज रात को मृत्यु?"

भयाक्रान्त, वह चीख़ती हुई अट्टाहास कर उठी, "आज रात को...नहीं-नहीं...किसने कहा है तुमसे! मैं क्यों मरूंगी? मुझे जवाब दो...बोलो...यह कितना भयानक मज़ाक़ करते हो तुम...?"

"तुम्हें मृत्युदण्ड प्राप्त हो चुका है?"

"किससे?"

"तुम्हारे अपने भाग्य द्वारा?"

"उसे तुम कैसे जानते हो?"

"मैं जानता हूं, टोनी, क्योंकि मैं तुम्हारे भाग्य में संश्लिष्ट हूं, तुम्हारे भाग्य में यही है कि तुम्हारी मृत्यु मेरे ही हाथों होगी और इसी बैंच पर?" उसने उसकी कलाई पकड़ ली।

"डिमिट्रियोस," वह आतंकित होकर हकलाने लगी, "मैं चिल्लाऊंगी नहीं। मैं सहायता के लिए भी किसी को बुलाऊंगी नहीं। मुझे बोलने तो दो...।" और उसने स्वेद-स्नात अपना मस्तक पोंछा, "अगर मुझे तुम्हारे ही हाथों मरना है...मृत्यु...मेरे लिए प्रिय होगी...मैं उसे स्वीकार करती हूं। मैं उसकी कामना करती हूं, लेकिन सुनो...!" एक पत्थर से दूसरे पत्थर की ओर लड़खड़ाती हुई वह उसे वन के अन्दर ले जाती रही, "क्योंकि आज तुम्हारे हाथों में वह सब कुछ वर्तमान है जो हम देवताओं से स्वीकार करते हैं...वह स्फुरण जो हमें जीवन प्रदान करता है और जो हमसे उसे छीन भी लेता है। अपने दोनों हाथों से मेरे नेत्रों का प्रसार करो डिमिट्रियोस...प्रेम का हाथ...और मृत्यु का हाथ भी...ऐसा करो तो मैं अपने अन्तर में खेद की लेशमात्र भावना के बिना मृत्यु का सहर्ष आलिंगन करूंगी।"

उसने अपनी दृष्टि उधर फेरी, पर उसमें इस याचना का कोई उत्तर नहीं था लेकिन जिस 'हां' को उसने कभी भी कहा नहीं था, उसने उसी हां की कल्पना कर ली थी।

एक क्षण के लिए बदली हुई टोनी ने अपना मुंह ऊपर उठाया, जिस पर सद्यःजात वासना खेल रही थी, निराशा के उस निविड़ रूप ने भय को उसके अन्तर से दूर भगा दिया था।

वह फिर बोली नहीं, लेकिन उसके होठों में, जिन्हें एक बार खुलकर फिर कभी

बन्द नहीं होना था, हर सांस एक संगीत का स्वर फूंकता जाता था, जैसे कि वह आलिंगन से पूर्व ही किसी के प्यार में आत्मविस्मृत हो चुकी हो। तथापि उसे सम्पूर्ण विजय प्राप्त हो चुकी थी।

उसकी तरुण और कोमल देह सुख के आवेश में स्पन्दित हो चली थी और यह सुख शाश्वत आनन्द से किसी प्रकार कम नहीं था, लेकिन उसके उदासीन साथी ने यह ध्यान नहीं रखा कि उसकी पूर्वकल्पित विधि से मृत्यु हो। ज्योंही उसने उसे अपने आलिंगन में आबद्ध किया, तो टोनी ने चिल्लाकर कहा, "आह...! मुझे अब मरने दो, डिमिट्रियोस। अब देर क्यों करते हो?"

उसके ऊपर झुकते हुए डिमिट्रियोस ने टोनी को एक बार फिर देखा, उसकी आंखों में एक सुख की छाया थी। तब उसकी केशराशि के पृष्ठभाग में चमकने वाली पिन को निकालते हुए उसने उसे उसके उरप्रदेश के बामाङ्ग में भोंक दिया।

चन्द्र ज्योत्स्ना

तथापि अगर वह चाहता तो यह औरत प्रेम के प्रतिदान स्वरूप उसे अपना कंघा क्या स्वयं अपने केश भी ख़ुशी से दे सकती थी। अगर उसने असरो कंघा मांगा नहीं, तो केवल इसलिए कि वह यह मानता था कि क्राइसिस केवल कंघा नहीं चाहती, वह चाहती थी कि वह अपराध करे। उसे यह लालसा नहीं थी कि वह कोई प्राचीन हीरा अपने बालों में खोंस कर रखे। इसलिए उसने यह स्वीकार कर लिया था कि उसे हत्या ही करनी है।

अब भी वह यह सोच सकता था कि प्रेम की वेदना से पीड़ित क्षणों में औरतों के समक्ष जो प्रण किए जा सकते हैं उन्हें इस अन्तरिम अवकाश में भुलाया भी जा सकता है और उससे प्रेमी की नैतिकता पर कोई लांछन नहीं लगता; और अगर इस विस्मरण के लिए कोई बहाना प्रासंगिक सार्थकता रख सकता है, तो इससे अधिक क्या कुछ हो सकता है, क्योंकि उस क्षण को पूरा करने में किसी बेगुनाह के प्राण जा सकते है, लेकिन डिमिट्रियोस इस परिपाटी से तर्क करने के लिए तैयार नहीं था। वह जिस दुस्साहस का अनुकरण कर रहा था, उसके इतनी प्रचण्डता के बिना सम्पन्न होने की कभी उसने कल्पना भी नहीं की थी। उसे यह भय था कि दु:खद घटना के वाञ्छित दृश्य को उपस्थित करने के लिए अगर उसने कोई कोर-कसर छोड़ दी तो आगे चलकर कहीं उसे पछताना न पड़े। किसी दुःखान्त

घटना को घटित कर देने के लिए कहीं कोई साधारण-सी बात ही ज़िम्मेदार होती है। कैसेन्ड्रा[1] की मृत्यु, उसने विचार किया, 'आगामैम्नन'[2] के निर्माण के लिए अपरिहार्य नहीं थी, लेकिन अगर वह सम्पन्न न होती, तो सारी की सारी 'ओरेस्टीज़'[3] निरर्थक सिद्ध हो जातीं।

यही कारण था कि टोनी के केश काट लेने के बाद उसने हाथी दांत का वह कंघा अपनी पोशाक में छिपा लिया और उस घटना पर थोड़ा भी विचार किए बिना ही वह अपना तीसरा कार्य भी सम्पन्न करने के लिए आगे बढ़ गया। वह तीसरा काम था अफ़्रोडाइटी के गले का हार प्राप्त करना।

मन्दिर में प्रवेश करने के लिए बड़े दरवाज़े से जाने के लिए वह बाध्य नहीं था। बारह देवदासियां जो बारह द्वारों की रक्षा करती थीं, निषेध के बावजूद उसे अन्दर जाने की सुविधा प्रदान कर सकती थीं, परन्तु वह इस अपराध को सम्पन्न करते समय इतना बोदापन क्यों दिखाए जबकि पवित्र स्थल तक पहुंचने के लिए एक दूसरा गुप्त द्वार भी उसे पता था।

डिमिट्रियोस उद्यान के एक निर्जन प्रान्त की ओर चला गया। वह स्थान देवी की बड़ी पुजारिन के अधीन था। उसने क़ब्रों को गिना और सातवीं क़ब्र का द्वार खोला और बन्द करके अन्दर चला गया।

बड़ी कठिनाई से उसने क़ब्र का पत्थर उठाया, जिसके नीचे संगमरमर का दरवाज़ा बना हुआ था। वह एक-एक सीढ़ी नीचे उतरने लगा।

वह अच्छी तरह जानता था कि सीधी दिशा में उसे 60 क़दम रखने हैं और उसके बाद दीवार को छूते हुए उसके सहारे चलना है, ताकि मन्दिर के मध्यवर्ती ज़ीने से टकराने से वह बच जाए।

पृथ्वी के अन्त:प्रदेश में वास करने वाली एकान्त शीत ने उसके मस्तिष्क को धीरे-धीरे बिल्कुल शान्त कर दिया। कुछ ही क्षणों में वह छोर पर आ पहुंचा और ऊपर चढ़ गया और द्वार को खोला।

रात्रि बाहर बिल्कुल साफ़ थी, किन्तु देवालय में अन्धकार था। जिस समय उसने अत्यन्त सावधानी से उन चूं-चू करने वाले कपाटों को बन्द कर लिया, तो उसे अकस्मात

---

1. कैसेन्ड्रा-ग्रीक पौराणिक कथा-इलियड की एक पात्र जिसे भविष्यवाणी करने की अद्भुत शक्ति प्राप्त थी, लेकिन उसे अभिशाप दिया गया था कि उसकी भविष्यवाणी पर विश्वास नहीं किया जाएगा।
2. आगामैम्नन-मरसीनिया का राजा। एट्रियोस का पुत्र, ट्राय के घेरे के समय ग्रीक सेनापति।
3. आगामैम्नन और क्लीटेम्नेस्ट्रा का पुत्र जिसने अपोलो के आदेशानुसार अपनी माता और उसके प्रेमी एजिस्थस का वध करके अपने पिता की हत्या का बदला लिया।

हड़कम्प-सा होने लगा, जैसे कि वह पहाड़ों की बर्फ़ानी शीत से घिर गया हो। वह सिर उठाने का भी साहस नहीं कर सका। अन्धकारपूर्ण ख़ामोशी उसका दम घोटे डाल रही थी और निर्जनता अनेक अज्ञात आत्माओं से आक्रान्त प्रतीत होती थी। अपने माथे पर उसने हाथ फेरा। उसकी स्थिति उस आदमी की तरह थी, जो अपने जीवित होने की चेतना के प्राप्त करने के भय से जागना ही न चाहता हो। आख़िरकार उसने देखा।

चन्द्रमा की रोशनी में गुलाब के रंग की प्रस्तर-पीठिका पर अनेक बेशक़ीमती रत्नकोष धारण किए देवी जीवितात्मा-सी प्रतीत होती थी। वह नंगी थी और अनेक नारी-सुलभ वर्णों से अनुरंजित थी। उसके एक हाथ में उसका प्रतीकवादी मुकुट था और दूसरे हाथ से वह अपने सतलड़े कण्ठहार को थामे हुए थी। एक मोती जो कि दूसरों से बड़ा था उसके उर प्रदेश में ऐसे लग रहा था जैसे बर्फ़ानी बादलों के बीच दूज का चांद चमक रहा हो और यह हार उन सच्चे मोतियों से बना था, जो कि एण्ड्योमीन की सीपियों के अन्दर पानी की बूंदों से बने थे।

डिमिट्रियोस का हृदय एक महती श्रद्धा से अभिभूत हो उठा। उसे इस सत्य में विश्वास होने लगा था कि अफ्रोडाइटी वहां मौजूद है। वह अब अपनी कलाकृति को स्वयं पहचानने में असमर्थ था, क्योंकि उसके आज के स्वरूप में उतना ही विराट् अन्तर था। उसने अपने हाथ आराधना की भावना से जोड़े और उसके मुंह से अनायास वही शब्द निकलने लगे, जो फीज़ियन देवी की वंदना में बहुधा कहे जाते हैं।

एक अलौकिक, दीप्तिमान, अप्रत्यक्ष, नग्न और पवित्र भाव उसे मूर्ति के ऊपर झिलमिलाता हुआ दिखाई दिया। उसने अपनी दृष्टि उसके ऊपर गड़ा दी, क्योंकि उसे भय था कि कहीं दृष्टि के दुलार से उसका वह दिवास्वप्न भंग न हो जाए। वह अत्यन्त कोमल पगों से आगे बढ़ा, अपनी अंगुलियों से उसने मूर्ति के गुलाबी अंगूठे का स्पर्श किया, अपने को यह विश्वास दिलाने के लिए कि वस्तुतः वह मूर्ति की ही उपस्थिति में है, जिसने अत्यन्त दुर्निवार रूप से उसे अपनी ओर खींच लिया था। वह ऊपर चढ़ता चला गया, जब तक कि वह उसके निकट पहुंच नहीं गया और सफ़ेद कन्धों पर हाथ रखते हुए उसकी आंखों में देखने न लगा।

वह कांपने लगा, मूर्च्छा उस पर छाती जा रही थी और वह आह्लाद से अट्टहास कर उठा था। उसका हाथ उसकी बाहों पर होते हुए ठण्डे और कठोर कटि प्रदेश पर आ गया था और वह उसे दुलारने लगा था। अपनी समस्त शक्ति का संधान करके वह इस अलौकिक शक्ति के सम्मुख खड़ा हो सका था। उसने मुकुट में अपनी छाया देखी, उसने मोतियों का कण्ठहार उठा लिया और चांद की रोशनी में उसे घुमाया और दृढ़तापूर्वक पुनः वहीं स्थापित कर दिया। उसने मुड़े हुए हाथ को चूम लिया, गोल गर्दन, उन्नत वक्ष और संगमरमर के

किंचित् खुले हुए होठों को भी चूमा। तब वह पुनः पीठिका की ओर उतर आया और अलौकिक बाहुओं को देखते हुए वह अभिनन्दनीय झुके हुए सिर को ध्यान से देखता रहा। केशराशि, जिसका विन्यास पौर्वात्य शैली पर हुआ था, उसके मस्तक पर आती थी। अर्ध-निमीलित नेत्र एक दिव्य मुस्कान में निखार पैदा करते थे और होंठ इस प्रकार खुले हुए थे जैसे चुम्बन की मूर्च्छना से पराभूत हो उठे हों।

चुपचाप उसने कण्ठहार के सातों लड़ मूर्ति के वक्ष पर से हटा लिए और नीचे उतर आया, ताकि वह यह दूर से देख सके कि अब वह कैसी दिखाई पड़ती है। तब उसे लगा कि जैसे अब वह किसी नींद से जागा है। उसे स्मरण हुआ कि वह क्या करने के लिए उधर आया है और वह काम जो प्रायः सम्पन्न हो चुका है, कितना राक्षसी कृत्य था। उसकी कनपटियों तक रंग उभर आया था। क्राइसिस की स्मृति एक छलावे की तरह उसकी आंखों के सामने घूम गई। उसने उन सब चीज़ों को स्मरण करना आरम्भ कर दिया, जो उसे उस क्राइसिस के सौंदर्य में सन्दिग्ध प्रतीत हुई थीं। मोटे होंठ, फूले हुए बाल और मन्थर गति। वह उसके हाथों की बनावट भूल चुका था, लेकिन उस कल्पित मूर्ति के बेढंगेपन को और भी घिनौना बनाने के लिए उसने उसके लम्बे हाथों की कल्पना कर ली थी। उसकी मन :स्थिति उस आदमी जैसी थी, जो उषा के आलोक में खड़े होकर यह विश्वास नहीं कर सकता कि पिछली सन्ध्या का सौंदर्य आख़िर उसे किस प्रकार प्रभावित कर सका था। वह न तो कोई बहाना खोज सका और न कोई कारण ही। यह तो स्पष्ट था कि एक दिन के लिए उसके मस्तिष्क पर पूर्णारूप से पागलपन सवार हो चुका था, एक शारीरिक बेचैनी और व्याधि उसे पीड़ित करती रही थी। अब उसने उस रोग से निवृत्ति पा ली थी, लेकिन उस उन्माद से उसका सिर अभी तक भी झनझना रहा था।

स्वयं की सम्पूर्ण पुनरावृत्ति की स्थिति को पहुंचने के लिए वह मूर्ति के समक्ष मन्दिर की दीवार से लगकर खड़ा रहा। छत के वर्गाकार खुले भाग से चन्द्रमा की रोशनी अन्दर आ रही थी। अफ्रोडाइटी उस प्रकाश में जाज्वल्यमान दीख पड़ती थी। उसकी आंखें चूंकि अन्धकार में थीं, इसलिए वह उसकी दृष्टि के लिए लालायित हो उठा था।...

इस प्रकार रात बीत गई। दिन का उदय हो गया और उषा का गुलाबी आलोक तथा तदुपरान्त दिनमणि का स्वर्णालोक मूर्ति पर खिल उठा।

डिमिट्रियोस ने अब सोचना बन्द कर दिया था। वह हाथी दांत का कंघा और चांदी का आइना, जो उसके वस्त्रों में छिपे थे, उसके मस्तिष्क से बिलकुल निकल चुके थे। वह अब कोमल विचारधारा में निमग्न हो गया था।

बाहर पक्षियों का कलरव गूंज उठा था। पक्षी उद्यान में सीटियां बजाकर गाने लगे थे। स्त्रियों की कण्ठ-ध्वनि और अट्टहास बाहर दीवारों की जड़ों से प्रतिध्वनित होकर आने लगे

थे। जागी हुई धरती से प्रभात का उद्वेग फूट पड़ता था। डिमिट्रियोस का अन्तर अनेक सुखद भावनाओं से परिप्लावित हो उठा। सूर्य काफ़ी ऊंचा उठ चुका था और छत की परछाईं अब सरक चुकी थी। तभी उसने बाहर के ज़ीने पर किसी के ऊपर चढ़ने की अस्पष्ट आवाज़ सुनी।

निस्सन्देह देवी के चरणों में अर्पित करने के लिए कुछ लोग कोई बलि-पात्र ला रहे होंगे, क्योंकि यह अफ़्रोडाइटी के पर्व का पहला दिन था। उसने सोचा कि शायद सुन्दरियां अपनी-अपनी श्रद्धा के अनुसार चढ़ावा चढ़ाने के लिए जलूस बनाकर आ रही होंगी। डिमिट्रियोस उन्हें नज़रअन्दाज़ कर जाना चाहता था।

वह पवित्र वेदी, जिस पर मूर्ति प्रतिष्ठित थी, पृष्ठ भाग में इस प्रकार खुलती थी कि केवल बड़े पुजारी और मूर्तिकार दो को ही उसका रहस्य विदित था। वहां पुजारी खड़ा कर उस नवयुवती को आदेश देता था जिसकी आवाज़ ऊंची और साफ़ होती। पर्व के तीसरे दिन जो चमत्कारपूर्ण उक्तियां मूर्ति के मुंह से निकलती थीं, वही वाक्य पुजारी दोहराता था। इसके द्वारा ही उद्यान तक पहुचंना सम्भव था। डिमिट्रियोस ने अन्दर प्रवेश किया और तांबे के बने कोने में ठिठक गया। दो स्वर्णद्वार ज़ोर के साथ खुले और जुलूस दाखिल हो गया।

निमन्त्रण

आधी रात के समय किसी ने उसके द्वार पर तीन बार खटखटाया, जिसके कारण वह जाग उठी। वह दिन भर दो इफ़ीसियन गायिकाओं को आसपास लेकर सोती रही थी। उन्हें देखकर कोई तीन बहनें समझने की भूल कर सकता था। रोडीज़ इस गैलीलियन के वक्ष से सटी थी, मिर्टोक्लिया नीचे मुंह किए सोई थी। उसकी आंखें उसके बाजू पर थीं और कमर खुली हुई थी। क्राइसिस ने सावधानी से अपने को मुक्त कर लिया। तीन कदम रखकर पलंग पर दूसरी तरफ़ आई और नीचे उतर गई और फाटक खोलकर बाहर देखा। द्वार से अनेक स्वरों की ध्वनि आती सुन पड़ी।

"कौन है ज्वाला? कौन है, देखो तो?" उसने कहा।

"नॉक्रेटीज़ आए हैं और आपसे सम्भाषण करने के अभिलाषी हैं। मैं उनसे कह रही हूं कि आपको अवकाश नहीं है।"

"ओह, कितनी बेहूदा बात है, मैं तो बिल्कुल मुक्त हूं। नॉक्रेटीज़ अन्दर आ जाओ, मैं अपने कमरे में हूं।" और वह अपनी शैया पर वापस आ गई।

नॉक्रेटीज़ कुछ देर ड्योढ़ी पर खड़े सकपकाते रह गए कि नहीं उस स्थिति में अन्दर प्रवेश करना कोई अनधिकार चेष्टा तो नहीं हैं। दोनों गायिकाएं नींद की ख़ुमारी तोड़ती हुई

उठ बैठीं, लेकिन अपने स्वप्नों से वह अभी तक अपने को विलग नहीं कर सकी थीं।

"आसन ग्रहण कीजिए?" क्राइसिस ने कहा, "मैं परस्पर कोई परदा-परहेज़ नहीं रखना पसंद करती। मैं जानती हूं, आप मेरे लिए नहीं आए, लेकिन आप मेरे लिए क्या सेवा समुपस्थित करना चाहते हैं।

नॉक्रेटीज़ एक प्रख्यात दार्शनिक था, जो बीस वर्ष से भी अधिक समय से बच्चीज़ का प्रेमी थी और उसने कभी भी उसके साथ विश्वासघात नहीं किया था, हालांकि इसका कारण उसकी पवित्रता से अधिक उसकी अकर्मण्यता ही थी। अपने भूरे बाल उसने कटवाकर छोटे कर लिए थे। उसकी दाढ़ी डिमोस्थनीज़ की तरह थी और मूंछें होंठों के बराबर कटी हुई थीं और वह सफ़ेद ऊन की बिना सीवन की पोशाक पहने हुए था। "मैं तुम्हारे लिए एक निमन्त्रण लेकर आया हूं," उसने कहा, "बच्चीज़ कल एक सहभोज कर रही है और उसके बाद एक जश्न भी होगा। अगर तुम आना स्वीकार कर लो, तो हम लोगों की संख्या सात हो जाएगी। आशा है हमें निराश नहीं करोगी।"

"जश्न! उसके लिए क्या अवसर है?"

"वह अपनी सर्वसुन्दरी दासी अफ़्रोडीसिया को मुक्त कर रही है। नर्तकियां और नट लोग भी अपने कर्तब दिखाएंगे। मेरा ख़्याल है कि तुम्हारी दोनों मित्र वहां जाने वाली हैं और उन्हें अब यहां नहीं रहना चाहिए, क्योंकि दूसरे लोग पहले से ही उधर अभ्यास कर रहे हैं।"

"ओह, यह तो आपने ठीक ही कहा," रोडीज़ बोली, "हम तो यह भूल ही गए थे। उठो, मिर्टो, हमें बहुत देर हो चुकी है।"

लेकिन क्राइसिस ने इसका विरोध किया, "नहीं, नहीं, अभी नहीं, आप कितने बुरे हैं कि मेरी मित्रों को मुझसे छीने लिए जा रहे हैं। अगर मुझे इसका संदेह हो जाता, तो मैं कभी आपका स्वागत न करती। ओह, देखो तो वे तो जाने के लिए तैयार भी हो चुकी हैं!"

"हमारी पोशाकों में कोई झंझट नहीं है," गायिका ने कहा, "और हम इतनी सुन्दरी भी नहीं है कि बहुत अधिक समय तक श्रृंगार करती रहें।"

"कम-से-कम मन्दिर में तो मैं तुमसे मिलने की आशा कर ही सकती हूं।"

"हां, कल प्रात:काल हम लोग बत्तखें लाएंगे। मैं बटुए में से एक ड्रेच्मा ले रही हूं। क्राइसिस हमारे पास ख़रीदने के लिए कुछ भी तो नहीं है। कल तक तो कुछ भी हमारे पास आने वाला नहीं है?"

वे दौड़ते हुए बाहर चली गईं। नॉक्रेटीज़ एक क्षण के लिए उनके पीछे बंद होने वाले द्वार की ओर देखता रह गया और तब उसने अपनी बाहें आपस में बांध लीं और क्राइसिस की ओर मुड़ते हुए बोला, "बहुत अच्छा, तुम अपना काम बड़ी अच्छी तरह चलाती हो।"

"किस तरह?"

"क्या तुम समझती हो कि यह रवैया अधिक समय तक चलता रहेगा। अगर यह इसी प्रकार चलता रहा, तो हम लोगों को शीघ्र ही बैथीलोज़ की ओर प्रस्थान करना पड़ेगा...।"

"ओ, नहीं," क्राइसिस ने कहा, "मैं उसे स्वीकार नहीं करती। मैं जानती हूं, अच्छी तरह, कि लोग परस्पर तुलना करते हैं। यह बेवकूफ़ी है और मुझे तो आश्चर्य इस बात का है कि आप जो कि एक विचारक होने का दावा करते हैं, इस चीज़ के फूहड़पन को क्यों नहीं देख सकते?"

"तुम्हें क्या अन्तर दिखाई देता है?"

"अन्तर का तो प्रश्न ही नहीं उठता। एक और दूसरे के अन्दर कोई समानता हो ही नहीं सकती, यह बात तो बिल्कुल ही साफ़ है।"

"मैं यह नहीं कहता कि तुम ग़लत कहती हो, लेकिन मैं तुम्हारे तर्क जानना चाहता हूं।"

"ओह, वे तो मैं बड़े संक्षिप्त रूप में प्रस्तुत कर सकती हूं, सावधान होकर सुनें! एक औरत, जब वह प्रेम की पात्र बन चुकी हो, तो एक तैयारशुदा औज़ार की तरह होती है। सिर से पैर तक वह साधारण रूप से और विलक्षण ढंग से प्रेम के लिए ही बनी होती है केवल वही जानती है कि प्रेम किस प्रकार किया जाता है। निष्कर्ष यह निकला कि एक औरत का दूसरी औरत के प्रति प्रेम सम्पूर्ण हो सकता है। पुरुष और स्त्री के मध्य उसकी पवित्रता उतनी अक्षुण्ण नहीं रह पाती। पुरुषों के प्रति उसे केवल मैत्री ही पुकारा जा सकता है। बस, मुझे और कुछ भी नहीं कहना?" क्राइसिस ने कहा।

"तुम प्लेटो पर अधिक कठोर हो जाती हो, मेरी बच्ची।"

"महापुरुष देवताओं से अधिक कुछ भी नहीं होते, जो प्रत्येक परिस्थिति में महान् होते हैं। पल्लाज़ व्यापार के बारे में कुछ भी नहीं समझता, सोफ़ोकिल्स को चित्रकला का ज्ञान नहीं था, प्लेटो को पता नहीं था कि प्रेम किस प्रकार किया जाता है। दार्शनिक, कवि और वाग्मी, जो उसके नाम की अपील करते हैं, वे भी उससे किसी प्रकार बेहतर नहीं हैं, और अपने हुनर में वे चाहे जितने दक्ष हो, किन्तु प्रेम की दुनिया में वे बिल्कुल असफल हो उठते हैं। मैं अनुभव करती हूं नॉक्रटीज़ कि मेरा विचार ठीक है।"

दार्शनिक ने अपना मुंह बिचकाया, "तुम थोड़ी अमर्यादित बात कह रही हो," उसने कहा, "लेकिन मैं किसी प्रकार भी यह अनुभव नहीं करता कि तुम्हारा कहना ग़लत है। मेरा रोष वास्तविक नहीं था। मैं मानता हूं कि दो स्त्रियों के प्रेम में माधुर्य है तो सही, लेकिन अगर उन दोनों में ही नारीत्व की भावना बराबर बनी रहे। वे लम्बे केश रखें, स्त्रियोचित पोशाक पहनें और पुरुषों का कृत्रिम अनुकरण करने से बाज़ आएं, जिससे यह प्रकट न हो कि वे अपने विरोधी सेक्स से प्रतिस्पर्धा के वशीभूत वैसी मानसिक स्थिति रखती हैं। हां, उनका प्रेम निश्चय ही अनुपमेय हो सकता है, क्योंकि शारीरिक संसर्ग न होने के कारण

उनका पारस्परिक भावनाओं का प्रवेग निरन्तर ही बना रहता है और इसी कारण सुसंस्कृत रहता है। वे पुरुषों की तरह आलिंगन नहीं करतीं, वे अधिक कोमलता के साथ भावना की सर्वोच्च स्थिति का अनुभव करती हैं। उनके उल्लास में कोई उद्वेग नहीं होता। वे किसी प्रकार भी पाशविक उद्वेगों का अनुभव नहीं करतीं और यही कारण है कि वेथीलोज़ों से श्रेष्ठ होती हैं। पशुओं की विकृत प्रेम-लीला से मानवीय प्रेम केवल दो दैवी गुणों के कारण भिन्न होता है: आलिंगन और चुम्बन। यही दो चीज़ें हैं, जिन्हें स्त्रियां जानती हैं, जो हमारी चर्चा का विषय है। इन्हीं के द्वारा उनका प्रेम सम्पूर्णता को प्राप्त होता है।

"इससे अधिक की आप किसी से अपेक्षा नहीं कर सकते," क्राइसिस ने कुछ उद्विग्न होते हुए कहा, "तो फिर आप मुझे धिक्कारते किसलिए हैं?"

"मैं तुम्हें इसलिए धिक्कारता हूं कि तुम एक लाख जो बन चुकी हो। पहले ही औरतें स्वयं पुरुषों की उपस्थिति में सुख का अनुभव नहीं करती हैं, अब शीघ्र ही तुम हम लोगों का स्वागत करना बंद कर दोगी। मैं तुमसे ईर्ष्या के कारण ही तुम्हें धिक्कार रहा था।"

यहां आकर नॉक्रेटीज़ ने अनुभव किया कि उनका वार्तालाप अनावश्यक रूप से लम्बा चलता रहा है। वह आहिस्ता से उठ कर खड़ा हो गया, "मैं बच्चीज़ से कह सकता हूं कि वह तुम पर भरोसा करे?" उसने पूछा।

"मैं आऊंगी।" क्राइसिस ने कहा।

दार्शनिक ने उसका चुम्बन किया और आहिस्ता से बाहर निकल गया। तब उसने दोनों हाथों की खुमचियां भर लीं और ज़ोर-ज़ोर से बोलने लगी, हालांकि वह अकेली ही थी, "बच्चीज़... बच्चीज़...वह उसके पास से आ रहा है और अभी तक किसी को कुछ भी पता नहीं है। तो क्या आइना अभी तक वहीं पर है?... डिमिट्रियोस मुझे भूल चुका है।... अगर वह झिझक गया है, तो मैं मारी गई, क्योंकि अब वह कुछ भी कर नहीं सकेगा, ... लेकिन यह भी सम्भव है कि सब कुछ हो चुका हो। बच्चीज़ के पास दूसरे आइने भी हैं, जिनका वह बहुधा प्रयोग करती है। शायद उसे अभी तक पता नहीं चला है। हां दैव, किसी तरह भी उसका पता नहीं चलाया जा सकता! और शायद... आह! ज्वाला! ज्याला!"

दासी उपस्थित हो गई।

"मुझे मेरी चौपड़ दो," क्राइसिस ने कहा, "मैं पासा फेंकना चाहती हूं।" और उसने चार छोटी-छोटी गिट्टियां हवा में उछालीं।

"ओह! ओह!... ज्वाला, देखो, अफ्रोडाइटी का दांव आ गया है।"

ज्वाला ने पूछा, "आपने क्या मांगा था?"

"ठीक है," क्राइसिस ने निराश होकर कहा, "मैं तो कुछ भी मांगना भूल गई थी। मैंने किसी-न-किसी चीज़ के बारे में सोचा अवश्य था, किन्तु मुंह से कुछ भी बोला नहीं था।

क्या उसका भी एक ही अर्थ होता है।"

"मेरे ख़्याल में ऐसा नहीं है, आपको पासा फिर से फेंकना चाहिए।"

क्राइसिस ने दोबारा पासा फेंका, "यह मीडाज़ आया है, इसके बारे में तुम्हारा क्या ख़्याल है।"

"यह कहना तो मुश्किल है। इसका परिणाम अच्छा भी होता है और बुरा भी, इस पासे का परिणाम दूसरे पासे से विदित हो जाएगी। एक गिट्टी को दोबारा फेंको।"

क्राइसिस ने तीसरी बार भी पासा फेंका। लेकिन ज्योंही गिट्टी नीचे गिरने वाली थीं, वह चिल्लाई, "कियोस... !" और वह सिसक उठी।

ज्वाला स्वयं अत्यन्त बेचैन हो उठी थी, कुछ भी कहना उससे बन नहीं पड़ा। क्राइसिस कौच पर गिरकर सिसकने लगी। उसके बाल उसके सिर के चारों ओर फैल गए। आख़िरकार उसके सिर पर क्रोध सवार हो गया, "तुमने मुझे दोबारा पासा फेंकने के लिए कहा ही क्यों? मेरा विश्वास है कि पहला ही पासा ठीक था।"

"अगर आपने मन में कोई इच्छा की थी, तो ठीक है? अगर नहीं तो नहीं, यह तो केवल आप ही स्वयं जान सकती हैं।" ज्वाला ने कहा।

"इसके अतिरिक्त यह जुआ कुछ भी सिद्ध नहीं कर सकता। यह यूनानी खेल है। मुझे उसमें विश्वास नहीं है। मैं किसी और चीज़ पर परीक्षा करूंगी।"

उसने अपने आंसू पोंछ लिए और कमरे के पार निकल गई। उसने बाईस गिट्टियों से भरा एक बक्स खोला और उन्हें दूसरे बक्स पर बिखेर दिया, फिर हीरे की नोक वाले क़लम से हिब्रू भाषा के अलग-अलग बाईस अक्षर अंकित किए। वह कबला के अक्षर थे, जो उसने गैलीली में सीखे थे, "यह वह चीज़ है, जिसका मुझे विश्वास है। यह वह चीज़ है, जो कभी धोखा दे ही नहीं सकती।" उसने कहा, "अपनी झोली बनाओ। मैं उसे ही अपना थैला मान लेती हूं।"

उसने बाईस गिट्टियों को दासी की झोली में फेंक दिया और मन में दोहराती गई, "क्या मैं अफ्रोडाइटी का कंठहार पहन सकूंगी? क्या मैं अफ्रोडाइटी का कंठहार पहन सकूंगी, क्या मैं अफ्रोडाइटी का कंठहार पहन सकूंगी?" और उसने दसवीं गिट्टी उठाई जिस पर साफ़ शब्दों में लिखा हुआ था, "हां।"

क्राइसिस का गुलाब

वह एक अनोखा जलूस था, सफ़ेद और नीला, पीला और गुलाबी तथा हरित। तीस वारांगनाएं फूलों की टोकरियां और सफ़ेद फाख़्ताएं लिए, जिनके पैर लाल होते

हैं, मुख मण्डलों पर अत्यन्त झीना नील घूंघट और बहुमूल्य आभूषण धारण किए, आगे बढ़ रही थीं।

एक बूढ़ा, सफ़ेद दाढ़ी वाला पुजारी जो कि अपने सिर पर एक कोरे कपड़े की पगिया लपेटे हुए था, श्रद्धानत इस जलूस के आगे-आगे चल रहा था और उसे बेदी की ओर ले जा रहा था।

वे गा रही थीं, उनका संगीत सागर की तरह गम्भीर था, मध्याह्न की वायु की तरह, एक दबी निःश्वास की तरह और किसी कामुक मुख की तरह मूर्च्छानायुक्त था। पहली दो के हाथों में चंग था, जिसे वे अपने बाएं हाथ की कोहनी पर सम्भाले हुई थीं, जो लचकीली लकड़ी की तरह ख़म खाती चल रही थीं।

उनमें से एक आगे बढ़ी और कहा, "मैं ट्राइफ़ेरा, ओ प्रिय कीप्रिस, तुम्हें नीला घूंघट अर्पित करती हूं। यह वस्त्र मैंने अपने हाथों बुना है, ताकि आपकी कृपा यथावत् मुझ पर बनी रहे।"

दूसरी, "ओह, राज्य की मंगलमयी देवी! मैं मॉसेरियन आपके चरणों में गिली पुष्प का गजरा और मर्सिसी पुष्प का गुलदस्ता अर्पित करती हूं। मैंने उन्हें धारण किया है, और उनके पराग में सिक्त करके तेरे नाम का जाप किया है। ओ विजयिनी, प्रेम की इस जर्जरित भेंट को स्वीकार कर।"

एक और, "ओ स्वर्णिम साइथेरिया, मैं टिमों तेरे चरणों में अपना बाजूबंद अर्पित करती हूं। जिस प्रकार यह चांदी का सर्प मेरे नग्न बाजू पर लिपटा हुआ। उसी प्रकार तू मेरा प्रतिशोध उसकी गर्दन पर जकड़ दे, तू उसे जानती है।"

मिर्टोक्लिया और रोडिस अब आगे आ गई थीं और एक-दूसरे के हाथ-में-हाथ डाले हुए थीं, "हम, स्मर्ना की दो फाख़्ताएं, जिनके पंख दुलार के समान शुभ्र हैं और जिनके चरण चुम्बन की तरह लाल हैं, तेरी सेवा में प्रस्तुत करती हैं। ओ अमेथिया की द्विगुणी देवी, उसे हमारे सम्मिलित करों द्वारा स्वीकार करो, अगर यह सत्य है कि केवल भद्र अडोविस से तुम्हारा काम नहीं चलता और उससे भी कोमलतर आलिंगन से तुम्हारी निद्रा में व्याघात होता है।"

एक बहुत ही कमसिन देवदासी अब की बार आगे आई, "मैं डोरोथिया तेरी वन्दना करती हूं, और उदार एपिस्ट्रोफ़िया कामदेव के सम्मोहन से तू उसके अन्तर को मुक्त कर और उसके नेत्रों में उसकी ज्योति पैदा कर, जो कि आज मुझे अंगीकर नहीं करता है, मैं तेरे चरणों में मेंहदी की शाख़ अर्पित करती हूं, क्योंकि यह वृक्ष तुझे बहुत पसन्द है।"

दूसरी, "ओ पाफ़िया, तेरी इस पवित्र वेदी पर मैं कालीशियन चांदी के साठ ड्रामेक्स अर्पित करती हूं, यह धनराशि क्लोमेनीज़ से प्राप्त चार मिन्क्स का शेष है। अगर मेरी भेंट तुझे अस्वीकार हो, तो उससे भी उदार प्रेमी मुझे प्रदान कर।"

मूर्ति के सम्मुख अब केवल एक बालिका रह गई थी, जिसने अपने को सबसे बाद में रख छोड़ा था। उसके हाथ में क्रोकस पुष्पों का केवल एक हार था और पुजारी इतनी हलकी भेंट अर्पित करने के लिए उसको घृणा की दृष्टि से देख रहा था।

उसने कहा, "मैं इतनी समृद्ध नहीं कि चांदी के सिक्के तेरी सेवा में भेंट कर सकूं, ओ तेजस्वी ओलम्पियन! और फिर मैं तुझे क्या ऐसा दे सकती हूं, जो तेरे पास नहीं है। पीले और हरे फूलों से गुंथी हुई यह माला तेरे चरणों में अर्पित है, और अब..." उसने अपना आंचल देवी के सम्मुख समर्पण के रूप में फैला दिया, "...मैं जो सम्पूर्ण रूप से तेरी हूं मुझे देख मेरी, प्राणप्रिय, मैं तेरे उद्यान में मन्दिर की दासी बन कर ही मरना चाहती हूं। मैं शपथ लेती हूं कि मेरी कामना की पात्र केवल तू होगी, मैं केवल तुझे ही प्रेम करने की शपथ खाती हूं, और इस संसार का त्याग करते हुए तुझमें ही अपने को अर्पित करती हूं।" पुजारी ने तब उसे सुगन्धियों से परिप्लावित कर दिया और मिर्टोक्लिया द्वारा भेंट किया हुआ घूंघट ओढ़ा दिया। वे दोनों एक दूसरे दरवाज़े से होकर उद्यान की ओर चले गए।

यह जलूस अब समाप्त प्रतीत होता था, क्योंकि सभी वारांगनाएं अब वापस जाने की सोचने लगी थीं। उसी समय एक वारांगना, जो शायद कहीं पिछड़ गई थी और घबराई हुई सी थी, ड्योढ़ी पर दिखाई दी। उसके हाथ में कुछ भी नहीं था और लगता था कि वह भी अपने सौंदर्य का ही समर्पण करने आई है। उसकी केशराशि स्वर्ण के दो अम्बारों के समान प्रतीत होती थी, जो कानों को ढकती हुई, उसकी गर्दन के पृष्ठ-भाग पर सात लहरियां डालती चली गई थी।

नासिका कोमल थी, संकुचित नासिका-रन्ध्र, जोकि कभी-कभी उसके भरे हुए और अनुंरजित मुंह के ऊपर थिरकते हुए ओष्ठकोणों के द्वारा अजीब तरह से फड़क उठते थे। हर कद़म पर उसकी लोचदार देह तरंग की तरह आन्दोलित होती थी। उसके गोल और प्रभावशाली कटिप्रदेश के नीचे सुन्दर नितम्बों का नियमन उसमें एक नए जीवन का संचार करता था।

उसकी आंखें असाधारण थीं, सुनील लेकिन गहरी और उज्ज्वल और पुतलियां चन्द्रकान्त मणि की तरह थीं, जो कि बिल्कुल ढकी हुई सी थीं। वे आंखें इस तरह देखती थीं, जैसे कोई अपसरा गाती हो।

पुजारी उसकी तरफ़ मुड़ा और उसके मुंह से निकलने वाले शब्दों के लिए खड़ा रहा। उसने कहा, "मैं क्राइसिस, क्राइसिया, तुम्हारी अभ्यर्थना करती हूं; और तेरे चरणों पर तुच्छ भेट अर्पित करती हूं, उसे अंगीकार कर सुनो, मेरी पत रखो, प्रेम करो और उसका उद्धार करो, जो तेरे ही आदर्श पर अपना जीवन व्यतीत कर रही है।"

उसने अनेक मुद्रिकाओं से खचित अपने दोनों हाथ आगे फैला दिए और अभ्यर्थना में

झुक गई। मध्यम संगीत पुनः प्रारम्भ हो गया। बांसुरी की वही ध्वनि मूर्ति की ओर बढ़ती हुई दिखाई दी। साथ ही पुजारी ने जो सामग्री हवन कुंड में जलाई थी, उसका धुआं भी मूर्ति की ओर बढ़ने लगा।

वह धीरे से ऊपर उठकर खड़ी हुई और उसने अपनी पेटी में से एक तांबे का आइना निकाला, जो वहां बंधा हुआ था। उसने कहा, "ओ रात्रि की देवी, जो हाथों और होंठों को मिलाती है, मैं तेरे चरणों में यह आइना अर्पित करती हूं। इसने वह अनेक आकृतियां और मुख छवि देखी है, जो तेरी अनुकम्पा से अनेक बार परिवर्तित हो चुकी हैं, ओ, महाशक्तिमान, तुझे, जो कि अपने होंठ केवल वासना की परितृप्ति के लिए ही हिलाती है।"

पुजारी ने आइना मूर्ति के चरणों में रख दिया। क्राइसिस ने अपने लम्बे बालों में से एक लम्बा लाल तांबे को पिन खींच लिया, जो देवी की प्रिय धातु से बना हुआ था।

"तुझे," उसने कहा, "एन्डयोमीन, जिसका रक्तिम वर्ण उषा और सागरों की फेनिल मुस्कान से उदय हुआ, तुझे रत्न मुक्ताओं से खचित नग्न सौंदर्य, जिसने सागर के तट पर उत्पन्न कछवार से तेरी भीगी हुई केशराशि संवारी, तुझे क्राइसिस यह कंघा भेंट करती है, जिस कंघे ने उन केशों का शृंगार किया, जो तेरी ही अनुकम्पा से मिले हैं। वहीं कंघा तुझे समर्पित है, जो मनुष्य के शरीरों की रचना और नियमन करता है।" उसने अपना कंघा बूढ़े पुजारी के हाथ में दे दिया और मरकत-मणि के बने हार को गले से उतारने लगी।

"तुझे," उसने कहा, "जिसने युवतियों के लज्जारुण कपोलों की लालिमा को प्रशान्त किया, जो हास्य के साथ परामर्श भी देती है, तुझे, जिसके नाम में हम अपने प्रेम की स्थापना करते हैं, क्राइसिस अपना कंठहार अर्पित करती है, यह एक ऐसे आदमी ने मुझे दिया है, जिसका नाम भी मैं नहीं जानती और इसका प्रत्येक मोती एक ऐसा चुम्बन है, जिसमें तेरा सन्निवास रहा है।" वह तीसरी बार भी हार्दिकतापूर्वक नीचे झुकी, अपना कंठहार उसने पुजारी के हाथों में रख दिया और चले जाने के लिए क़दम उठाया।

पुजारी ने उसे रोक लिया, "इन बहुमूल्य भेंटों के बदले में तुम देवी से क्या वरदान मांगती हो?"

वह सिर हिलाकर मुस्कराई और हंसते हुए कहा, "मैं कुछ भी नहीं मांगती।" तब वह जूलस के साथ-साथ चल दी। एक टोकरी से गुलाब उठाया और उसे अपने मुंह से लगाया और बाहर चली गई। एक के बाद दूसरी औरत उसके पीछे चली गई और खाली मन्दिर के कपाट फिर से बन्द हो गए।

केवल डिमिट्रियोस ही वहां बन्द रह गया, जो तांबे की पीठिका में छिपा हुआ था। इस दृश्य में एक भी दृश्य अथवा एक भी मुद्रा उसके सामने आने से नहीं बची थी और अब वह खड़ा था, तो बहुत देर तक अचल और एक असन्तुष्ट भावावेश ने उसे फिर से

पीड़ित कर दिया था। उसे विश्वास था कि उसने अभी-अभी जो भूल की है, उससे उसने अपने को मुक्त कर लिया है। उसने सोचा था कि भविष्य में कोई भी वस्तु उसे इस आज्ञात नारी की छाया में पुनः खींचकर नहीं ले जा सकती। लेकिन उसका निर्णय क्राइसिस की अनुपस्थिति में ही तो हुआ था। नारी! ओ नारी, अगर तू अपने से प्रेम कराना चाहती है, तो अपने आपको दिखां, लौटकर आ और सर्वदा निकट और सुलभ रह। जिस समय वह वारांगना मन्दिर की ड्योढ़ी पर आई थी, उसने इतनी वेगवान भावना का अनुभव किया था कि उसे केवल इच्छा-शक्ति के बल पर परास्त नहीं किया जा सकता था। डिमिट्रियोस उस आकर्षण में इस प्रकार बंध गया था, जैसे कि विजेता के रथ के पहिए से कोई बर्बर दास बांध लिया गया हो। उससे बचना मात्र छलना थी, और बिना जाने ही स्वाभाविक रूप से उसने अपना हाथ उस पर रख दिया था।

उसने उसे बहुत दूर से ही आते हुए देख लिया था, क्योंकि वह अपनी वही पीली पोशाक पहने हुए थी, जो उसने चौपाटी पर घूमने जाते समय पहन रखी थी। वह धीमी और मादक गति से चल रही थी और उसके नितम्ब हलके-हलके आन्दोलित हो रहे थे। वह सीधी उसी के पास आई थी, जैसे कि उसने अपनी दिव्य दृष्टि से उसे पत्थर के पीछे भी देख लिया हो। प्रथम क्षण से ही उसने यह समझ लिया था कि वह पहली ही मुठभेड़ में उसके चरणों पर लोटने लगेगा। उस पॉलिश किए हुए तांबे के आइने को जब वह पुजारी के हाथों में दे रही थी, तो देने से पूर्व उसने आइने में अपना मुंह देखा था और देखकर उसके नेत्रों में पथरा देने वाला सम्मोहन खेलने लगा था। जिस समय कांसे का कंघा निकालने के लिए उसने अपना हाथ बालों पर रखा था और दाक्षिण्य भाव से नतशिर होकर जिस समय वह उसे सिर में से खोलने लगी थी, तो पोशाक के अन्दर से ही उसकी देह की समस्त रेखाएं स्पष्ट हो उठी थीं, और बाजू पर पड़ने वाले सूर्य के ताप से प्रस्वेद की कुछ बूंदे झलकती दीख पड़ रही थीं। अन्त में वज़नदार मरकत मणि से बने अपने कंठहार को गर्दन से खोलने के लिए जब उसने अपनी उस रेशमी पोशाक को हटाया था, जिसके नीचे उसके उरोज छिपे हुए थे, तो डिमिट्रियोस को सहसा प्यार की एक उन्मादी भूख ने दबोच लिया था, लेकिन क्राइसिस ने बोलना शुरू कर दिया था। वह बोल रही थी और उसके शब्द डिमिट्रियोस को आक्रोश से झकझोर रहे थे। वह अपने सौन्दर्य में स्वयं हठपूर्वक आनन्द का अनुभव कर रही थी और उसे एक सार्वभौम भावना का रूप दे रही थी। वह मूर्ति की ही तरह गौरवर्ण थी और उसकी केशावलि अपार स्वर्ण राशि से भरी हुई थी। उसने अपने घर के द्वार यात्रियों के प्रवास के लिए मुक्त कर दिए थे। अपने सौन्दर्य को उसने कुपात्रों के लिए उन्मुक्त कर दिया था और उसने उस सौंदर्य को ऐसे लोगों के लिए खुला रख दिया था, जो किसी प्रकार भी कला की सराहना करने में समर्थ नहीं समझे जा

सकते। अपने जीवन में उसने गौरव का अनुभव किया था और वह गौरव भावना उसके होंठों, केशों और उसकी धार्मिकता में गहरी पैठ गई थी।

जिस आयासहीन गति से वह मन्दिर की ओर आ रही थी, उसे देखकर डिमिट्रियोस अत्यन्त आकर्षित हो उठा था। उसकी हार्दिक इच्छा थी कि उसकी अप्रतिम गति का केवल वही आनन्द ले सके और जब वह उसके निकट आ जाए, तो उसके पीछे कपाट बन्द करके उसके अस्तित्व का एकाकी अधिनायक अपने को सिद्ध कर दे। सच तो यह है कि कोई स्त्री उस समय और भी आकर्षक प्रतीत होती है, जब कि अपने प्रेमी के लिए ईर्ष्या की पात्र भी बन जाए। इसलिए जिस कंठहार की उसने कामना की थी, उसके बदले में जब वह अपना हरितवर्ण कंठहार देवी के चरणों में अर्पित करके लौटी तो मानवीय आकांक्षा उसके होठों पर इस प्रकार खिली हुई थी, मानों वह गुलाब के पुष्प की पंखुड़ियां चलते-चलते अपने दांतों से कुतरती जाती थी।

डिमिट्रियोस उस प्रकोष्ठ में सबके चले जाने तक प्रतीक्षा करता रहा। जब मन्दिर खाली हो गया, तो वह उस गुप्त स्थान से बाहर आया। वह मूर्ति की ओर बड़ी बेचैनी से देख रहा था। उसका अनुमान था कि अपना काम करते समय उसे एक भयंकर अन्तर्द्वन्द्व का सामना करना पड़ेगा, किन्तु पिछले इतने विराट् भावुकता के प्रभाव में सांस लेने के उपरान्त इतने शीघ्र फिर किसी गहरे अन्तर्द्वन्द्व में विभोर हो जाना नितान्त असम्भव था, इसलिए वह बिल्कुल शान्त हो चुका था और उसके अन्तर में आत्मग्लानि का लेशमात्र भी नहीं था। लापरवाही के साथ आहिस्ता से वह ऊपर चढ़कर मूर्ति के निकट पहुंच गया; और देवी के किंचित विनत सिर से एण्डियों देवी के सच्चे मोतियों का हार निकाल लिया और उसे चुपचाप अपने कपड़ों में खिसका लिया।

जादू का चंग

वह बड़ी तेज़ी के साथ सड़क पर चलने लगा। उसे आशा थी कि वह क्राइसिस को सड़क पर जाते हुए ही पकड़ सकेगा। उसे यह भय था कि अगर आपना मन्तव्य पूरा करने में उसे बहुत देर लग गई, तो कहीं ऐसा न हो कि वैसा करने का साहस और इच्छा उसके हृदय से फिर निकल जाए।

सड़क गर्मी से इस क़दर तप रही थी कि डिमिट्रियोस मध्याह्न के सूर्य के सम्मुख ही आंख मीचने पर बाध्य हो उठा। वह कितनी ही देर तक इसी प्रकार चलता रहा और उसी धुन में कुछ काले गुलामों से टकरा भी गया, जो किसी पालकी को कन्धे पर उठाए

जा रहे थे। अकस्मात एक मधुर कंठ से ये शब्द निकले, "प्रिय, तुम्हें पाकर मैं कितनी प्रसन्न हूं।"

उसने अपना सिर उठाया, साम्राज्ञी बेरेनिस अपनी पालकी में कोहनी के बल बैठी उसकी ओर ताक रही थी। उसने आज्ञा दी, "ठहर जाओ, पालकी वालो!" और अपने प्रेमी को ऊपर चढ़ा लेने के लिए उसने अपनी बांह आगे कर दी।

डिमिट्रियोस बहुत ही खिन्न हुआ, किन्तु वह इनकार नहीं कर सकता था। बहुत ही उदासीन भाव से पालकी में चढ़ गया। साम्राज्ञी बेरेनिस जो कि ख़ुशी से पागल हो उठी थी, अपने हाथों से पालकी की सतह तक पहुंच गई थी और रेशम के तोषकों में एक शिशु की भांति लेटने लगी थी।

यह पालकी क्या थी, जैसे एक सुन्दर कक्ष था और पच्चीस ग़ुलाम उसे अपने कन्धों पर लिए चल रहे थे। बारह औरतें उसमें आराम से विश्राम कर सकती थीं। नीले रंग के गलीचों के ऊपर मसनद और कुशन पड़े हुए थे और पालकी की ऊंचाई इतनी थी कि पंखे की डंडी से भी छत को छूने में सफलता नहीं मिल सकती थी। वह चौड़ी कम और लम्बी अधिक थी। सामने और पीछे से बिल्कुल बंद थी, अगल-बग़ल में दो रेशम के नीले पर्दे पड़े हुए थे, जिनसे छनकर प्रकाश आता था। पृष्ठ भाग सीडार लकड़ी से बना था और उस पर उन्नाबी रंग की रेशम मढ़ी हुई थी। इस ख़ूबसूरत दीवार के ऊपर मिस्र का विशाल सुनहरा बाज़ बना हुआ था, जिसने अपने सख़्त डैने फ़ैलाए हुए थे। उसके नीचे हाथी दांत और चांदी से बनी हुई एस्टार्टी की मूर्ति थी और उसके नीचे एक लैम्प जल रहा था, जो दिन के समान अनेक छवियों का प्रकाश फेंकता था। उसके नीचे साम्राज्ञी बेरेनिस अपनी दो फ़ारसी दासियों के मध्य विहार कर रही थी, जो मोरपंख से बने पंखों से निरन्तर झल रही थीं।

अपनी आंखों से उसने मूर्तिकार को अपनी ओर बुलाया और दोहराया "प्रियतम, मैं कितनी प्रसन्न हूं।"

उसने अपने गालों पर अपना हाथ रख लिया, "मैं तुम्हारी ही खोज कर रही थी प्रिय, तुम कहां थे। मैंने परसों से तुम्हें देखा नहीं है। अगर मैं तुम से अब न मिल पाती, तो दुःख से मेरे प्राण निश्चय ही निकल जाते। मैं इस पालकी में अकेले कितना सूनापन अनुभव कर रही थी! जिस समय मैं हर्मीज़ के पुल से गुज़र रही थी, तो मैंने अपने समस्त मोती नदी में फेंक दिए। तुम मुझे देखते हो, मेरे हाथों में इस समय एक भी अंगूठी अथवा शरीर पर दूसरा कोई आभूषण नहीं है। मैं तुम्हारे चरणों में एक अकिंचन दासी की तरह यहां उपस्थित हूं।"

वह उसकी तरफ़ मुड़ी और उसे चूम लिया। दोनों पंखा डुलाने वाली दासियां एक किनारे सिमट गईं। साम्राज्ञी बेरेनिस की आवाज़ अत्यन्त धीमी पड़ गई। दासियों ने अपने कानों में अंगुलियां दे लीं, ताकि यह विदित हो कि वह उन दोनों की प्रेम-वार्ता नहीं सुन रही हैं।

डिमिट्रियोस ने उत्तर नहीं दिया, वह तो जाने वह सब कुछ सुन भी रहा था अथवा नहीं, क्योंकि वह अब भी अपने ही विचारों में खोया हुआ था। उसने सम्राज्ञी के मुंह पर मुस्कान को ही देखा था और उसके केशरूपी कुशन को। सम्राज्ञी अपने बालों को सदैव ढीला बांधती थी, ताकि उसके शिथिल सिर के लिए वह कुशन का काम कर सकें।

उसने कहा, "मेरे प्रियतम, मैं रात-भर रोती रही। मेरी बाहें आलिंगन के लिए बेचैनी के साथ तुम्हें खोजती रहीं, लेकिन मेरे हाथ सूने के सूने ही रहे। आज उन्हें चूम रही हूं। मैं प्रात:काल से तुम्हारी प्रतीक्षा करती रही, किन्तु तुम तो पूर्णिमा के दिन से जाकर फिर लौटे ही नहीं। मैंने शहर के कोने-कोने में ग़ुलामों को तुम्हारा पता लगाने के लिए भेजा और उन्हें अपने ही हाथों से मार डाला, क्योंकि वे तुम्हारे बिना ही लौट आए थे। तुम कहां छिप गए थे। क्या तुम मन्दिर में गए थे, लेकिन उद्यान की उन विदेशी स्त्रियों के मध्य तो तुम थे नहीं। नहीं, मैं तुम्हारी आंखों में वह सब देख रही हूं, तो फिर मुझसे इतनी दूर जाकर तुम क्या कर रहे थे। मैं अनुमान कर सकती हूं कि तुम मूर्ति के सामने बैठे थे। हां, मैं यक़ीन के साथ कहती हूं कि तुम वहीं थे। अब तुम उसे मेरी अपेक्षा अधिक प्रेम करने लगे हो, वह बिल्कुल मेरी ही तरह है, मेरी-सी आंखें, मेरे होंठ और सब कुछ मेरे जैसी ही। तुम्हें यही कुछ तो चाहिए। मैं तो अभागी तिरस्कृता हूं। मैं अच्छी तरह देखती हूं कि तुम मुझसे ऊब गए हो। तुम अपने उस भौंडे संगमरमर और मूर्तियों के बारे में सोचते रहते हो और समझते हो कि वे मुझसे अधिक सुन्दर हैं, लेकिन कम-से-कम यह नहीं सोचते कि मेरे सीने में दिल है, मैं प्यार करती हूं, तुममें ममता रखती हूं, जिसे तुम पसन्द करते हो, उसे ही पसन्द करती हूं और जो तुम्हें नापसन्द है, वही मुझे भी नापसन्द हो जाता है, लेकिन तुम मुझसे कुछ भी नहीं चाहते। तुमने सम्राट बनने की ख़्वाहिश भी नहीं की और अपने ही मन्दिर में देवता के रूप में प्रतिष्ठित होने की कामना भी नहीं की। अब तो तुम मुझे प्यार करने की भी कोई इच्छा नहीं करते।"

उसने अपने पैर समेट लिए और अपने हाथ पर झुक गई, "मैं तुम्हें राजमहल में रखने के लिए कुछ भी कर सकती हूं, प्रियतम! अगर मैं तुम्हारे मन से उतर गई हूं, तो बताओ किसके रूप-जाल में तुम्हारी आंखें उलझी हैं, वह मेरी मित्र बनकर रहेगी। मेरे महल में रहने वाली औरतें भी तो सुन्दर हैं। मेरे पास 12 तो ऐसी हैं, जो अपने बचपन से ही मेरे रनवास में हैं और जानती भी नहीं हैं कि दुनिया में आदमी रहता भी है अथवा नहीं। तुम उन सबसे भेंट क़र सकोगे...अगर तुम यह कह दो कि उनके बाद तुम मेरे पास आ जाओगे... और मेरे पास कुछ ऐसी भी लड़कियां हैं, जो कि पवित्र देवदासियों से भी अधिक आकर्षक बताई जाती हैं। मुंह से एक शब्द तो निकालो। मेरे पास एक हज़ार ग़ुलाम लड़कियां हैं, उनमें से कोई भी तुम्हारी ख़िदमत में पेश की जा सकती है। मैं अपनी ही तरह उनको सजा

दूंगी। पीले रेशम, सोने और चांदी से।

"लेकिन नहीं, तुम सुन्दरतम और निष्ठुरतम पुरुष हो। तुम किसी से भी प्यार नहीं करते। तुम केवल प्रेमास्पद होना ही जानने हो। तुम्हारी आंखें जिसके दिल में प्रेम की आग जगा देती हैं, बस, तुम उस पर दया ही करना जानते हो। तुम मुझे अपनी अभ्यर्थना करने की आज्ञा दे देते हो, लेकिन यह प्रेम-प्रसंग उस घोड़े की मालिश किए जाने के समान है, जो मालिश करने वाले के प्रति उपेक्षा भाव से कहीं दूर देखता हुआ उदासीन-सा खड़ा रहता है। तुम अपने-से छोटों पर दया करना जानते हो, आह, देवताओ! हे, देवताओ! मैं तुम्हारे बिना रहकर भी दिखाऊंगी। जिसे सारा नगर प्यार करता है और जिसको कोई रुला नहीं सकता, मैं उसके बिना रहकर दिखाऊंगी।

"मेरे राजमहल में केवल औरतें ही नहीं हैं। मेरे यहां शक्तिशाली इथोपियन योद्धा भी हैं, जिनकी छाती तांबे की है और जिनकी बाहों में मांसपेशियां उभरी हुई हैं। उनकी उपस्थिति में तुम्हारी कोमल प्रकृति और सलोनी दाढ़ी को शीघ्र ही भूल जाऊंगी। प्रेम-प्रलाप से संन्यास ग्रहण कर लूंगी। जिस दिन मुझे यह विश्वास हो जाएगा कि तुम्हारी खोई आंखें मेरे मन में कोई उथल-पुथल पैदा न कर सकेंगी, तुम्हारे होठों के स्थान पर दूसरे होंठ प्राप्त कर लूंगी, तो मैं तुम्हें हर्मीज़ के पुल से वहीं भिजवा दूंगी, जहां मेरा कण्ठहार और मेरी अंगूठियां गई हैं, उस आभूषण की तरह, जो बहुत दिन धारण कर लिया गया हो। आह, एक मलिका होना कितना अच्छा है, कितना अच्छा!"

वह अकड़कर बैठ गई और प्रतीक्षा करती-सी दिखाई दी, लेकिन डिमिट्रियोस फिर भी निष्क्रिय ही रहा और वह तनिक भी हिला-डुला नहीं, जैसे कि उसने वह कुछ भी सुना ही न हो। उसने अपनी बात जारी रखी, "क्या तुमने मेरी बात नहीं समझी?"

वह अपनी कोहनी पर झुका और अत्यन्त स्वाभाविक वाणी में उसने कहा, "मुझे एक कहानी याद आती है। उस समय से भी बहुत पहले जब तुम्हारे पिता के पूर्वजों ने थ्रेस को विजय किया था, तब कुछ जंगली जानवर और कुछ भयभीत लोग यहां रहा करते थे। जानवर बड़े सुन्दर थे। सिंह थे, जो सूर्य के समान प्रखर तेज वाले थे; चीते थे, जिनके शरीर की धारियां संध्या के रंगों को मात करती थीं और भालू थे जो रात के समान काले थे।

"आदमी छोटे और चपटी नाक वाले थे और पुरानी भद्दी खाल ओढ़े रहते थे और भद्दे भाले और बदसूरत-सी तीर कमान लिए रहते थे। वे पर्वतों के अन्दर सूराख़ों में रहते थे और बड़ी-बड़ी चट्टानें बड़ी मुश्किल से खिसकाकर उन सूराखों के मुंह पर अड़ा दिया करते थे। उनका जीवन शिकार करते ही बीतता था और जंगलों में खूरेज़ी के सिवा और कुछ भी नहीं होता था। वह देश इतना बीहड़ था कि देवताओं ने भी उसे छोड़ दिया था। एक दिन जब दिन की चिलक निकल आई, तो आर्टिमीज़ ने ओलम्पस से विदा ली। उसका

रास्ता वह नहीं था, जो उत्तर की ओर जाता था। अपने चारों ओर होने वाले युद्धों में आरीज़ को कोई दिलचस्पी नहीं थी। अलगोजे और सिथेरी के होने से अपोलो भी उदासीन हो गया। चन्द्रमा, पृथ्वी और पाताल पर प्रभुता रखने वाली देवी हिकेट भी अकेले इस तरह ताकने लगी, जैसे कोई मदुसा (यूनानी पौराणिक गाथाओं में आने वाली तीन विद्रूप स्त्रियां, जिनकी शक्ल देखते ही आदमी पत्थर का हो जाता था) हो, जो पत्थरों और चट्टानों के बीच दिखाई पड़ रही हों।

"तभी एक आदमी वहां रहने के लिए आया। वह आदमी किसी अधिक सुखी जाति का था और बर्बरों की तरह जानवरों की खाल नहीं ओढ़ता था। वह बहुत लम्बी और सफ़ेद पोशाक पहनता था और उस पोशाक का कुछ भाग चलते समय पीछे लटकता भी था। उसे चांदनी रातों में जंगल के साफ़ मैदानों में भ्रमण करना अच्छा लगता था। वह अपने हाथ में कछुए की खोपड़ी लिए रहता था, जिसमें अरने-भैंसे के दो सींग लगे रहते थे और उनमें तीन चांदी के तार बंधे हुए रहते थे।

"जिस समय उसकी अंगुलियां उन तारों को स्पर्श करतीं, तो उनसे एक अजीब संगीत बह निकलता था। यह स्वर वृक्षों अथवा गेहूं के पौधों में गुज़रने वाली वायु के कोमल स्वर से भी अधिक कोमल होता था। पहली बार जब उसने अपने वाद्य-यन्त्र के तारों को छेड़ा तो तीन सोते हुए चीते जाग पड़े और उन पर इतनी विशाल मोहिनी छा गई कि वे उसके पास चले आए और जिस समय उसने संगीत बन्द कर दिया, तो बिना कोई हानि पहुंचाए ही वापस भी चले गए। दूसरे दिन जिस समय उसने अपना संगीत पुनः प्रारम्भ किया, तो अनेक भेड़िए, तेंदुए और अनेक नाग अपने फन उठाए संगीत सुनने के लिए इकट्ठे हो गए।

"इस संगीत का प्रभाव यहां तक फैला कि जानवर स्वयं ही उसके पास आकर संगीत सुनाने की विनय करने लगे। बहुधा यह होता था कि कोई छोटा-सा भालू उसके पास आता और उसके वाद्य-यन्त्र की तीन मधुर झंकार सुनने के बाद सन्तुष्ट होकर लौट जाता। उसके इस औदार्य के प्रतिदान में पशु उसके लिए भोजन उपलब्ध करते और मनुष्यों से उसकी रक्षा करते।

"लेकिन वह इस जीवन से ऊब गया। उसे अपनी प्रतिभा और पशुओं को आनन्द प्रदान करने की अपनी क्षमता पर इतना विश्वास हो गया कि वह अपने संगीत के प्रति लापरवाह हो गया, लेकिन जानवर उस टूटे-फूटे संगीत को सुनकर भी सन्तोष कर लेते थे, क्योंकि बजाने वाला तो कम-से-कम वही था। थोड़े ही दिन पश्चात् उसने उन्हें उतना सन्तोष प्रदान करना भी बन्द कर दिया और वाद्य-यन्त्र बजाना बिल्कुल ही छोड़ दिया। संगीतकार के इस निश्चय से सारे वन्य-प्रदेश में उदासी छा गई, लेकिन संगीतकार के द्वार पर अब भी स्वादिष्ट खाद्य पदार्थ व मांस के टुकड़े तथा अनेक मीठे फल प्रचुर मात्रा में दिखाई पड़ते थे। पशुओं

ने संगीतकार का आतिथ्य फिर भी जारी रखा और उसे उत्तरोत्तर अधिक प्यार करते गये। पशुओं का दिल बना ही इस प्रकार का होता है।

"अब एक दिन ऐसा हुआ कि अपने खुले हुए द्वार के सहारे खड़ा होकर जैसे ही वह ख़ामोश वृक्षों के पीछे अस्ताचलगामी सूर्य को देख रहा था, एक सिंहनी उधर से गुज़री। वह भी अपनी गुफा के अन्दर प्रवेश करने लगा, क्योंकि उसे यह भय था कि सिंहनी उससे संगीत सुनाने का अनुरोध अवश्य करेगी, लेकिन सिंहनी ने उसकी ओर ध्यान भी नहीं दिया और सीधे अपने रास्ते निकल गई।

"तब आश्चर्यचकित होकर उसने प्रश्न किया, 'क्यों जी, तुमने मुझसे संगीत सुनाने के लिए क्यों नहीं कहा?"

सिंहनी ने कहा, "मुझे संगीत में विशेष रुचि नहीं है।"

संगीतकार ने कहा "तुम शायद यह नहीं जानती कि मैं कौन हूं।" सिंहनी ने कहा, "मैं जानती हूं, तुम आरफ्योज़ हो।" संगीतकार ने कहा, "और तुम फिर भी मेरा संगीत सुनना नहीं चाहतीं।"

सिंहनी ने फिर भी कहा, "मेरी इच्छा ही नहीं है।"

"ओह" संगीतकार चिल्लाया, "मेरी कैसी दयनीय स्थिति है। तुम्हें संगीत सुनाने की तो मेरी महती आकांक्षा थी। तुम औरों से कितनी अधिक सुन्दर हो और मेरा विश्वास है कि तुम औरों की अपेक्षा अधिक समझ भी सकती हो। यदि तुम केवल एक घन्टे मेरा संगीत सुन लो, तो मैं तुम्हें वह कुछ सुना दूं, जिसकी तुम कल्पना भी नहीं कर सकती।"

उसने उत्तर दिया "मैं तुम्हारा संगीत सुनने को तैयार हूं, यदि तुम मेरी यह तीन मांगें पूरी कर दो। पहली कि तुम मैदानों में रहने वाले मानव की ताज़ा मांस चुरा कर ला दो। मेरी दूसरी मांग यह है कि तुम्हें मार्ग में जो प्रथम पुरुष दृष्टिगत हो तुम उसकी हत्या कर दो, और मनुष्यों ने अपने देवताओं को बलि देने के लिए जो पशु चुन रखे हैं, उन्हें मेरे सम्मुख प्रस्तुत कर दो।" संगीतकार ने केवल इतनी सी मांगें सामने रखने के लिए सिंहनी का धन्यवाद किया।

एक घन्टे तक वह उसके सामने बैठा वाद्य-यन्त्र बजाता रहा, किन्तु बाद में उसने आपना चंग तोड़ दिया और इस तरह रहने लगा, जैसे वह मर चुका हो।"

साम्राज्ञी ने एक गहरी सांस ली, "आह, मैं इन रूपकों को कभी नहीं समझ सकती। मुझे ख़ुलासा करके समझाओ प्रिय! इसका मतलब क्या है?"

वह उठ खड़ा हुआ, "मैंने यह कहानी तुम्हें इसलिए नहीं सुनाई कि तुम उसे समझो। मैंने तुम्हें यह कहानी इसलिए सुनाई है कि तुम अपने अन्तर में शान्ति का अनुभव कर सको। मुझे बहुत देर हो गई है। अलविदा बेरेनिस?"

बेरेनिस ने रोना शुरू कर दिया, "मैं समझती थी; मैं सब कुछ समझती थी?"

डिमिट्रियोस ने बेरेनिस को गद्दों और तोषकों में सावधानी से लिटा दिया और उसकी पलकों पर एक चुम्बन अंकित कर दिया और उस चलती हुई विशाल पालकी में से चुपचाप नीचे उतर गया।

आगमन

बच्चीज़ ने पच्चीस वर्ष तक एक वेश्या का जीवन व्यतीत किया था। तात्पर्य यह कि इस समय उसकी आयु का चौथा पन गुज़र रहा था और इस बीच उसका सौंदर्य कई रूपों में परिवर्तित हो चुका था।

उसकी मां ने, जो बहुत समय उसके गृह कार्यों की निर्देशिका रही थी, उसे अपना कारोबार चलाने और मितव्ययता के कुछ सिद्धान्त बताए थे, जिनपर चलकर उसने बहुत बड़ी सम्पत्ति एकत्रित कर ली थी और इस सम्पत्ति के बल पर ही, अपने उतरते हुए सौंदर्य की क्षतिपूर्ति करने के लिए वह अपने अतिथियों के बहुत शानदार मनोरंजन का प्रबन्ध करने में सफल होती थी।

इस प्रकार बाज़ार में ऊंची दर पर जबरन गुलाम लड़कियों को ख़रीद कर अपने घर रखने की अपेक्षा, जो आगे चलकर बहुत ही विनाशकारी व्यापार सिद्ध होता था, उसने एक ही नीग्रो लड़की अपने यहां रख छोड़ी थी और शेष पूंजी से घर के उपयोग में आने वाली अनेक वस्तुएं ख़रीद ली थीं, जो आगे चलकर उसके जीवन में बहुत ही उपयोगी सिद्ध होने वाली थीं।

इस गुलाम से दस सन्तानें हुए थीं, जिनमें तीन लड़के भी थे। बच्चीज़ ने लड़कों को बेच डाला था, क्योंकि वह जानती थी कि ये लड़के आगे चलकर बहुत ही ईर्ष्यालु प्रेमी बनते हैं। उसने इन सातों लड़कियों के नाम अलग-अलग नक्षत्रों के नाम पर रखे थे और उन्हें काम भी लगभग उसी प्रकार से सौंपे थे, जिनका बोध उनके नामों से होता था। हैलीओपी दिन की गुलाम थी, सेलेमिस रात्रि की गुलाम थी, हर्मियोनी ख़रीदारी और कोनोमैंगिरा भण्डार का काम करती थी और सातवीं डियोमेडी हिसाब-किताब रखती थी और घर के उत्तरदायित्व को सम्भालती थी।

अफ्रोडीसिया उसकी प्रिय गुलाम थी, वही सबसे अधिक सुन्दरी थी और उसे लोग सबसे अधिक प्रेम करते थे, अतिथियों का मनोरंजन करने में वह अक्सर अपनी मालकिन

का हाथ बंटाती थी। यही कारण था कि घर के तमाम कामों से उसे अवकाश दिया जाता था, ताकि उसकी बाहें और उसके हाथ कोमल और सुन्दर बने रह सकें और एक असाधारण कृपा उस पर यह की जाती थी कि उसको बाल ढकने की आज्ञा थी। यही कारण था कि कभी-कभी लोग उसे सामान्यजन समझ लेने की भूल कर बैठते थे और इसी शाम को वह आज़ाद कर दी जाने वाली थी और उसके बदले में बच्चीज़ को पैंतीस मिन्क्स की बड़ी दौलत प्राप्त होने वाली थी।

बच्चीज़ की ये सातों ग़ुलाम लड़कियां इतनी सुघड़ और अनुशासनबद्ध थीं कि जहां कहीं जातीं उन्हें साथ ले जाने में वह अपना गौरव समझती, हालांकि उनकी अनुपस्थिति में घर के खुले रह जाने का भय हमेशा बना रहता था। इसी अदूरदर्शिता के कारण डिमिट्रियोस इतनी सरलता से उसके घर में घुसकर अपना कार्य सम्पन्न करने में सफल हो सका था, लेकिन आज उस जश्न का आयोजन करने के समय तक भी, जिसमें उसने क्राइसिस को निमन्त्रित किया था, उसे अपने इस दुर्भाग्य का बिल्कुल भी ज्ञान न था।

इस संध्या को आने वाले अतिथियों में सर्वप्रथम क्राइसिस ही थी। उसने हरे रंग की पोशाक पहन रखी थी और उस पर कशीदे के रूप में असंख्य गुलाब की टहनियां और वक्षस्थल पर फूल कढ़े हुए थे। उसके द्वार खटखटाने से पहले ही अरोटी ने उसके लिए फाटक खोल दिए और यूनानी प्रथा के अनुसार उसे एक कक्ष में ले जाकर बैठा दिया। उसके लाल जूते खोल दिए और उसके नंगे पावों को धो दिया और तब उसने जहां कहीं वांच्छित था, उसके शरीर पर अंगराग लगा दिया। अतिथियों को किसी भी प्रकार का कष्ट स्वयं न करना पड़े, ऐसा प्रयत्न किया जाता था, यहां तक कि भोजन करने जाते समय कर-प्रक्षालन करने का काम भी उन्हें स्वयं नहीं करने दिया जाता था। तब उसने उसे एक शीशा दिया और कुछ पिन दिए ताकि वह अपना अस्त-व्यस्त केश-शृंगार सुव्यवस्थित कर सके और अपने गालों और होठों पर सुर्खी लगा सके।

जब क्राइसिस अपना शृंगार करके तैयार हो गई तो उसने ग़ुलाम से पूछा, "आज के मुख्य अभ्यागत कौन हैं।"

यह प्रतिष्ठा बहुधा उन मेहमानों को देने की परम्परा थी जो विशेष निमन्त्रित अभ्यागत के रूप में जश्न में शरीक होते थे। वह व्यक्ति जिसकी प्रतिष्ठा के लिए यह आयोजन किया जाता था, अपने साथ किसी एक मन-पसन्द व्यक्ति को ला सकता था। मेहमानों को कोच-कुशन साथ लाने होते थे और उन्हें अवसर के अनुकूल आचरण करना होता था।

क्राइसिस के प्रश्न का अरोटी ने इस प्रकार उत्तर दिया, "नॉक्रेटीज़ ने फ़िलोडिमोज़ और उसकी मित्र फ़ास्तिना को, जिसे वह इटली से लाया है, दावत दी है। उसने फ्रेसीलास और टाइमन को तथा तुम्हारी मित्र सेसो को भी निमन्त्रित किया है।

उसी क्षण सेसो ने अन्दर प्रवेश किया, "क्राइसिस?"

"मेरी प्यारी?"

अपने सम्बन्धों से मन में जाग उठने वाली भावनाओं को हृदय में सहेजे वे दोनों महिलाएं आपस में गले लगकर मिलीं। आज संयोग से उन्हें एक लम्बी अवधि के बाद एक साथ होने का अवसर मिला था।

"मैं तो डर रही थी कि कहीं मुझे विलम्ब न हो जाए।" सेसो ने कहा, "बेचारे आर्चटियास ने मुझे देर कर दी...।"

"क्या, अभी उसकी स्थिति वही है?"

"हमेशा एक ही तो रहती है। शहर में जहां कहीं मैं दावत में जाती हूं, उसे हमेशा यही सन्देह रहता है कि कोई मुझे अपने पंजों में जकड़ लेगा। तब फिर उसे सान्त्वना देना आवश्यक होता है और उसमें समय लगता ही है। आह! मेरी प्रिय! काश वह मुझे और अच्छी तरह समझता होता! मेरे मन में तो उसको छलने की भावना उठती ही नहीं, लेकिन वह जैसा कि बहुधा होता है, काफ़ी से अधिक ईर्ष्यालु प्रवृत्ति का आदमी है।"

"और उसका बच्चा? क्या किसी ने अभी तक उसे देखा है, तुम तो जानती होगी?"

"मुझे यक़ीन है शायद लोगों ने न देखा हो। यह तीसरा महीना ही तो है, लेकिन वह दुष्ट अभी तो मुझे तंग नहीं करता। जब करेगा, तो जल्दी ही हवा हो जाएगा?"

"मैं जानती हूं, तुम्हारे हृदय में क्या होता होगा?" क्राइसिस ने कहा, "लेकिन देखो, वह तुम्हें कहीं बदसूरत ने बना दे। जानती हो बच्चे औरत को जल्दी ही बुढ़ापे की ओर घसीट ले जाते हैं। कल मैंने अपनी बचपन की मित्र फ़िलेमेशन को देखा था। वह आजकल बुबास्तिस के एक अनाज के सौदागर के साथ रह रही है। तुम्हें मालूम है, मिलते ही उसने पहली बात मुझसे क्या कही, 'आह, अगर तुम देख सकतीं, इसने मेरा क्या हाल बना डाला है।' उसकी आंखों में सचमुच आंसू छलक आए थे। मैंने उसे आश्वासन देते हुए कहा कि वह अभी तक काफ़ी सुन्दर है, तो उसने उत्तर दिया, 'अगर तुम देख सकतीं और याद रख सकतीं और वह दूसरी बिब्लिस की तरह रो उठी। तब मैंने देखा कि वह हृदय से चाहती है कि मैं उससे सहमत हो जाऊं और उसने मुझे अपना शरीर दिखाया। मेरी प्रिय, उसकी त्वचा खाल की तरह हो गई थी और तुम जानती हो, उसकी त्वचा कितनी कोमल थी! उसकी अंगुलियों के जोड़ों की त्वचा इतनी लाल हो गई थी कि आदमी देख नहीं सकता। सेसो, तुम अपने को बर्बाद मत कर लेना। अपने को ज्यों-की-त्यों यौवन युक्त और गोरी रखना, जैसी तुम आज हो, औरत की त्वचा उसके आभूषणों से अधिक मूल्यवान होती है।"

इस प्रकार बातचीत करते हुए दोनों महिलाओं ने अपना प्रक्षालन-कार्य समाप्त कर लिया। तब वह दोनों साथ-साथ महफिलखाने में दाख़िल हुईं। वहां बच्चीज़ प्रतीक्षा कर

रही थी। उसकी कमर में कटिबन्ध बंधा हुआ था और उसकी गर्दन में अनेक जवाहरात सुशोभित थे और वे उसकी चिबुक तक पहुंच गए थे।

"आह, मेरी सुन्दर सखियो ! नॉक्रेटीज़ का विचार कितना सुन्दर था कि उसने तुम दोनों को एक साथ इस जश्न में निमन्त्रित किया ?"

"हम दोनों अपने इस सौभाग्य पर अपने को धन्य मानते हैं," क्राइसिस ने कहा। वह इस उक्ति के विष को जैसे समझना नहीं चाहती थी और उसने तत्काल कोई घृणापूर्ण बात कहने के लिए पूछा, "डोरीक्लोज़ कैसा है।"

वह एक बहुत ही तरुण प्रेमी था, जिसने बच्चीज़ को अभी-अभी छोड़ दिया था और एक सिसलियन से विवाह कर लिया था।

"...मैंने उसे अपने से दूर कर दिया है।" बच्चीज़ जैसे खरोंच खा गई।

"कम-से-कम तुम वैसा न करो।"

"हां-हां, मैंने लोगों को कहते सुना है कि वह किसी सिसलियन से शादी कर रहा है, इसी जलन के कारण, लेकिन शादी के दूसरे दिन ही वह फिर मेरी शरण में आ पहुंचेगा। वह तो मेरे पीछे पागल है ?"

यह पूछते हुए कि डोरीक्लोज़ कैसा है ? क्राइसिस ने अपने में सोचा था, 'तुम्हारा आइना कहां है ?' लेकिन बच्चीज़ की आंखें क्राइसिस की आंखों में अधिक देर न टिक सकीं, क्योंकि उसे व्यर्थ के वितण्डावाद के अतिरिक्त कोई प्रयोजन उसमें दिखाई नहीं दिया, लेकिन फिर भी क्राइसिस इस प्रश्न का उत्तर पाने के लिए कृतसंकल्प थी और उसके लिए वह किसी अधिक उपयुक्त अवसर की प्रतीक्षा के लिए ख़ामोश रह गई।

वह इस सम्भाषण को आगे बढ़ाने ही वाली थी कि उसी समय फ़िलोडिमोज़, फ़ास्तिना और नॉक्रेटीज़ ने प्रवेश किया। उनका स्वागत करने के लिए बच्चीज़ को अतिरिक्त विनय का प्रदर्शन करना आवश्यक हो उठा। वह कवि की कशीदा की हुई पोशाक और रोमन महिला की पारदर्शी पोशाक को देखकर मीठे स्वप्नों में खो गई थी। इस युवती ने, जो यूनानी प्रथाओं से अपरिचित थी, अपनी यूनानीकरण इस प्रकार किया था, उसे यह विदित नहीं था कि ऐसी पोशाक महफ़िलों के अवसर पर शोभा नहीं देती, क्योंकि ऐसे समय पैसा लेकर आने वाली नर्तकियां भी इसी प्रकार के झीने वस्त्र पहनती हैं। बच्चीज़ ने इस भूल को परिलक्षित कर लेने का कोई भी संकेत नहीं दिया। प्रत्युत उसने उसकी घनी, चमकदार और श्याम-नील केशराशि पर उसे साधुवाद दिया। उसके केश अनेक प्रकार की गन्धों से सुगन्धित थे। एक सुनहरे पिन के सहारे उसने अपने बाल गर्दन से ऊपर उठाए हुए थे, ताकि किसी भी सुगन्धित सफ़ूफ़ के दाग़ उसकी पोशाक पर न पड़ने पाएं।

वह लोग सहभोज की मेज पर अपने स्थान ग्रहण करने ही वाले थे कि उसी समय

सातवां अतिथि टाइमन भी आ पहुंचा। यह युवक किसी सिद्धान्त की अमान्यता को अपनी स्वाभाविक प्रवृत्ति मानता था और उसने अपने युग के दार्शनिकों के दर्शनों में से अपने इस आचरण के औचित्य के कारण भी भली प्रकार खोज लिए थे।

"मैं किसी को अपने साथ लाया हूं।" उसने हंसते हुए कहा।

"कौन है यह?" बच्चीज़ ने पूछा।

"कोई डिमो है, मेन्डीज़ की रहने वाली।"

"डिमो, तुम मज़ाक तो नहीं कर रहे हो! ओह, वह तो बहुत ही सस्ते क़िस्म की छोकरी है।"

"ओह, तो छोड़ो, मैं अधिक ज़िद नहीं करना चाहता।" उस युवक ने कहा, "रास्ते में ही मेरी उसने जान-पहचान हो गई थी। उसने मुझसे शाम का खाना खिलाने के लिए कहा और मैं उसे तुम्हारे यहां ले आया, लेकिन अगर तुम नहीं चाहती, तो न सही...।"

"यह टाइमन बड़ा अविश्वसनीय आदमी है।" बच्चीज़ ने कहा।

उसने एक दासी को पुकारा, "हैलियोपी, अपनी बहन से कहो कि द्वार पर एक लड़की खड़ी है, उसे तत्काल मारकर भगा दे, जाओ!"

वह किसी की तलाश करते हुए लौट गई, "फ्रेसीलाज़ नहीं आए!"

सहभोज

इन शब्दों के समाप्त होते-न-होते एक साधारण-सा, छोटे क़द का आदमी जिसका मस्तक छोटा था, भूरी आंखें थीं और भूरी ही दाढ़ी थी, छोटे-छोटे क़दम रखता हुआ अन्दर दाखिल हुआ और उसने कहा, "मैं आ पहुंचा हूं!"

फ्रेसीलाज़ एक प्रतिष्ठित लेखक था और वह इतने अधिक विषयों पर लिखता था कि यह जानना कठिन था कि वह दार्शनिक है, या वैयाकरण, इतिहासकार है, या पुराणकार। वह अपनी प्रमिभा का उपयोग गम्भीर-से-गम्भीर विषय पर करता था, लेकिन उसमें कोई स्वतन्त्र निबन्ध लिखने का साहस न था और न ही वह नाटक लिखने की हिम्मत कर सकता था। उसकी शैली में किंचित नपुंसकता, कृत्रिमता और शब्दाडम्बर ही अधिक होता था। विचारकों के लिए वह कवि था, कवियों के लिए सन्त और समाज के लिए एक महापुरुष।

"अच्छा अब हम भोजन के लिए चलें।" बच्चीज़ ने कहा और उसने अपने को उस कोच पर फैला दिया, जो इस दावत के सभापति के आसन के समान प्रतीत होती थी। उसके

दाईं ओर फिलोडिमोज, फ़ास्तिना और फ्रेसीलाज़ के साथ बैठा हुआ था और नॉक्रेटीज़ के बाईं ओर सेसो, फिर क्राइसिस और उसके बाद तरुण टाइमन बैठा हुआ था। अतिथियों में से हर कोई अपने रेशम के कुशनों पर कोहनी टिकाए सिर नीचा किए हुए बैठा था और उनके सिर पुष्प-मालाओं से लदे हुए थे। एक ग़ुलाम लाल गुलाबों और नील कमल के ताज बनाकर लाई और अतिथियों ने उसे धारण किया। उसके उपरान्त जश्न आरम्भ हुआ।

टाइमन ने अनुभव किया कि उसकी असभ्यता ने स्त्रियों पर सर्द हवा फेंक दी है। इसलिए उसने स्त्रियों की ओर कोई संकेत न करके पहले फ़िलोडिमोज़ से कहा, "लोग कहते हैं कि आप सिसरो के बहुत घनिष्ठ मित्र हैं। फ़िलोडिमोज़, क्या विचार है सिसरो के विषय में आपका? क्या वस्तुत: वह एक सच्चा दार्शनिक है, या कोई यूं ही कम्पाडलर जैसा सनकी, जिसमें न कोई सुरुचि है और न विवेक। मैंने सुना है कि उसके बारे में दोनों ही प्रकार की धारणाएं काफ़ी बड़ी संख्या में लोगों की हैं।"

"संक्षेप में, चूंकि मैं उसका मित्र हूं, इसलिए मैं तुम्हारे प्रश्न का उत्तर नहीं दे सकता?" फ़िलोडिमोज़ ने कहा, "मैं उसे बहुत अच्छी तरह जानता हूं, इसलिए हो सकता है कि उसके बारे में मेरी राय कुछ नाक़िस हो। इसलिए इस प्रकार के प्रश्न फ्रेसीलाज़ से करना, जिसने उसे थोड़ा ही पढ़ा है। वही उसके विषय में तुम्हारे लिए सच्चा अध्ययन प्रस्तुत कर सकेगा?"

"तो फिर फ्रेसीलाज़ का उसके बारे में क्या विचार है?"

"वह एक अत्यंत प्रशंसनीय लेखक है।" छोटे आदमी ने कहा।

"लेकिन वैसा निर्णय आप किस प्रकार करते हैं?"

"उन्हीं अर्थों में टाइमन, जिस प्रकार हर लेखक किसी-न-किसी चीज़ के लिए प्रशंसनीय होता है, जैसे सभी देश और सभी आत्माएं, लेकिन मेरे लिए तो किसी सागर की दृश्यवाली किसी मैदान से किसी भी प्रकार अधिक स्पृहणीय नहीं प्रतीत होती। इसलिए चाहे वह सिसरो का लिखा हुआ कोई निबन्ध हो, या पिण्डार का लिखा हुआ कोई गीत, अथवा तुम्हारी बग़ल में बैठी हुई हमारी शानदार मित्र क्राइसिस का कोई पत्र हो, मैं अपनी पसंद के आधार पर कभी भी उनका वर्गीकरण नहीं करूंगा। जब मैं कोई पुस्तक पढ़कर समाप्त करता हूं, तो अगर एक भी पंक्ति मेरी स्मृति में ऐसी रह जाती है, जो मेरे अन्दर विचार-शक्ति को प्रेरणा दे, तो मैं अपने अध्ययन को कृतकार्य हुआ मानता हूं। आज तक मैंने जो कुछ पढ़ा है, उसमें यह एक पंक्ति मुझे मिलती ही रही है, लेकिन आज तक किसी भी पुस्तक ने दूसरी पंक्ति मुझे प्रदान नहीं की, शायद हम में से हर कोई अपने जीवन में केवल एक ही चीज़ कहने की सामर्थ्य रखते हैं और वह जो अधिक विस्तार से बोलते हैं, वे अधिक महत्त्वाकांक्षी होते हैं। कोटि-कोटि जनता के मौन पर मुझे कितना अफ़सोस है, जो कभी भी बोल नहीं सकी।"

"इस बात में मैं तुम से सहमत नहीं हूं," नॉक्रेटीज़ ने अपना सिर ऊपर उठाए बिना ही कहा, "इस सृष्टि की रचना इसीलिए हुई थी कि तीन सत्य कहे जा सकें, किन्तु यह हमारा दुर्भाग्य रहा है कि उसकी निश्चयात्मकता आज की सन्ध्या से पांच शताब्दी पूर्व ही सिद्ध हो चुकी है। हिरेक्लिटोज़ ने दुनिया को समझने की कोशिश की, पार्मेनिडीज़ ने आत्मा का कलेवर स्पष्ट कर दिया, पाइथागोरस ने ईश्वर की नाप-जोख की, अब हमारे लिए क्या रह गया है, सिवा इसके कि हम चुप होकर बैठ जाएं। मेरा ख़्याल है कि चिकन-पी बड़ी गुस्ताख़ है।"

सेसो ने अपने पंखे से मेज़ को ठकठकाया, "टाइमन," उसने कहा, "मेरे दोस्त!"

"क्यों क्या बात है?"

"तुम ऐसे प्रश्न क्यों करते हो, जो मेरे जैसे लोगों के किसी भी मतलब के नहीं हैं, जो कि लैटिन नहीं जानते या स्वयं तुम्हारे ही लिए, जो उसे जान कर भी भूलना चाहते हों। क्या तुम अपनी नागरिक वाग्मिता से फ़ॉस्तीना को प्रभावित करना चाहते हो। मेरे दोस्त तुम केवल शब्दों से मुझे धोखा नहीं दे सकते। कल शाम मैंने तुम्हारी आत्मा का नग्न रूप देख लिया है और टाइमन मैं जानती हूं इस चिकन-पी से तुम्हारा क्या मतलब है।"

"क्या तुम्हारा ख़्याल वैसा ही है," नौजवान ने साधारणता से कहा, लेकिन फ्रेसीलाज़ ने अपना दूसरा भाषण धीरे और व्यंग्यात्मक स्वर में प्रारम्भ किया, "सेसो, जिस समय हमें यह सौभाग्य प्राप्त हो कि तुम टाइमन के बारे में अपना निर्णय घोषित करो, तो चाहे तुम्हारा इरादा उसकी प्रशंसा करना हो, या उस पर आरोप लगाना, जो कि हम लोग नहीं कर सकते, तुम्हें यह स्मरण रखना चाहिए कि वह एक अदृश्य सत्ता है, जिसमें एक अलौकिक आत्मा है। इसका अस्तित्व अपने आप में नहीं है। कम-से-कम हम तो निश्चयपूर्वक वैसा नहीं कह सकते, लेकिन वह उसी की अभिव्यक्ति करता है, जिसकी प्रतिच्छाया उस पर पड़ती है और स्थानान्तर से दृष्टि में भी अन्तर पड़ जाता है। पिछली रात यह छवि बिल्कुल तुम्हारी जैसी थी और मुझे अचरज नहीं होगा अगर उससे तुम्हें कुछ सान्त्वना मिली हो। ठीक इस समय उस पर फ़िलोडिमोज़ की छवि है। यही कारण है कि यह छवि अब भंग हो रही है, लेकिन इसमें विरोधाभास की गुंजाइश नहीं है, क्योंकि इससे किसी चीज़ की स्थापना नहीं होती। तुम देखती हो कि प्रिय, तुम्हें विचारहीन निर्णय नहीं करने चाहिए।"

टाइमन ने फ्रेसीलाज़ की ओर क्रुद्ध दृष्टि से देखा, लेकिन उसने अपना उत्तर सुरक्षित रखा।

"फिर भी यह हो सकता है," सेसो ने कहना जारी रखा, "हम यहां पर चार देवदासियां मौजूद हैं और हम बातचीत के सिलसिले को इस प्रकार बदल देना चाहती हैं कि उन अबोध

शिशुओं की तरह न प्रतीत हों, जो अपना मुंह केवल दूध पीने के लिए खोलते हैं। फ़ॉस्तीना तुम अभी-अभी आई हो, अतः तुम्हीं कोई नई बातचीत शुरू करो।"

"बहुत अच्छा," नॉक्रेटीज़ ने कहा, "हमारे लिए कोई विषय चुनो फ़ॉस्तीना, जिस पर हम अपनी बातचीत को आधारित कर सकें।"

नवयौवना रोमन युवती से अपना सिर झुकाया, निगाह ऊपर उठाई, उसके मुखमण्डल पर लालिमा दौड़ गई, अपने समूचे अंग को एक थिरकन देते हुए उसने कहा, "प्रेम।"

"बहुत सुन्दर विषय है।" सेसो ने अपने हास्य को अवरुद्ध करते हुए कहा। किन्तु किसी ने भी वाद-विवाद को आरम्भ नहीं किया।

मेज़ पर गजरे, सब्ज़ियां, प्याले, सुराहियां क़रीने के साथ रखे हुए थे। ग़ुलाम बर्फ़ के समान हलकी रोटियां ला रहे थे। मोटी-मोटी मछलियों पर अनेक प्रकार के मसाले छिड़के हुए थे। मोम के रंग के पेय और पवित्र स्वास्थ्यवर्धक पेय, चित्र खुदे हुए मिट्टी के बर्तनों में भर कर लाए गए थे।

इसी प्रकार अनेक प्रकार की मछलियां भोजन की मेज़ पर परोसी गयीं। यह भोजन का पहला दौर था। अभ्यागत लोग उस भोजन में से श्रेष्ठ अंश स्वीकार कर लेते थे और शेष ग़ुलामों के लिए बच जाता था।

"प्रेम" फ्रेसीलाज़ ने वार्ता आरम्भ की, "एक ऐसा शब्द है, जिसका कोई अर्थ नहीं या जिसके अर्थ में एक ही समय में सब कुछ सन्निहित है, क्योंकि इसके अन्दर दो विरोधी तत्त्व सम्मिलित हैं–विलास और भावावेश। मैं नहीं कह सकता फ़ॉस्तीना का मतलब किस चीज़ से है।"

"मैं चाहती हूं," क्राइसिस ने बाधा उपस्थित की, "मेरे लिए विलास और मेरे प्रेमी के लिए भावावेश। आपको दोनों ही पहलुओं पर प्रकाश डालना होगा, अन्यथा आपकी चर्चा का महत्त्व मेरे लिए अधूरा ही होगा।"

"प्रेम" फ़िलोडिमोज़ ने कहा, "न भावावेश है और न भोग विलास की इच्छा। प्रेम तो बिल्कुल ही दूसरी चीज़ है...।"

"ओह, दया करके," टाइमन ने टोका, "आज की शाम हमें ऐसी दावत का आनन्द लेने दो, जिसमें दर्शन की चर्चा न हो। हम यह अच्छी तरह जानते हैं कि तुम अपनी मधुर वक्तृता के बावजूद और शहद के समान मीठी वाणी में बातें करने के उपरान्त भी एकनिष्ठ प्रेम के ऊपर गुणात्मक आनन्द की श्रेष्ठता सिद्ध नहीं कर सकोगे क्योंकि हमें यह मालूम है कि पूरे एक घण्टे तक इतने कठिन विषय पर बोलने के बाद तुम दूसरे घंटे में अपने प्रतिपक्षी के मत को लेकर भी उतनी ही सरलता से बोल सकते हो। मैं...।"

"अनुमति देता हूं...।" फ्रेसीलाज़ ने कहा।

"वह अस्वीकार नहीं करता," टाइमन ने अपनी बात जारी रखी, "कि बुद्धि का यह विलास और कौतुक अत्यन्त सुन्दर और प्रभावशाली है। इसमें कठिनाई है और दिलचस्पी का अभाव है। कुछ दिन पहले एक अपेक्षाकृत कम गम्भीर कहानी के अन्दर आपने जो प्रहसन प्रकाशित किया था, जिसकी प्रेरणा आपने किसी पौराणिक गाथा से ली थी और वह आपके अपने आदर्शों से मिलती-जुलती थी; वह शेलेमी आलेटीज़ के राज्यकाल की दृष्टि से एक नवीन और असामान्य चीज़ मालूम पड़ती थी, परन्तु अब जब कि हम तीन वर्ष तक सम्राज्ञी बेरेनिस को राज्य देख चुके हैं, समझ में नहीं आता कि कौन सा वह परिवर्तन हो गया, जिसने तंग आस्तीनों और पीले रंगीन बालों की तरह तुम्हारी उल्लसित और संगीतात्मक विचार शैली को एक दम सौ वर्ष का बुढ़ापा प्रदान कर दिया। मैं इसे धिक्कारता हूं, आचार्यवर, क्योंकि यह मानते हुए भी कि आपकी कथाओं में थोड़ी आग की कमी है और स्त्री वर्ग के बारे में भी आपके अनुभवों में कृत्रिमता ही अधिक झलकती है, उनमें हास्य की विलक्षण प्रतिभा है और मैं आपको प्यार करता हूं कि मैं आपके कारण हास्य का आनन्द प्राप्त कर सका हूं।"

"टाइमन!' बच्चीज़ क्रोध में चिल्लाई, लेकिन फ्रेसीलाज़ ने उसे इशारे से रोक दिया।

"छोड़ो भी प्रिय, मैं उन आदमियों में से हूं, जो अपने बारे में दिए गए निर्णयों में से केवल उन्हीं स्थलों को याद रखते हैं, जो प्रशंसा में कहे जाते हैं और अपने को पसन्द आते हैं। अगर सभी लोग एक स्वर से प्रशंसा करने लगें, तो फिर प्रशंसा में क्या लुत्फ़? भावनाओं की इस विविधता को मैं एक ऐसा उद्यान मानता हूं, ज़िसमें तरह-तरह के फूल खिले हैं, मैं केवल गुलाब के कांटों के अतिरिक्त कुछ नहीं छूता।"

क्राइसिस ने कुछ इस तरह अपने होठों को थिरकने दी, जिससे पता चलता था कि उसने इस आदमी को कितना तुच्छ साबित कर दिया है, जो कि किसी भी प्रकार के विवाद को समाप्त कर देने में इतना अधिक चतुर था। उसने अपना रुख़ अपने निकट ही बैठे हुए टाइमन की ओर फेर लिया और अपना हाथ उसकी गर्दन में डाल दिया।

"जीवन का उद्देश्य क्या है?" उसने पूछा।

हालांकि वह यह नहीं जानती थी कि किसी दार्शनिक के समक्ष किस प्रकार अपनी बात प्रस्तुत करनी चाहिए, तथापि उसने यह प्रश्न पूछा, लेकिन इस बार उसने अपने स्वर में इतनी कोमलता भर दी कि उसे सुन कर टाइमन को शंका होने लगी कि जैसे उसके प्रति प्रेम की घोषणा की गई हो।

तथापि उसने बहुत ही संयम के साथ उत्तर दिया, "हर जीवन का अपना एक अलग उद्देश्य होता है, मेरी क्राइसिस! जीवन के अस्तित्व का कोई सार्वभौम उद्देश्य नहीं होता। रहा मेरे बारे में, मैं एक महाजन का बेटा हूं, जिसके यहां मिस्र की बड़ी से बड़ी वेश्याएं

आती हैं। मेरे पिता ने बहुत से अवांछित साधनों द्वारा बहुत सी सम्पत्ति इकट्ठी की थी और मैं वही सम्पत्ति देवताओं की इच्छा के अनुसार अपने पिता के सुकर्मों का परिणाम भोगने वाले लोगों तक फिर से पहुंचा रहा हूं। मैं अपने को जीवन में मात्र यही कर्तव्य करने के योग्य पाता हूं और यह काम मैंने इसलिए चुना है कि इसके करने से मुझे वैसा ही आत्म-संतोष मिलता है, जो कि किसी भी पुण्य कार्य के करने से मिल सकता है।

इसके बाद कुछ क्षण तक सब लोग ख़ामोश रहे। तब सेसो ने मौन भंग करते हुए कहा, "टाइमन, तुम बातचीत के प्रारम्भ में ही व्यवधान उपस्थित करके बात का मज़ा किरकरा कर देते हो। इतने सुन्दर विषय पर इतने गम्भीर तरीक़े से बातचीत चल रही थी! कम से कम नौक्रेटीज़ को बोलने दो, तुम तो अपनी उद्दंडता से विवश हो ही।"

"मैं प्रेम के बारे में क्या कह सकता हूं?" अतिथि ने उत्तर दिया, "उसके लिए जो पीड़ा सहते हैं, कुछ कहने का अधिकार भी उन्हीं का है। सन्तोष प्रदान करने वाली वेदना का ही दूसरा नाम प्रेम है। दुःखी होने के केवल दो तरीक़े हैं। एक तो यह कि अप्राप्य की कामना करना और दूसरा यह कि जो इच्छित है उसको उपलब्ध करना। प्रेम पहली स्थिति से प्रारम्भ होता है और दूसरी स्थिति पर पहुंच कर समाप्त हो जाता है; और बहुत ही दारुण अवस्था में, कहने का तात्पर्य यह कि उपलब्धि होते ही देवता हमें प्रेम की अनुकम्पा से बचाएं।

"लेकिन क्या अप्रत्याशित ढंग से उपलब्धि होना," फिलोडीमोज़ ने मुस्कराते हुए कहा, "वास्तविक सुख नहीं है। यह सब कितना विरल होता है।"

"बिल्कुल भी नहीं, अगर आदमी के मन में उस तरह की कामना है। बात सुनो नौक्रेटीज़, इच्छा न करना, परन्तु उपस्थित होने पर प्रत्येक अवसर का लाभ उठाना; प्रेम न करना, परन्तु जो चाहने लायक़ हैं, उनके प्रति सद्भावना रखना, जो कि अवसर और परिस्थिति के अनुसार किसी दिन उद्दामवासना में भी बदल सकता है; अपने इच्छित गुणों से युक्त किसी स्त्री को प्रेम न करना और न ही ऐसी स्त्री को प्रेम करना, जो अपनी सुन्दरता को रहस्य ही बनाए रखना चाहती हो, किन्तु हमेशा ही किसी बदज़ायक़ा चीज़ की कल्पना करना और नितान्त सुन्दर की उपलब्धि होने के आश्चर्य और सुख के लिए अपने को सुरक्षित रखना, क्या ये सब बातें ऐसी नहीं हैं, जो कि कोई भी सन्त प्रेमी लोगों को दे सकता है। केवल उन्हीं लोगों का जीवन सुखी जीवन पुकारा जा सकता है, जो अपने वैभव और विलास के दिनों में भी अनागत की सूखी कल्पना को अक्षुण्ण रख सकते हैं।"

दावत का दूसरा दौर समाप्त होने को था। अभी भी जो पदार्थ लाए जा रहे थे, उनको तैयार करने में दो-दो दिन से तैयारियां की जा रही थीं। बत्तखें थी, जिन्हें पिछले चौबीस घंटे से पकाया जा रहा था कि उनके डैनों को अक्षुण्ण रखा जा सके। अब तक जो खाना

परोसा जा चुका था, मेहमानों ने उसमें से चुन-चुन कर ही खाया था; और जो बचने पर एक तरफ़ हटा दिया गया था उससे अब भी सौ आदमियों का पेट अच्छी तरह से भर सकता था, लेकिन सबसे आख़ीर में जो चीज़ परोसी गई, उसकी समानता मिलना असम्भव थी।

यह असाधारण खाद्य पदार्थ सूअर से तैयार किया गया था। सारे एलेक्ज़ेण्ड्रिया में भी इसका मिल सकना असम्भव था। इस सूअर का आधा भाग भूना गया था और आधा पकाया हुआ था। यह जान सकना प्रायः असम्भव था कि सूअर को किस तरह मारा गया है और उसके पेट में जो मसाले थे, वे किस तरह भरे गए हैं। सूअर के पेट में क़ीमा किया हुआ गोश्त, सब्ज़ियां, मसाले और नाना प्रकार के स्वादिष्ट और भूख को उत्तेजित करने वाले पदार्थ भरे हुए थे। उस भरे पूरे साकार सूअर के अन्दर उन पदार्थों को पाकर मेहमानों के आश्चर्य का ठिकाना नहीं था।

चारों तरफ़ से वाह-वाही की आवाज़ें आ रही थीं। फ़ॉस्तीना ने निश्चय कर लिया कि वह उसके पकाने का तरीक़ा पूछे बिना न रहेगी। फ्रेसीलाज़ अलंकार युक्त शब्दों की झड़ी लगा रहा था और फिलोडिमोज़ ने एक ऐसा श्लोक सुनाया था, जिसके प्रत्येक शब्द में कूट अर्थ था। यह सब सुन कर नशे में मस्त सेसो इस क़दर ज़ोर से हंसी कि सुनने वाले चीख़ पड़े, लेकिन बच्चीज़ ने सात प्यालों में सात अलभ्य मदिरा ढालने की आज्ञा दे दी थी, इसलिए वह अलंकार युक्त वाक्यावली आगे न बढ़ कर कुछ निम्न स्तर पर आ गई।

टाइमन बच्चीज़ की तरफ़ मुख़ातिब होकर बोला, "क्यों जी, तुमने उस ग़रीब लड़की को अपने साथ लाने से मुझे क्यों रोक दिया? तुम कितनी बेरहम हो! आख़िरकार वह अपने ऊपर करम करने वाली तो थी ही। अगर तुम्हारी जगह मैं होता, तो कम-से-कम मैं तो किसी धनाढ्य महिला के स्थान पर एक ग़रीब नर्तकी को ही तरज़ीह देता।"

"तुम तो पागल हो!" और बिना बहस में पड़े वह चुप हो गई।

"हां, मैं मानता हूं कि जो लोग कभी-कभी ही आश्चर्यजनक सत्यों का उद्घाटन करते हैं, लोग उन्हें सनकी ही कहते हैं, दार्शनिक नहीं। केवल असम्भव और आत्मविरोधी सत्यों के सामने ही लोग सिर झुकाते हैं।"

"अच्छा, आओ मेरे दोस्त, अपने पड़ोसियों से पूछो, भला इनमें से कोई ऐसा है, जो किसी ग़रीब औरत को अपनी चहेती बनाएगा।"

"मैंने ऐसा किया है।" फ़िलोडिमोज़ ने सहज भाव से कहा।

दावत में शरीक होने वाली स्त्रियों ने उसकी तरफ़ मुंह बिचकाया और भौहें चढ़ा लीं।

"पिछले साल," उसने अपनी बात जारी रखी, "बसन्त के अन्तिम दिनों में, जब सिसरो को देश निकाला हुआ, तो मैंने अपने को असुरक्षित मान कर एक यात्रा की थी। मैं आल्पस पर्वत की तलहटी में क्लिनिसियोज़ झील के तट पर ओरोबिया नामक सुन्दर प्रदेश में चला

गया। वह गांव बहुत साधारण-सा था। वहां लगभग तीन सौ औरतें रहती थीं। उनमें से एक स्त्री देवी अफ्रोडाइटी की देवदासी बन गई थी, ताकि वह बाक़ी की सुरक्षा कर सके। उसके घर की एक पहचान थी कि उसके द्वार पर एक ताज़ा पुष्पमाल लटकती रहती थी, किन्तु वह स्वयं अपनी बहनों और चचेरी बहनों से ही बिल्कुल मिलती जुलती थी। वह किसी तरह की सुर्ख़ी, सुगन्धित प्रसाधनों का प्रयोग न करती और वह रहस्यों से भरे नक़ाब ओढ़ती थी। वह अपने सौन्दर्य की हिफाज़त करना भी न जानती थी। वह अपने को उपेक्षित रखती थी और ऐसी लगती थी, जैसे किसी ने संगमरमर के फ़र्श पर कोई झाड़ी उखाड़कर फेंक दी हो। यह सोच कर कंपकपी आती है कि वह केवल इसलिए नंगे पैर रहती थी, ताकि उसके पैरों का कोई भी चुम्बन न कर सके। फ़ॉस्तीना के पैरों को देखो तो हाथों से भी अधिक कोमल दिखाई देते हैं। तथापि उसके साथ मुझे इतना सुख मिला कि उस एक महीने के लिए मैं रोम, टायर और एलेक्ज़ेण्ड्रिया सभी को भूल गया।"

नौक्रेटीज़ ने सिर हिला कर उसकी बात को सहमति प्रदान की और शराब के घूंट को गले से उतार कर बोला, "प्रेम के महान् क्षण वहीं हैं, जब सच्चे स्वात्मदर्शन होते हैं। स्त्रियों को इस सत्य से अवगत होना चाहिए और मायूस करने वाले करिश्मों से हमें बरी रखा जाए, इसके विपरीत उनकी कोशिश यह रहती है कि पूरी तरह से हमारी कोमल भावनाओं को हम से छीन लें। भला कोमल चिकने बालों पर लोहे की मार की कल्पना भी कोई कर सकता है। आह! इन बालों पर गर्म लोहे के निशानों से अधिक दुःख देने वाली चीज़ कोई हो सकती है; और जिन रुख़सारों को चूमने के लिए आदमी के होंठ फड़कने लगें, उन पर की गई रंगीनी से ज़्यादा रहम करने लायक़ कोई गुनाह हो सकता है! अन्तिम विवेचना करते हुए मैं तो यही कह सकता हूं कि महिलाएं कभी-कभी भ्रामक श्रृंगार-पद्धतियों की ईजाद करती है। प्रत्येक स्त्री अपने चारों तरफ़ प्रशंसकों के झुण्ड रखना चाहती है। यदि वह अधिक आत्मीयता के साथ न मिलें, तो सम्भव है कि वह अपनी असलियत को कभी भी बेनक़ाब न करें, लेकिन इस बात की कल्पना करना कठिन है कि कोई स्त्री सौन्दर्य-प्रसाधन के ऐसे ढंग को अपनाएगी कि उसका प्रशंसक उसके निकट आते ही उससे नफ़रत करने लगे। क्या कोई औरत ऐसी है, जो सार्वजनिक स्थानों की अपेक्षा अपने घर में अपने लोगों के समक्ष कम आकर्षक लगना भी पसन्द कर सकती है।"

"तुम इस बारे में कुछ भी नहीं जानते नौक्रेटीज़," क्राइसिस ने मुस्कान के साथ कहा, "मैं जानती हूं कि बीस प्रेमियों में से एक को भी हमेशा अपने पास रोक रखना मुश्किल है, लेकिन पांच सौ में से एक को अपनी तरफ़ आकर्षित कर लेना और भी मुश्किल है। एकान्त में अगर आप किसी को प्रसन्न कर भी लें, तो भी उसके सार्वजनिक तौर से प्रसन्न करने की ज़रूरत बनी रहती है, आदमी यह भी चाहता है कि उसकी होते हुए भी सार्वजनिक स्थानों में उसकी साथिन दूसरों को कितनी पसन्द आती है। अगर हम रूज़ न लगाएं और

आंखों में अंजन न करें, तो कोई हमारी तरफ़ आंख उठा कर भी देखेगा नहीं। फ़िलोडिमोज़ ने जिस किसान महिला का ज़िक्र किया वह भले ही उसे आकर्षित कर सकी हो, क्योंकि उस वातावरण में वह अकेली थी, लेकिन यहां तो 12 हज़ार सुन्दरियां हैं, यहां बिल्कुल ही दूसरे ढंग की प्रतियोगिता है।"

"क्या तुम यह जानती हो कि जिसे ख़ुदा ने वास्तविक सौन्दर्य दिया है, उसे ज़ेवर की ज़रूरत नहीं पड़ती और वह सौन्दर्य अपने आप में ही सब कुछ पूरा कर देता है।"

"बहुत अच्छी बात है। एक शुद्ध सुन्दर स्त्री के मुक़ाबले में अपने कहने के मुताबिक़ एक बूढ़ी खूसट को खड़ा करो। एक को कहीं फटे-चिथड़े कपड़ों में किसी कोने में खड़ी कर दो और दूसरी को आकाश में झिलमिल करने वाले तारों के समान चमकदार पोशाक में अनेक दास-दासियों से घेर कर मंच पर रखो। देखोगे कि उस सौन्दर्य सम्राज्ञी को कोई देखेगा भी नहीं और इस भद्दी, उम्र रसीदा की ओर सब मुंह फैला कर देखते जाएंगे। अगर उसकी ओर बीस देखेंगे, तो इसकी ओर दो सौ की नज़र उठेगी।"

"आदमी तो जाहिल होता है।" सेसो ने कहा।

"नहीं, आदमी सिर्फ़ काहिल होते हैं। वे अपनी प्रेयसियों का चुनाव करने में ज़रा-सी भी मशक्क़त करना पसन्द नहीं करते। जिनको अधिक प्यार किया जाता है, वही सबसे ज़्यादा धोखेबाज़ निकलते हैं।"

"आप तब क्या करेंगे," फ्रेसीलाज़ ने बात को तरह देते हुए कहा, "आप तब क्या करेंगे अगर कोई जान-बूझ कर किसी की प्रशंसा करना आरम्भ कर दे।" और उसने बहुत ही ख़ूबसूरती से ये दोनों थीसिस निर्लेप भाव से श्रोताओं के समक्ष प्रस्तुत किए।

एक के बाद एक बारह नृत्य बालाएं प्रकट हुईं। पहली दो शहनाई बजा रही थीं और आख़िरी चंग बजा रही थी। बाक़ी हाथों में छोटे-छोटे ढप लिए हुए थीं। संगीतवादक अपने साज़ ठीक कर रहे थे। उनके स्वर का संधान होते ही नर्तकियां लास के साथ थिरकने लगीं।

नृत्य अत्यन्त कोमल था और नर्तकियों का पद-निक्षेप बहुत द्रुतगामी नहीं था। नृत्य में कोई योजना भी नहीं थी। बहुत थोड़ी-सी जगह में नृत्य किया जाना था और नाचने वाली लहरों के समान एक दूसरे से घुलमिल रही थीं। नाचते-नाचते उन्होंने युगल नृत्य प्रारम्भ कर दिया और पैरों की ताल को बिना भंग किए ही उन्होंने अपनी कमर के फेटे खोल दिए और गुलाबी रंग की झीनी-झीनी ओढ़नी भी गिरा दीं। नर्तकियों की इत्र-सुगन्धित देह मेहमानों के इर्द-गिर्द मंडराने लगीं। यह गन्ध सभी गन्धों से तेज़ थी। उनकी देह की लोच और भुजाओं के वातायनों में से झांकते हुए नेत्र और निकट से गुज़रते हुए बाहुपाश में आबद्ध कर लेने का निमंत्रण, सब कुछ मिलकर एक मदहोशी पैदा कर रहे थे। टाइमन के कपोलों पर एक बाला की गर्म हथेली स्पर्श करती चली गई।

"हमारे दोस्त किस विचार में तल्लीन हैं?" फ्रेसीलाज़ ने अपनी बारीक आवाज़ में कहा।

"मैं बहुत सुखी हूं दोस्त," टाइमन ने उत्तर दिया, "नारी के जीवन का सबसे बड़ा प्रयोजन क्या है, यह बात आज की शाम से अधिक कभी भी मेरी समझ में नहीं आई थी।"

"क्या है वह प्रयोजन?"

"प्यार पाना, चाहे कलात्मकतापूर्ण हो अथवा कला-विहीन?"

"यह तो एक राय हुई।"

"फ्रेसीलाज़, एक बार हम इस नतीजे पर पहुंच रहे हैं कि दुनिया में कोई चीज़ सिद्ध नहीं की जा सकती; और इससे भी आगे यह बात कि कहीं कुछ भी अस्तित्वमान नहीं है और यह धारणा भी शाश्वत नहीं है। यह याद रखो तुम्हारे इस अभिमान-युक्त अहम् को परितोष देने के लिए एक ऐसा थीसिस स्वीकार करने की इजाज़त दो जो विवादास्पद हो और साथ ही पराजित भी हो, वे कम-से-कम मेरे लिए दिलचस्पी का साधन हो, क्योंकि मैं उसका स्थापित करने वाला हूं। विचार की दुनिया में मौलिकता की बात करना एक काल्पनिक आदर्श की बात करने से अधिक कुछ नहीं है। यह बात ध्यान में रखने की है।

"मुझे थोड़ी शराब और दो," सेसो ने दासी से कहा, "यह शराब दूसरी से ज़्यादा तेज़ है।"

"मैं यह मानता हूं" टाइमन ने अपनी बात जारी रखी, "एक विवाहित स्त्री, जो उस आदमी के प्रति आत्मोत्सर्ग करती है, जो उसे छलता है, जो परपुरुष को नकारती है, जो बच्चे पैदा करती है, जो उसे पहले बदशक्ल करते हैं और बाद में उस पर अपना एकछत्र अधिकार जमा लेते हैं, मैं वही बात फिर दोहराता हूं कि वह ईमानदार समझी जाने वाली औरत इस प्रकार जीवन जीकर अपने आपको बर्बाद करती है और अपनी शादी के दिन शायद अपनी ज़िन्दगी का सबसे अधिक मूर्खतापूर्ण सौदा करती है।"

"वह यह समझती है कि अपना फ़र्ज़ पूरा कर रही है।" नाक्रेटीज़ ने बिना किसी आस्था के अपनी बात कह डाली।

"फ़र्ज़, और किसके प्रति। क्या वह उस प्रश्न का समाधान करने के लिए स्वतन्त्र नहीं है, जिसका केवल उसी के जीवन से सम्बन्ध है। औरत हमेशा बौद्धिक सुख से अतीत होती है और मानवीय हर्ष और उल्लास की इस आधी दुनिया से बेख़बर रहने में ही सन्तोष का अनुभव करती हुई। वह शादी कर लेती है और इस प्रकार सब प्रकार के सुखों के कपाट हमेशा के लिए बन्द कर देती है। क्या अपने यौवन के बसन्त काल में कोई ऐसा कहने वाली लड़की भी हो सकती है, 'मेरा पति भी होगा और इसके अतिरिक्त दस और आदमी भी मेरे शनासाई होंगे, शायद बारह भी हों?' और ऐसा कहते हुए भी

यह सोचे कि वह बिना पश्चाताप किए ही जीवन की अन्तिम सांस लेगी। रहा मेरी बाबत, जब मेरी आंख मिचने लगेंगी, शायद तीन हज़ार की संख्या भी मेरे दिल को संतोष प्रदान न कर सकेगी।"

"तुम तो महत्त्वाकांक्षी हो!" क्राइसिस ने अलोचना की।

इस पर फिलोडिमोज़ ने चिल्ला कर कहा, "लेकिन अपने इन उदार परोपकारी साथियों की प्रशस्ति में हम महान् से महान् काव्य गाकर भी शायद फ़र्ज़ पूरा नहीं कर सकते। आपकी कोमल आत्मा के लिए प्रेम बलिदान नहीं है, वरन् दो प्रेमियों के बीच वह बराबर का आदान-प्रदान है। आप सौन्दर्य-विहीनों के प्रति भद्रता का व्यवहार करती हैं, दुःखी को धैर्य प्रदान करती हैं, सबका स्वागत करती हैं? और स्वयं सुन्दरी, परम् सुन्दरी होकर भी। यही कारण है कि क्राइसिस, बच्चीज़, सेसो, फ़ॉस्तीना में तुम से कहता हूं कि आप लोगों को पुरुष की शाश्वत प्रशंसा प्राप्त है और स्त्रियों की शाश्वत ईर्ष्या।"

नृत्य-बालाओं ने अपना नृत्य समापत कर दिया था। एक कला दिखाने वाली सामने आ गई थी और खुले ख़ंजर की तेज़ ऊपर खड़ी हुई नोक पर वह हाथों के बल चल रही थी।

सारे मेहमान दम साध कर उस बाला के उस ख़तरनाक प्रदर्शन को देख रहे थे। टाइमन ने क्राइसिस की ओर देखा और लोगों की नज़र बचाता हुआ, वह धीरे-धीरे उसके नज़दीक खिसकने लगा।

"नहीं," क्राइसिस ने हलकी आवाज़ में फुसफुसाया, नहीं, मेरे दोस्त!" लेकिन उसने उसे अपने बाहुपाश में आबद्ध कर ही लिया। "बन्द करो यह सब," उसने अनुनय की, "बच्चीज़ देख लेगी। बच्चीज़ बहुत नाराज़ होगी।"

टाइमन ने एक नज़र भर कर मेहमानों की ओर देखा और यह संतोष करके कि कोई उन्हें नहीं देख रहा है, उसने आलिंगन पाश को और भी कस दिया और तब उस असभ्य आचरण के प्रति एक तर्क के रूप में उसने अपना खुला हुआ बटुआ उसकी गोद में डाल दिया।

कला दिखाने वाली अपनी ख़तरनाक कलाओं का प्रदर्शन करती जा रही थी। वह अपने हाथों पर चल रही थी, उसका घाघरा उलट कर नीचे आ गया था, उसके पैर घूम कर सिर के सामने आ गए थे और वह तलवार और लम्बी तेज़ नौकों के बीच चल रही थी। इस संकटापन्न स्थित से, और शायद ज़ख़्म खा जाने के भय से उसके कपोलों पर गाढ़ा और गर्म ख़ून उतर आया था और उसकी उजली आंखें इससे और भी चमकदार मालूम पड़ने लगी थीं। उसकी कमर झुकी थी और तनी हुई थी। उसकी टांगें नर्तकी की भुजाओं की तरह फैली हुई थीं और उसकी छाती में सांस की धड़कन साफ़ दिखाई देती थी।"

"बस, बहुत हो गया," क्राइसिस ने सख़्ती से कहा, "तुम ख़ामाख़्वाह मुझे परेशान कर रहे हो। मुझे जाने दो। जाने दो मुझे!"

और जिस समय दोनों एफ़ीसियन परम्परानुसार गाए जाने वाली हर्माफ्रोडाइटी की कथा सुनाने के लिए अपने वाद्ययन्त्र उठा रही थीं, क्राइसिस ने अपने को टाइमन के बाहुपाश से मुक्त कर लिया था और वह भाग खड़ी हुई थी।

रहाकोटिस

क्राइसिस का दिल क्रोध से धधक रहा था। उसमें ज़ख़्म की तरह जलन हो रही थी। पीठ पीछे द्वार बन्द भी न हुए थे कि उसने अपने सीने को कस कर हाथों से दबा लिया। वह एक स्तम्भ से लग कर खड़ी हो गई। एक अज्ञात वेदना से विकल होकर वह अपने हाथ मल रही थी और एक हलकी कराह उसके मुंह से निकल जाती थी।

तो क्या वह कभी भी न जान सकेगी? जिस तेज़ी से समय व्यतीत हो रहा था, उस रहस्य को जान सकने की सम्भावना भी उतनी ही तेज़ी से उसकी आंखों के सामने अस्त होती दिखाई देने लगी थी। इस सत्य को जानने के लिए शीशे की मांग करना बड़े दुस्साहस का कार्य होगा; और अगर शीशा लिया जा चुका, तो सारा सन्देह उसी पर पड़ेगा और मामला बिगड़ जाएगा, लेकिन उस सत्य को जानने की बेसब्री उसके ज़ब्त से बाहर होती जा रही थी। इसी बेसब्री से घबरा कर वह हाल से बाहर निकल आई थी।

टाइमन के उस फूहड़ आचरण से उसका दबा हुआ क्रोध अब धू-धू करके धधकने लगा था। उसका शरीर कांप रहा था। शीतलता ग्रहण करने के लिए उसने ऊंचे-विशाल स्तंभ से अपना शरीर सटा दिया। उसे भय था कि उसकी स्नायु शिथिल हो जाएंगी।

उसने आर्टी नामक दासी को पुकारा और उससे कहा, "मैं ज़रा बाहर जा रही हूं, मेरे, ज़ेवरात का ख़्याल रखना।" तब वह सात सीढ़ियां चढ़ कर नीचे आई।

सामने सड़क थी और उस सड़क पर वह सीधी आगे बढ़ने लगी। उसके मस्तक पर पसीने की बड़ी-बड़ी बूंदें झलक आई थीं, हवा से पत्ता तक न हिल रहा था। मायूसी ने उसकी बेचैनी को और भी बढ़ा दिया था और उसके पैर लड़खड़ाने लगे थे।

लेकिन फिर भी वह आगे बढ़ती जा रही थी। बच्चीज़ का मकान रहाकोटिस नगर के बुशियन नामक इलाके के भी अन्तिम छोर पर था। इस इलाके में गंदी बस्तियां भरी हुई थीं और इनमें मल्लाह और मिस्री लोग रहते थे। वे मछियारे जो लंगरबंद नौकाओं पर सूरज

की चिलचिलाती धूप में सोते थे, एक बजे से लेकर पौ फटे तक शराबखानों में आकर पिछले दिन की बेची हुई मछलियों से हासिल होने वाली रकम लड़कियों और शराब पर दोहरा नशा हासिल करने के लिए ख़र्च करते थे।

क्राइसिस इसी वहशी प्रदेश में फंस गई। चारों तरफ़ से अजीब आवाज़ें आ रहीं थी और उन्मत्त नृत्य-संगीत के स्वर वातावरण में गूंज रहे थे। उन शराबखानों के द्वार खुले हुए थे। लैम्पों के धुंए में से वह कोठरियां घुप्प हो रही थीं। अनेक छायाएं अन्दर दिखाई देती थीं। उनमें एक भी अकेली न थी। रंग-बिरंगी चटाइयां बिछी हुई थीं और मानव देहों के भार से वह निरन्तर चटख रही थीं। क्राइसिस बैचेनी के साथ उस बस्ती में से गुज़रती रही। एक भिखारिन उससे भीख मांगने लगी। एक बूढ़ा आदमी लड़खड़ता हुआ उसकी ओर बढ़ा और एक और एक किसान ने उसे चूम लेने की भी कोशिश की। वह भाग रही थी और एक लज्जायुक्त भय उसके अन्दर समाता जा रहा था।

यूनानी नगर में यह विदेशी उपनगर क्राइसिस को अन्धकार और संकट से भरा हुआ प्रतीत हुआ। यहां के मकानों के रहस्यों, यहां की रहस्यमय और पेचीदा गलियों से वह बिल्कुल अपरिचित थी। जब कभी वह इधर आई है, वह लाल-दरवाज़े वाले मकान में ही आई है और यहां आकर वह हमेशा अपने प्रेमियों को भूल जाती रही है।

लेकिन आज उसने बिना पीछे को मुड़ कर देखे ही यह जान लिया कि दो सम्मिलित पदचाप उसका पीछा कर रहे हैं।

वह जल्दी-जल्दी आगे बढ़ने लगी। वह युगल पदचाप भी उसी तरह तेज़ी से पीछा करने लगे। वह भागने लगी, लेकिन फिर भी उसका पीछा किया जाता रहा। वह एक गली में मुड़ गई और फिर एक दूसरी गली में फिर वह एक तीसरे रास्ते पर मुड़ी जिसका अन्त कहां होगा, वह जानती न थी।

उसका गला सूख गया था, और उसकी कनपटियां फड़क रही थीं। लेकिन बच्चीज़ के यहां पी हुई शराब उसके क़दम संभाले हुई थी और वह दायें-बायें भाग रही थी, उसको सूझता न था कि वह किधर जाए।

अख़िरकार रास्ता एक दीवार पर ख़त्म हो गया। अब वह रास्ता बिलकुल अंधकार से पूर्ण था। उसने तेज़ी से पीछे लौटने की कोशिश की लेकिन दोनों मल्लाहों ने अपने हाथों से उसका रास्ता रोक लिया।

"किधर जाती हो, सुनहरी चिड़िया।" उनमें से एक अट्टहास करता हुआ बोला।

"मुझे जाने दो।"

"ओह, तुम रास्ता भूल गई हो, देखो न तुम रहाकोटिस के लिए बिलकुल अनजान हो। एह... तुम आज हमारे साथ इस शहर का भ्रमण करोगी।"

और उन दोनों ने उसकी पीठ में अपने हाथ डाल दिए। उसने चीख़-पुखार मचाई, उनको घूंसे भी मारे लेकिन दूसरे मल्लाह ने एक ही हाथ में उसके दोनों हाथ दबा लिए और बोला, "ख़ामोश, यहां के रहने वाले यूनानियों को प्रेम नहीं करते। कोई भी तुम्हारी मदद के लिए नही आएगा।"

"मैं यूनानी नहीं हूं।"

"तुम झूठ बोलती हो। ये गोरी चमड़ी और लम्बी नाक। अगर मार खाने से डरती हो तो एक दम ख़ामोश हो जाओ।"

क्राइसिस ने वक्ता की और आमुख होकर कहा, "मैं तुम्हारे साथ चल सकती हूं।"

"तुम हम दोनों के साथ चलोगी। चलो, सीधे-सीधे चलो। तुम्हें बहुत आनन्द आएगा।" वह आश्चर्य कर रही थी कि वह उसे किधर ले जाएंगे। इस अनिश्चितता के क्षण में भी दूसरा मल्लाह अपनी वहशियाना खोपड़ी और अक्खड़ता के बावजूद उसे अच्छा लगा। वह उसे इस तरह घूर रही थी, जैसे कुत्ता गोश्त की रकाबी को घूरता है। वह अपनी देह उसकी ओर लचकाने की कोशिश करने लगी ताकि चलते-चलते वह उससे स्पर्श करती रहे।

अब बेजान और अंधकारपूर्ण गलियों से वे तेज़ी के साथ गुज़रने लगे। ये गलियां इतनी रहस्यपूर्ण और उलझी हुई थीं कि क्राइसिस को आश्चर्य होता था कि मल्लाह किस तरह अपना रास्ता खोज पा रहे थे। स्वयं वह त्रिकाल में भी वहां से उस रात बाहर निकलने में सफलता ने पा सकती थी। बन्द दरवाज़ों, खाली खिड़कियों और निस्पंद छायाओं को देख कर उसका मन भयभीत हो उठता था। दोनों तरफ़ खड़े हुए मकानों के बीच ऊपर मुंह उठाकर देखने से आकाश की पतली-पीली रेखा दिखाई पड़ती थी जहां कि इस समय मनोहर चांदनी छिटकी हुई थी।

आख़िरकार वह फिर से गुंजान इलाके में आ पहुंचे। जिस समय एक मोड़ पर वह गली में घूम रहे थे, अकस्मात आठ, दस, ग्यारह बत्तियां जलती हुई नज़र आईं। मकानों के दरवाज़ों पर रोशनी हो रही थी और नाबाटोआह की स्त्रियां लाल मोमबत्तियों के बीच में बैठी हुई थीं। इन लोगों ने सिर पर सुनहरे चोग़े पहने हुए थे और दो लाल रंग के लैम्पों की रोशनियां उनके चेहरों पर पड़ रही थीं। यहां दूर से भीड़ की गहमागहमी सुनी जा सकती थी। टट्टुओं की टापों और सामान के इधर से उधर उतारे और लादे जाने की आवाज़ सुनाई पड़ती थी। यह रहाकोटिस का बाज़ार था। जब एलेक्ज़ेंड्रिया नींद की ख़ुमारी में होता तो यहां के नौ लाख निवासियों के खान-पान के लिए रसद वगैरह लाया जाता था।

आगे चलकर एक चौक आया। इस मैदान में चारों ओर हरी शाक-सब्ज़ियां फैली हुई थीं, कमल-ककड़ियां और हरी सब्ज़ियों के चमकदार दाने रखे हुए थे। क्राइसिस ने एक ढ़ेर में से कुछ मेलबेरीज़ उठा लीं और बिना सोचे ही उन्हें खाने लगी। आख़िरकार वे एक

नीचे दरवाज़े के सामने आ गए और मल्लाह उसी क्राइसिस को लेकर नीचे उतर गए जिसके लिए एण्ड्रयोमेनी के सच्चे मोती चुराए गए थे। नीचे उतर कर वे एक हाल में पहुंच गए। हाल बहुत बड़ा था। लगभग 500 आदमी पौ फटने के इन्तज़ार में पीली बीयर पी रहे थे। अन्जीर और सीसेम (Seasame) और ओलीरा रोटी (Olyra Bread) खा रहे थे। उनके मध्य अंगड़ाई लेती हुई स्त्रियों का जमघट लगा था। घने काले केशों का खेत भरा हुआ था और विभिन्न प्रकार के फूलों से उस प्रज्वलित वातावरण में डूबा हुआ था। ये अनाथ लड़कियां थीं जो सहारे की तलाश में थीं और जो सभी की थीं। उनके पैर नंगे थे और लाल, पीले रंगों के चिथड़ों से ढका उनका शरीर प्रायः अर्धनग्न था। वे इन्हीं चिथड़ों की भीख मांगने यहां आई थीं। इनमें बहुत-सी लड़कियां अपने साथ एक छोटा-सा शिशु लिये हुए थीं जिसे चिथेड़ों में लपेट पर उन्होंने अपने बायें बाजू में संभाला हुआ था। यहां छः मिस्री नर्तकियां भी थीं। वे मंच पर सतर्क थीं और उनके साथ तीन साज़िन्दे भी थे। दो ने अपने हाथों में तासे संभाले हुए थे और तीसरा बड़ा पीतल का बिगुल बजा रहा था।

आह्लाद से क्राइसिस के कंठ से चीख़ निकल गई।

एक तरुण शराब वाली से उसने थोड़ी-सी शराब ख़रीदी, लेकिन इस गन्दे स्थान की दुर्गन्ध इतनी तेज़ थी कि अकस्मात उसे बेहोशी आने लगी। मल्लाह अपने कन्धों से सहारा देते हुए उसे बाहर ले गए। बाहर जाकर उसका मन कुछ हलका हुआ। उसने मल्लाहों से प्रार्थना की, "हम कहां जा रहे हैं। मैं अब अधिक चल नहीं सकती। मैं सड़क पर ही गिर जाऊंगी।"

बचनेलिया और बच्चीज़

जब वह दोबारा बच्चीज़ के मकान पर पहुंची तो उसका मन तरो-ताज़ा था और एक आनन्दयुक्त हलकेपन से पुलकित था। उसके मस्तक से चिन्ता के बादल उड़ चुके थे। उसकी मुखाकृति पर कोमल भावनाएं उभर आई थीं। ज़ीने पर चढ़ती हुई वह ऊपर ड्योढ़ी में पहुंच गई। इस बीच और भी मेहमान शरीक हो चुके थे। बारह नृत्य-बालाओं ने उसका स्वागत किया था। चारों तरफ़ मसले हुए पुष्प हार फ़र्श पर बिखरे पड़े थे। एक कोने में एक बड़ी शराब की बोतल औंधी पड़ी हुई थी और एक सोने की नदी उससे निकल कर मेज़ों के नीचे बहती जा रही थी।

फ़ॉस्तीना के साथ सट कर फ़िलोडिमोज़ बैठा हुआ था और उसके सम्बन्ध में लिखी हुई अपनी कविता गा रहा था; और उसके वस्त्रों से अठखेलियां करता जाता था। वह गा रहा था, "ओ पद्मपाद, गुलाब के समान घुटनों वाली तन्वंगी। ओ सौंदर्य की प्रतिमा! तुम्हें

देख कर मेरा मन बावला हो उठता है। तुम रोमन हो और भूरी हो। तुम सेफो की कविताएं नहीं गाती हो किन्तु क्या पर्सियस भी भारतीय आन्द्रमदा को प्यार नही करता था।"

इसी मध्य सेसो जिसे मिस्री शराब के तेज़ शरारों ने मदहोश कर दिया था और जो फलों से लदी हुई मेज़ पर उलट-पुलट हो रही थी, अब बर्फ़ से ठंडे किए हुए शर्बत से अपने को तर कर रही थी और अकेले में गुनगुना उठती थी, पियो, पियो मेरे नन्हें पियो, तुम बहुत प्यासे हो। अफ्रोडीसिया जिसकी दासता का आज अन्तिम दिन था, बड़े गर्व के साथ अपना मुक्तिदिवस मना रही थी। इस रस्म के मुताबिक, इस जश्न के अन्दर उसने तीन प्रेमी अंगीकार किए थे, लेकिन उसका कर्तव्य केवल यहीं तक सीमित नहीं रहना था। दासता से मुक्त होने वाली स्त्रियों के लिए परम्परानुसार यह नियम था कि निरन्तर भोग विलास में लिप्त रह सकने की शक्ति का प्रदर्शन करके उन्हें यह सिद्ध करना होता था कि दासता से मुक्ति प्राप्त करके उन्होंने कोई अनुपयुक्त कार्य नहीं किया है।

हॉल के दूसरे किनारे पर मिर्टोक्लिया रोडिस को उस मेहमान से बचा रही थी जो लगातार उसे दबाता जा रहा था। इन दोनों इफ़ीसियनों ने ज्योंही क्राइसिस को देखा तो वह दौड़ कर उसके पास गईं और बोलीं–"हमें जाने की आज्ञा दो, प्रिय क्राइसी, थ्यानो अभी यहीं रहेगी, लेकिन हम जाना चाहती हैं।"

"मैं भी यहीं ठहरूंगी।" क्राइसिस ने कहा और गुलाब के फूलों से ढके हुए एक पलंग पर उसने अपना शरीर पसार दिया।

अनेक आवाज़ों की गहमागही और हँसी की आवाज़ ने क्राइसिस का ध्यान आकर्षित किया तो उसने देखा कि थियानो अपनी छोटी बहन का मज़ाक़ उड़ा रही है और डाने की कथा कहती हुई दर्शकों का मनोरंजन कर रही है। छोटी लड़की इस कुत्सित स्वांग से बहुत लजा रही थी और चूंकि आकाश से बिजली गिर कर सबके पत्थर हो जाने के दिन अब नहीं थे, इसलिए सबके सब मेहमान स्तम्भित रह जाने के स्थान पर उसे देख कर उपहास ही कर रहे थे।

लेकिन यह नाटक अधूरा ही रह गया। छोटी लड़की की दिलजोई के लिए एक दूसरा उपाय सोचा गया। नाचने वाली दोनों लड़कियों ने एक बड़ा-सा शराब का पीपा भर कर हॉल के बीचोंबीच सरका दिया और थ्यानो की टांग ऊपर करके उसे शराब के नज़दीक पहुंचाने की कोशिश करने लगीं। इस कौतुहलपूर्ण क्रीड़ा को देख कर सभी मेहमान इस छोटी लड़की के चारों ओर इकट्ठे हो गये। लड़की का मुंह शराब से भीग गया था और उसके मुंह की लाली और भी ज़्यादा बढ़ गयी थी। बच्चीज़ ने सैलेमिस को पुकार कर कहा, "आइना उठाकर लाओ, ज़रा वह भी तो अपनी शक्ल देखे।" दासी तांबे का शीशा उठाकर ले आई। "नहीं वह आइना नहीं, रोडोपिस का आइना उठाकर लाओ, उसी में तो

उसकी शक्ल देखने के लायक़ है।" एक झटके के साथ क्राइसिस उठ कर बैठ गई। रक्त का एक ज्वार उसके गालों पर उभर आया और फ़ौरन ही भाटे के समान उतर कर उसका चेहरा पीला ज़र्द बनाकर छोड़ गया। उसका हृदय धक्-धक् कर रहा था। उसकी निगाह उस दरवाज़े पर टिकी हुई थी, जिसमें से होकर दासी वह आइना लेने गई थी।

ये क्षण उसके जीवन का अन्तिम निर्णय करने वाले क्षण थे। आज उसकी अन्तिम अभिलाषा या तो पूरी होने वाली थी अथवा सर्वनाश को प्राप्त होने वाली थी।

उसके चारों तरफ़ जश्न अब भी ज़ोरों से चल रहा था। फूलों से बनाया गया एक ताज जो किसी ने दूर से फेंका था, अभी-अभी उसके मुंह पर आकर लगा था और पराग का एक अजीब ज़ायका उसके ओठों पर लगा रह गया था। किसी आदमी ने इधर की एक शीशी उसके शरीर पर लुढ़का दी थी जो कि उसके कन्धे पर से बह गई थी। प्याला भरी शराब जिसमें लाल पोमेगनेट डाली हुई थी, किसी ने उसकी रेशमी पोशाक पर लुढ़का दी थी जो कि उसके जिस्म तक पहुंच गई थी।

जो दासी आइना लेने गई थी वह लौट कर नहीं आई। क्राइसिस पलंग का पाया पकड़ कर बिलकुल पत्थर की प्रतिमा के समान निस्पन्द बैठी हुई थी। प्रेम-रोग से पीड़ित एक युवती के हृदय की संगीतात्मक धुन उसके कानों में गूंज रही थी। उस क्षण उसे ऐसा प्रतीत हुआ कि जैसे उसके अन्दर की नारी पिछले दिन-भर से कराहती रही है। वह किसी चीज़ को तोड़-मरोड़ डालना चाहती थी। वह अपनी अंगुलियों को भी तोड़-मरोड़ देना चाहती थी। वह चीख़ उठना चाहती थी।

आख़िरकार सैलेमिस लौट कर आ गई, लेकिन उसके हाथ ख़ाली थे। "आइना कहां है?" बच्चीज़ ने पूछा।

"आईना... वहां नहीं... वह... चुरा... चुरा लिया गया है।" दासी ने हकलाते हुए कहा। यह सुनकर बच्चीज़ के मुंह से इस तरह चीख़ निकली कि जश्न में शरीक होने वाले सभी मेहमान पत्थर की तरह खड़े रह गए। अकस्मात चारों और सन्नाटा छा गया।

उस विशाल हाल के अन्दर जितने भी स्त्री-पुरुष थे वे सभी वहां आकर जमा होने लगे। केवल थोड़ी-सी जगह बची हुई थी जहां क्रोध से आग बबूला हुई बच्चीज़ खड़ी हुई थी और दासी दोजानू होकर उसके सामने अपराधी की तरह झुकी हुई थी।

"तुम कहती हो... तुम कहती हो!" वह चिल्लाई। इस पर भी जब सैलेमिस ने कोई उत्तर नहीं दिया तो उसने क्रूरतापूर्वक उसका गला दबोच लिया। "तुम हो जिसने वह आइना चुराया है, सच-सच बता? तुम्हीं ने वह आइना चुराया है, अगर नहीं बोली तो मैं कोड़ों से तुम्हारी खाल उड़वा दूंगी।"

इसके बाद और भयानक हादसा हुआ। मौत के अप्रस्तुत भय से और प्रस्तुत भय की

भयानकता से आक्रान्त होकर वह छोटी लड़की चीख़ उठी और उसने कहा "मैंने वह आईना नहीं चुराया है, अफ्रोडीसिया ने चुराया है। मैंने नहीं।"

"अफ्रोडीसिया, तुम्हारी बहन ?"

"हां ! हां !" सैलेमिस ने फिर दोहराया। "अफ्रोडीसिया ने ही वह आइना चुराया है।" और वह बहन को घसीट कर बच्चीज़ के सामने लाई जो कि यह आरोप सुन कर ही मूर्छित हो चुकी थी।

बलिदान

सभी लोगों ने एक साथ मिलकर दोहराया, "अफ्रोडीसिया ने वह आइना चुराया है।"

"दुष्ट ! बदकार ! चोर !" सारी बहनें, जो अपने स्वयं के जीवन की हानि के भय से आक्रांत थीं अफ्रोडीसिया पर पूरी तरह हिंसात्मक आक्रमण कर रही थीं। बच्चीज़ लगातार उसके शरीर में ठोकर मारती जा रही थी।

"आइना है कहां ?" बच्चीज़ ने पूछना जारी रखा– "तुमने उसे कहां छिपाया है ?"

"उसने वह आइना अपने प्रेमी को दे दिया है।"

"उसका प्रेमी कौन है ?"

औफिक का रहने वाला एक मल्लाह है।"

"उसका जहाज़ कहां है ?"

"वह तो आज ही शाम को रोम की ओर चला गया। अब आप जीवन-पर्यन्त अपना आइना न पा सकेंगी।"

"इसको सूली पर चढ़ा दो। यह चोर है और अभागिन पशु से भी गई बीती है।"

"है, देवता !" बच्चीज़ ऊंचे स्वर से चीख़ रही थी। इसके बाद उसका दुःख एक भयानक प्रतिहिंसा के रूप में बदल गया। अफ्रोडीसिया की चेतना हालांकि आंशिक रूप में लौट आई थी लेकिन जो कुछ हो रहा था उसे समझ सकने में वह असमर्थ थी और उसके प्रतिकार कर सकने की असमर्थता के कारण उसके मुंह से शब्द भी न निकलते थे। उसकी आंखों के आंसू सूख गये थे। बच्चीज़ ने उसके बाल पकड़ कर घसीटना शुरू कर दिया था और उसे फ़र्श पर पड़ी हुई धूल, मुर्झाये हुए फूलों और शराब की नदी में से घसीटती हुई ले जा रही थी।

"उसे क्रास पर ले चलो?"

"क्रास पर! फौरन ही मेख़ें लाओ और इसे सूली पर लटका दो।"

"ओफ! सेसो ने अपने पड़ोसी से कहा, "हमने तो आज तक किसी को सूली लगते नहीं देखा, चलो, ज़रा उनके पीछे चलें, देखें क्या होता है।

सबके सब उनके पीछे बढ़े। क्राइसिस जो शायद वास्तविक अपराधी को जानती थी और स्वयं उस अपराध का कारण भी थी सबके साथ मिलकर उनके पीछे-पीछे जा रही थी। बच्चीज़ सीधे दासियों के सोने के उस हॉल में घुसती चली गई जहां कि सिर्फ़ तीन चटाइयां बिछी हुई थीं और रात बीत जाने पर यह दासियां दो-दो करके सोती थीं। इस कमरे के पीछे अंग्रेजी के वर्ण "टी" के समान एक क्रास खड़ा हुआ था, आज तक जिसको कभी भी इस्तेमाल न किया जा सका था।

इस स्थल पर एकत्रित होने वाले स्त्री-पुरुषों की विभिन्न प्रकार की आवाज़ों के अन्दर चार दासियों ने उस ग़रीब ग़ुलाम लड़की को ऊपर उठाया। अभी तक भी उसके मुंह से ज़रा-सी भी आवाज़ नहीं निकली थी। लेकिन जिस समय उस ठण्डी लकड़ी ने उसके जिस्म का स्पर्श किया तो उसकी आंखे खुली रह गईं और दिल को पिघला देने वाली एक कराह उसके मुंह से निकलने लगी जो कि उसी तरह से अन्त तक निकलती रही।

क्रास पर बीचोंबीच एक खूंटी गाड़ दी गई थी जो कि उसके शरीर को सीधे तौर पर सम्भालते हुए थी और हाथों को इधर-उधर गिरने से रोकती थी। इसके बाद उन्होंने उसके हाथ फैला दिए।

क्राइसिस यह सब देख रही थी और ख़ामोश थी। वह कह भी क्या सकती थी। डिमिट्रियोस के ऊपर दोषारोपण करके वह उस ग़ुलाम लड़की की जान नहीं बचा सकती थी। क्योंकि वह अच्छी तरह जानती थी कि डिमिट्रियोस को दण्ड नहीं दिया जा सकता, बल्कि अपने ऊपर अपराध डाले जाने की बात सुनकर उसकी प्रतिहिंसा जाग उठेगी और उसका प्रतिशोध बहुत भयानक होगा। इसके अतिरिक्त वह यह भी भली-भांति जानती थी कि ग़ुलाम वास्तव में एक बहुत बड़ी सम्पत्ति होते हैं और उसकी प्रतिद्वन्द्वी बच्चीज़ अपने ही हाथों अपने पैर में कुल्हाड़ी मार रही थी। बच्चीज़ तीन हज़ार मुद्राएं जैसे अपने ही हाथों समुद्र में फेंक रही थी। और फिर एक नाचीज़ ग़ुलाम की ज़िन्दगी के लिए अपने को चिन्ता में डालना क्या उसके लिए मुनासिब था।

हेलीओप ने पहली कील और हथौड़ी उठाकर बच्चीज़ को दी और इस तरह उस ग़ुलाम लड़की की शहादत शुरू हो गई। जिस समय ग़ुलाम लड़की की हथेली पर लोहे की कील रखकर बच्चीज़ ने हथौड़ी मारी तो उसके मस्तिष्क में चढ़ी हुई शराब की खुमारी, घृणा और क्रोध और यहां तक कि एक नारी के प्रति दूसरी नारी के हृदय में स्वाभाविक

रूप से निवास करने वाली बेरहमी की भावना भी अपनी जगह पर हिल उठी और खुली हुई हथेली को चीरती हुई कील ज्योंही पार निकली तो अफ्रोडीसिया के मुंह से निकलने वाली चीख़ के साथ ही स्वयं बच्चीज़ के मुंह से भी एक दर्दनाक चीख़ निकल गई। उसने दूसरे हाथ पर भी कील जड़ दी। नीचे पैरों पर एक को दूसरे पर रखकर कील जड़ दी गई और इस प्रकार तीनों घावों में से फूटकर बहने वाले रक्त को देखकर बच्चीज़ के मस्तिष्क में जैसे पागलपन सवार हो गया। "अभी भी तुझे पूरी सज़ा नहीं मिली है, ठहर, चोर, मल्लाह की रख़ैल।"

अपने घने बालों में से एक के बाद दूसरी पिनें निकाल कर वह ग़ुलाम लड़की के कोमल मांस में घुसेड़ती चली गई। जब कोई हथियार उसके पास नहीं बचा तो उसने लड़की के मुंह पर घूसों की बौछार कर दी और उसके शरीर को नोचने लगी। तब उसने समझा कि उसका प्रतिशोध पूरा हो चुका है और ग़ुलाम लड़की को तड़पते हुए छोड़कर वह मेहमानों के साथ फिर से जश्न वाले हाल में पहुंच गई।

फ्रेसीलाज़ और टाइमन ही केवल पीछे रह गये।

एक क्षण विचारमग्न रहकर फ्रेसीलाज़ थोड़ा खांसा। उसने अपना दायां हाथ बायें हाथ पर रखा। अपना सिर ऊपर किया, भौंहे ऊपर उठाईं और क्रास पर चढ़ाई गई उस लड़की के नज़दीक पहुंचा, जिसका शरीर लगातार एक भयानक कम्पन के साथ हिल रहा था।

उसने लड़की को सम्बोधित करते हुए कहा, "हालांकि बहुत-सी परिस्थितियों में मैं कठमुल्ला सिद्वान्तों के पक्ष में नहीं हूं फिर भी मैं इस बात को नज़रअन्दाज़ नहीं कर सकता कि जिन विपत्तियों का पहाड़ तुम पर टूटा है उससे तुम फ़ायदा नहीं उठाओ और स्टोयक कथाओं से लाभ न उठाओ (स्टोयक प्राचीन ग्रीक दार्शनिक ज़ैनो के मानने वाले को कहते हैं जिसका कहना था कि मनुष्य को सुख और दुःख की भावना से अतीत होना चाहिए)। ज़ैनो ने, ऐसा प्रतीत होता है, जिसकी आत्मा सम्पूर्ण रूप से दोषातीत नहीं थी, हमें जो दर्शन विरासत में दिया है उसमें हालांकि दर्शन की अपेक्षा छलना ही अधिक है तथापि ज़ैनो के दर्शन से तुम इन दुःखों से भरी घड़ियों को सहने की सामर्थ्य अपने अन्दर पैदा कर सकती हो।" उसने कहा, "दुःख निरर्थक और रिक्त शब्द है, क्योंकि हमारी इच्छा शक्ति हमारी नाशवान काया की स्थूलता से हमें बहुत ऊपर उठा देती है। यह सही है कि ज़ैनो 98 वर्ष का बूढ़ा होकर मरा और कभी, जैसा कि उसके जीवनीकार कहते हैं, किसी छोटी सी बीमारी से भी उसका बाल बांका नहीं हुआ। इसके बावजूद केवल इसीलिए हम उसके मत का समर्थन नहीं कर सकते कि वह अपने स्वास्थ्य को प्रत्येक स्थिति में अक्षुण्ण रखने की कला जानता था। लेकिन इसका अर्थ यह नहीं कि यदि वह बीमार पड़ता तो उसका दार्शनिक चरित्र खण्डित हो जाता। इसके अतिरिक्त यदि हम किसी दार्शनिक से यह अपेक्षा करें कि

जिन सिद्धान्तों का वह प्रचार करे उन्हें स्वयं भी अपने जीवन में चरितार्थ करे, तो यह ग़लत बात होगी। संक्षेप में अपनी बात कहते हुए और उसे इतना विस्तार न देते हुए कि उसके पूरा होने से पहले ही तुम्हारा जीवन– दीप बुझ जाए, मैं यह कहना चाहता हूं कि अपनी आत्मा को भरसक ऊपर उठाओ कि तुम्हारे दुःख की भावना ही समाप्त हो जाए। इन भयानक आघातों की पीड़ा को चाहे जिस तरह भी तुम सह पा रही हो मैं भी तुम्हारी ही तरह यह पीड़ा सह रहा हूं। ये पीड़ाएं अपने अन्त को प्राप्त हो रही हैं। धैर्य धारण करो। सब कुछ भूल जाओ। उस घड़ी पर विचार करो जब कि हमें अमरत्व प्रदान करने वाले पेचीदा दार्शनिक सिद्धान्तों में से तुम किसी का भी चुनाव अपने लिए नहीं कर सकती। तुम्हारे लिए मुनासिब यही है कि तुम अपनी वेदना को भूल जाओ। अगर दार्शनिक लोग सच बोलते हैं तो तुम्हारी ये गुज़रने वाली घड़ियां भी प्रकाश से खिल उठेंगी और अगर वे झूठ भी बोलते हैं तो इससे भी तुम्हें क्या। तुम तो यह भी नहीं जान सकी कि उन्होंने तुम्हें धोखा दिया है। ये शब्द कहने के उपरान्त फ्रेसीलाज़ ने अपनी पोशाक पर पड़ी हुई सलवटों को फिर से ठीक किया और पीड़ा से लड़खड़ाते हुए क़दम रखता हुआ वह चुपचाप खिसक गया।

क्रास पर चढ़ाई गई उस मरणासन्न ग़ुलाम लड़की के पास उस कमरे में केवल टाइमन रह गया था। उसके मस्तिष्क में उसके साथ गुज़रे हुए सुन्दर क्षणों की स्मृतियां घूम रही थीं और उसके मन में उस नृशंस कृत्य के प्रति जिसके द्वारा उस सुन्दर अस्तित्व को नष्ट किया जा चुका था, घृणा का भाव उमड़ रहा था। उस वीभत्स दृश्य को अपनी आखों से दूर रखने के लिए अपने मुंह पर हाथ रख लिया, लेकिन क्रास पर निरन्तर तड़पने वाली देह की आवाज़ अब भी उसके कानों में आ रही थी। आख़िरकार उसने आंख उठाकर देखा, उसके शरीर पर रक्त की नदियां एक-दूसरे से टकराती हुई बह रही थीं। उसका सिर निरन्तर इधर से उधर तड़प रहा था। उसके बाल रक्त, इत्र और आंसुओं में डूबे हुए थे।

"अफ्रोडीसिया ! क्या तुम मेरी आवाज़ सुनती हो ! क्या तुम मुझे पहचानती हो ! मैं हूं। टाइमन, टाइमन !" एक नज़र जिसकी ज्योति प्रायः बुझ चुकी थी, जैसे उसे एक क्षण के लिए स्पर्श कर गई। लेकिन निरन्तर तड़पने वाला सिर किसी एक दशा में स्थिर न हो सकता था। सारा शरीर बिना रुके तड़पता जा रहा था। तरुण टाइमन आहिस्ता-आहिस्ता क़दम रखते हुए उसके पास पहुंचा। उसे भय था कि कहीं उसके पैरों की आहट उसकी पीड़ा को और अधिक न बढ़ा दे। उसने अपने हाथ ऊपर उठाए और उसके दुर्बल और निरन्तर तड़पते शरीर को भ्रातृत्व की दुलार भावना से अपने दोनों हाथों में भर लिया और रक्त व आंसुओं से तर-बतर उसके गालों पर चिपके हुए बालों को एक ओर हटा दिया और एक भावना से भरा हुआ अत्यन्त कोमल चुम्बन उसके कपोलों पर अंकित कर दिया।

अफ्रोडीसिया ने अपनी आंखें बन्द कर लीं। क्या उसने अपने भयानक अन्त को प्रेमपूर्ण करुणा के स्पर्श से मधुर बनाने वाले आगन्तुक को पहचान लिया था। एक अवर्णनीय मुस्कान उसकी नीली पुतलियों में फैल गई और एक आह के साथ उसकी आत्मा देह के बन्धन को तोड़ कर चली गई।

उत्साह

आख़िरकार काम पूरा हो गया। अब तो क्राइसिस के सामने प्रत्यक्ष प्रमाण भी आ चुका था। अगर डिमिट्रियोस ने यह प्रथम अपराध करने का निश्यच कर लिया था तो बाक़ी दो अपराध भी उसने शीघ्र ही पूरे कर लिए होंगे। उसके समान उच्च कोटि की आत्मा के लिए वध करना और पाप-कर्म करना शायद उतने अप्रतिष्ठाजनक न होंगे, जितना कि चोरी करना।

उसने आज्ञा पालन किया था, इसलिए वह बन्दी बन चुका था। आख़िरकार वह स्वन्त्र वृत्ति, कर्मठ और भावुकता से ऊपर रहने वाला व्यक्ति भी किसी का ग़ुलाम बन गया और क्राइसिस जो कि शासक बन चुकी थी अब उसकी अधिष्ठात्री थी। आह ! उस महान् विजय को दोहराने के लिए वह एकान्त चाहती थी। क्राइसिस ने शोरोग़ुल और भीड़भाड़ से युक्त उस भवन के आकर्षण से अपने को मुक्त किया और तेज़ी से भाग खड़ी हुई। प्रातः काल की कोमल वायु उसके शरीर को स्पर्श करके तरोताज़ा कर रही थी।

वह सीधी अगोरा राजपथ पर चल खड़ी हुई। यह राजपथ सीधा सागर तट की सीमा की ओर जाता था, जहां कि 800 बड़े-बड़े जहाज़ लंगर डाले हुए खड़े थे। इसके उपरान्त दाहिनी ओर को मुड़ी और ड्रोम के सामने पहुंची जहां कि डिमिट्रियोस का विशाल भवन बना हुआ था। विजय के गर्व से उसका सारा शरीर कांप रहा था। लेकिन वह इतना जानती अवश्य थी कि अपने प्रेमी से पूर्व मिलन की आतुरता प्रकट करना उसके लिए उचित न होगा, इसलिए अपने हृदय में महान् उद्वेग संभाले वह अपने प्रेमी के घर के सामने की सड़क से गुज़र गई।

डिमिट्रियोस ने अपना काम पूरा कर लिया है। उसने क्राइसिस के लिए ही वह सब कुछ किया है और इसमें सन्देह नहीं कि उसने ऐसा काम किया है जो कि आज तक किसी आदमी ने किसी औरत के लिए नहीं किया। वह गौरव के साथ अपनी जीत को मन ही मन दोहरा रही थी। और डिमिट्रियोस जो कि सैंकड़ों नारी हृदयों के लिए एक स्वप्न

के समान असम्भव और आशातीत था अब उसके सामने बिल्कुल नंगा हो चुका था। सिर्फ़ क्राइसिस को हासिल करने के लिए उसने बड़े से बड़ा संकट अपने सिर पर ओढ़ा था, शर्मनाक से शर्मनाक काम किया था। उसने स्वंय अपने ही विचारों और आदर्शों को ठुकराया था। उसने अपने ही हाथों द्वारा बनाए गए उस महान् आश्चर्य के कण्ठहार को अपवित्र किया था और आज सुबह पौ फटने से पहले वह महान् प्रेमी उस महान् आराध्य देवी को छोड़कर अपने इस नये प्रेमास्पद के चरणों में अपने को न्योछावर करेगा।

"मुझे अंगीकार करो! मुझे धारण करो!" वह अकेली ही चीख़-चीख़ कर कहने लगी। अब वह डिमिट्रियोस पर आसक्त हो चुकी थी। वह उसे पुकार रही थी और अपने स्वयं को उसके चरणों में न्योछावर कर देना चाहती थी। वह सोचती थी कि इतने बड़े तीन अपराध डिमिट्रियोस ने उसके लिए किए हैं। उसके मन में यह तीन अपराध किसी योद्धा के द्वारा किए गए बहुत बड़े कारनामे थे और वह असमंजस के साथ अपने मन में सोच रही थी कि क्या इतनी बड़ी कुर्बानी का बदला चुकाने के लिए, उसके पास उतनी कोमलता और इतनी भावना है। आज इतनी बाधाओं को पार करने के बाद वे अलौकिक प्रेम की ज्योति से भरे हुए दो जीवन जब एक साथ मिलेंगे तो कितना असाधारण और महान् क्षण होगा।

वह सोचती जाती थी कि बस अब वे किसी यात्रा के लिए रवाना हो जाएंगे। वह साम्राज्ञी के शहर को छोड़ देंगे और किसी रहस्यपूर्ण देश में निकल जाएंगे। अमाथस या अपीडोरस या और न सही तो अज्ञात रोम की तरफ़ चले जाएंगे, जो कि अलैक्ज़ैंड्रिया के बाद संसार में दूसरे नम्बर का शहर है और जो कि विश्व विजय का संकल्प धारण किए हुए है। वे जहां कहीं भी होंगे वहां क्या कुछ नहीं करेंगे। दुनिया की कौन-सी ख़ुशी है जिससे वे महरूम होंगे और जहां कहीं उनके क़दम पड़ेंगे कौन सी जगह ऐसी होगी जो ख़ुशियों से नाच न उठेगी।

क्राइसिस उठ खड़ी हुई। उसकी आंखों के सामने चौंध छा रही थी। उसने अपनी बांहें पसार दीं। कन्धे तान लिए और एक गहरी सांस उसके फेंफड़ों में भर गई। बढ़ती हुई ख़ुशी का एक तूफ़ान उसके दिल में मचल रहा था। वह दोबारा अपने घर की ओर रवाना हो गई। ज्योंही उसने अपना दरवाज़ा खोला तो यह देखकर उसे आश्चर्य हुआ कि पहले दिन की तरह उसके भवन में सब चीज़ें ज्यों की त्यों बनी हुई हैं। उसके शृंगार करने के सामान, मेज़, अल्मारियां इस नई और बदली हुई ज़िन्दगी के अनुकूल नहीं थे। उसने उन चीज़ों में से कुछ जो पुराने और बेकार प्रेमियों की याद दिलाती थीं, उठाकर पटक दीं और अगर उनमें कुछ को नहीं तोड़ा तो उसका आशय यही था कि वैसा करने से उसके कमरे की शोभा समाप्त हो जाती, क्योंकि मन ही मन वह यह सोचती थी कि कहीं ऐसा न हो कि डिमिट्रियोस उसके घर में ही कोई रात व्यतीत करने का निश्चय कर ले।

उसने धीरे-धीरे पोशाक उतार दी। उस जश्न के अन्दर उसकी पोशाक पर जो रोटियों के टुकड़े, बाल और गुलाब की पत्तियां लगी रह गई थीं वे एक-एक करके गिरने लगीं।

उसने अपने हाथ से ही अपनी कमर पर लगी पेटी खोल दी और अपने घने बालों में अपनी अंगुलियां डाल दीं। लेकिन पूर्व इसके कि वह अपने बिस्तर पर लेटे उसके मन में आया कि ऊपर अटारी पर बने हुए ख़ूबसूरत कमरे में वह जाए और कोमल तोषकों पर लेटकर शीतल वायु का सेवन करे। वह ऊपर चढ़ गई।

अभी कुछ ही क्षण पूर्व वह सूरज क्षितिज पर उदय हुआ था और अब एक फूली हुई विशाल नारंगी के समान मालूम पड़ता था। उसके सामने देवदार का तिरछे तने वाला विशाल वृक्ष खड़ा हुआ था, ओस से भीगे हुए उसके पत्ते झड़ रहे थे। क्राइसिस इन ठण्डे पत्तों को अपनी त्वचा से मल रही थी और ठण्ड से कम्पन के कारण उसने अपनी दोनों बाहें आपस में जकड़ रखी थीं। उसकी आंखें शहर के ऊपर घूम रही थीं। ऊपर आकाश धीरे-धीरे स्वच्छ होता जा रहा था। गहरे काही रंग का कोहरा ख़ामोश सड़कों पर छाया हुआ था और अब हलकी-हलकी बहती हुई हवा उसको अपने साथ उड़ाए लिए जा रही थी।

सहसा एक विचार क्राइसिस के मन में उत्पन्न हुआ। यह विचार बढ़ने लगा और उसने क्राइसिस को इतना अभीभूत कर लिया कि वह पागल-सी बुदबुदाने लगी कि जब डिमिट्रियोस ने उसके लिए इतना कुछ किया है तो वह साम्राज्ञी को मौत के घाट क्यों नहीं उतार सकता और स्वयं सम्राट क्यों नहीं बन सकता और तब... और तब सागर की तरफ़ दिखाई देने वाले मकानों का यह सिलसिला, यह राज-भवन, मन्दिर, यह मेहताबियां और यह कुंज जो कि पश्चिमी नैक्रोपोलिस से देवी के उद्यान तक फैले हुए हैं, सब उसी के हो जाएंगे। यूनानी नगर बूचीमन, मिस्रीनगर रिहाकोटिस जिसके सामने एक विशाल प्रकाश से भरा हुआ पैनियन खड़ा हुआ है, सरापीस के महान् मन्दिर, अफ्रोडायटी के महान् मन्दिर जिसके चारो तरफ़ तीन लाख देवदार के वृक्ष खड़े हैं और असंख्य सरोवर बने हुए हैं, पर्सीफोने और अर्सीनों के मन्दिर, फारिस देवी की मीनारें, सौंदर्य की देवी लोचीयास के सात स्तम्भ, हिपोड्रोम का महान् थियेटर स्टेडियम जहां सीटोकोस ने निकोसथनी के विरूद्ध दौड़ लगाई थी, स्टोपोनाईस और अलेकज़ैण्डर देवता की क़बरें, अलैक्ज़ेण्ड्रिया सागर और विशाल संगमरमर के फैरोस जिसके आइने आदमी की दस्युओं से रक्षा करते हैं। अलैक्ज़ेण्ड्रिया! सम्राज्ञी बैरेनिस का महान् नगर। अलैक्ज़ेण्ड्रिया जो मनुष्यों के तमाम स्वप्नों की प्रतिमूर्ति था और पिछले तीन हज़ार वर्षों में मैम्फीज़, थेब्स, एथेन्स और कोरिन्थ द्वारा प्राप्त की जाने वाली विजयों का प्रतीक और कला-कौशल और खड़ग द्वारा उपलब्ध ऐश्वर्य का भण्डार था। वह उसी अलैक्ज़ेण्ड्रिया की सम्राज्ञी होगी। उसने अपनी बाहें ऊपर उठाईं। वह यह अनुभव कर रही थी कि उसने आकाश को छू लिया है और उसकी आत्मा घुटने लगी है

और जब वह इस कल्पना में उड़ रही थी तो उसने यह अनुभव किया कि काले पंखों वाला एक बहुत बड़ा पक्षी उसके पैरों पर से होता हुआ सागर की ओर उड़ गया है।

क्लियोपेट्रा

साम्राज्ञी बैरेनिस की एक छोटी बहन थी, जिसका नाम क्लियोपेट्रा था। मिस्र में इस नाम की शहज़ादियां हुई हैं, लेकिन यह शहज़ादी आगे चलकर क्लियोपेट्रा महान् नाम से प्रसिद्ध हुई, जिसने अपने साम्राज्य का विध्वंस किया और अपने स्वयं को उसके अवशेष के साथ समाप्त कर लिया। उसकी आयु उस समय 12 वर्ष की थी और यह नहीं कहा जा सकता था कि उसका सौंदर्य किस कोटि का होगा। जिस कुल में सारी स्त्रियां मोटी थीं, क्लियोपेट्रा का लम्बा और इकहरा क़द अलग दिखाई पड़ता था। वह किसी बाहर के देश से लाए गए और लापरवाही से लगाए गए फूल के समान धीरे-धीरे परिपक्वता को प्राप्त हो रही थी। उसके शरीर के कुछ अंग मैसीडोनिया निवासियों की तरह ख़ूख़्वार थे और कुछ अंग न्यूबिया वासियों की तरह अत्यन्त कोमल और मधुर थे क्योंकि उसकी मां निम्न जाति की थी और उसका कुल-शील भी सन्दिग्ध था। सुग्गे के समान उसकी तिरछी नाक के नीचे मोटे होंठों को देखकर आश्चर्य होता था। केवल उसके उरोजों को देखकर पता लगता था कि वह नील नदी की पुत्री है। यह छोटी शहज़ादी सागर तट पर बने हुए एक विशाल भवन में रहती थी और साम्राज्ञी के भवन के साथ उसका भवन कुछ खम्बों पर बने हुए एक बरांडे से मिलता था। इस भवन में नीले रंग की सिल्क से बने तोषकों से युक्त, जिनमें लेटने के बाद इसकी कोमल और सुचिक्कण त्वचा और भी सुर्ख़ मालूम पड़ती थी, इसी शैया पर वह अपनी रात गुज़ारती थी। उस रात, जिसमें पीछे वर्णन की गई घटनाएं घटित हुईं, तरुण राजकुमारी क्लियेापेट्रा सोकर जब उठी, तो उसका मन स्वस्थ नहीं था। रात की गर्मी के कारण वह बहुत थोड़ा सो पाई थी।

उसने अपनी अंग-रक्षिकाओं को नहीं जगाया। आहिस्ता से वह ज़मीन पर उतर गई। उसने अपने सुनहरे पाज़ेब धारण किए। असंख्य बेशक़ीमत मोतियों से जड़ी हुई तगड़ी पहनी। उसके बाद पूरी पोशाक स्वयं ही पहन ली और कमरे से बाहर निकल गई। बाहर निकल कर उसने देखा कि सन्तरी अभी भी सोए हुए हैं। केवल साम्राज्ञी के द्वार पर पहरा देने वाला सन्तरी ही जाग रहा है। वह सुन्दरी राजकुमारी क्लियोपेट्रा को देखते ही घुटनों के बल बैठ गया और अपने फ़र्ज़ और उस को अदा करने के बदले मिलने वाले संकट के

भय से वह गिड़गिड़ाया, "राजकुमारी क्लियोपेट्रा! मुझे क्षमा करें, मैं आपको गुज़रने की इज़ाज़त नहीं दे सकता।" सन्तरी के शब्द सुन कर लड़की तन कर खड़ी हो गई। उसकी मुखाकृति क्रोध से भर उठी। उसने सन्तरी की कनपटी पर एक घूंसा जड़ते हुए कोमल परन्तु खूंख़्वार स्वर में कहा, "अगर तुमने मुझे छुआ, तो मैं शोर मचा दूंगी और तुम्हारी वोटियां-बोटियां उड़वा दूंगी।" तब धीरे से वह साम्राज्ञी के शयन कक्ष में चली गई।

बैरेनिस सो रही थी। उसका सिर उसकी बांह पर रखा हुआ था और एक हाथ नीचे लटक रहा था। लैम्प उस लाल रंग की शैया के ऊपर जल रहा था और उसका धीमा प्रकाश चन्द्रमा के उस प्रकाश में खो रहा था, जिसकी प्रतिच्छाया सफ़ेद दीवारों पर पड़ रही थी। इन दोनों प्रकाशों के अन्दर वह तरुण नारी एक छाया से ढकी हुई खड़ी थी। वह पलंग के एक कोने में बैठ गई। उसने अपनी बहन का मुंह अपने हाथों में ले लिया और उसे धीमे स्वर से पुकारते हुए जगाने लगी, "तुम्हारा प्रेमी कहां है?"

सहसा जाग कर बैरेनिस ने अपने सुन्दर नेत्र खोल दिए, "प्रिय पेट्रा!...तुम यहां क्या कर रही हो?...तुम क्या चाहती हो?"

छोटी लड़की ने तत्काल वही शब्द दोहराये, "तुम्हारा प्रेमी कहां है?"

"वह यहां नहीं है।"

"मैं यक़ीन नहीं कर सकती, तुम जानती हो।"

"मैं सच कह रही हूं, वह कभी यहां नहीं आता...ओह, क्लियोपेट्रा, तुम कितनी बेरहम हो कि मुझे इस तरह जगा दिया और फिर मुझसे इस तरह की बातें कर रही हो?"

"तो फिर वह यहां क्यों नहीं आता?"

बैरेनिस के हृदय से एक दुःख भरी आह निकल गई, "जब कभी उसकी इच्छा होती है, दर्शन हो जाते हैं, सिर्फ़ दिन में ही और वह भी एक आध क्षण के लिए।"

"क्या वह कल तुम से नहीं मिला?"

"हां मिला था, मैं अपनी पालकी में आ रही थी, वह मुझे सड़क पर ही मिला था और मेरी पालकी में भी चढ़ा था।"

"वह राज-भवन तक तुम्हारे साथ नहीं आया?"

"नहीं, राजभवन तक तो नहीं, द्वार तक ज़रूर आया था।"

"तो तुमने उससे क्या कहा?"

"ओह! मुझे गुस्सा चढ़ आया था। मैंने उसे बहुत खरी-खोटी सुनाई, हां, प्रिय।"

"सच?" छोटी लड़की ने व्यग्रतापूर्वक कहा।

"हां बहुत ही बुरी बातें कहीं। वह उनका उत्तर भी नहीं दे सका, उस समय जब मैं गुस्से में लाल हो रही थी, तो उसने एक बहुत लम्बी कहानी सुनाई और मुझे यह भी नहीं

सूझा कि उसका क्या उत्तर दूं और वह सहसा मेरे पलंग पर से खिसक गया, हालांकि मैं यह जानती थी कि मैं उसे रोक सकती हूं।"

"तुमने आदेश देकर उसे वापसे क्यों नहीं बुलवा लिया?"

"मुझे भय था कि वह कहीं नाराज़ न हो जाए।"

घृणा से भरते हुए क्लियोपेट्रा ने अपने हाथों से अपनी बहन के कंधे पकड़ लिए और बोली, "क्या तुम साम्राज्ञी हो? क्या तुम अपनी जनता की देवी हो? इस दुनिया की स्वामिनी तुम्हीं हो और रोम के अधिकार में जो कुछ नहीं है उस सबकी मालिक तुम ही हो, विशाल नील पर और समस्त सागर पर तुम्हारा ही राज्य है? क्या स्वर्ग पर साम्राज्य करने वाली भी तुम्हीं हो? और तुम सिर्फ़ उस एक आदमी पर साम्राज्य नहीं कर सकती; उसे तुम वापस नहीं बुला सकी!"

"साम्राज्य... !" बैरेनिस ने कहा और उसका मुंह नीचे लटक गया।

"...ऐसा कहना आसान है, लेकिन तुम जानती हो कि एक ग़ुलाम की तरह किसी प्रेमी पर राज्य नहीं किया जा सकता।"

"लेकिन आख़िर क्यों नहीं?"

"क्योंकि...लेकिन तुम समझ नहीं सकती हो। प्रेम करना तो उन तमाम सुखों को दूसरे के चरणों में अर्पित कर देना है जिनकी कामना मनुष्य अपने लिए करते हैं। अगर डिमिट्रियोस प्रसन्न है तो उसमें मेरी भी प्रसन्नता है। उससे दूर रह कर भी और आंसू बहाते हुए भी मैं ऐसी किसी ख़ुशी की कामना नहीं कर सकती जो उसकी ख़ुशी न हो। अपना सब कुछ देकर भी मैं प्रसन्न हूं।"

"तो तुम बिल्कुल भी नहीं जानती कि प्रेम कैसे किया जाता है।" बालिका ने कहा।

बैरेनिस एक दुःखी मुद्रा में मुस्कराती हुई उसकी तरफ़ देखने लगी।

ऊंघते हुए उसने अपना शरीर शैया पर पसार दिया और एक गहरी उसांस उसकी छाती से निकल गई।

"ओह! पागल लड़की," उसने एक गहरी सांस ली और कहने लगी "जब कभी वह दिन आएगा कि तुम अपने प्रेमी के प्रेम-पाश में मूर्छित हो सकोगी तब तुम्हारी समझ में आएगा कि उस आदमी पर शासन नहीं किया जा सकता जिसकी बाहों में हम प्रेम से सुख का अनुभव करते हैं।"

"जैसा जो चाहता है वैसा ही होता है।"

"लेकिन आदमी वैसा चाह नहीं सकता।"

"मैं तो वैसा कर सकती हूं, तुम मुझसे बड़ी हो, तुम ऐसा क्यों नहीं कर सकती?"

बैरेनिस फिर मुस्करा उठी, "लेकिन भोली बालिका आख़िर तुम अपनी आवश्यकता का प्रदर्शन कहां करोगी, अपनी गुड़ियों के साथ।"

"उसके साथ" क्लियोपेट्रा ने कहा। और तब अपनी बहन को उसके आश्चर्य को शब्दों द्वारा अभिव्यक्त करने का अवसर देने से पूर्व ही उसने कहा, "हां मेरा भी एक प्रेमी है, हां मेरा भी एक प्रेमी है तुम्हारी ही तरह। मेरा भी एक प्रेमी क्यों न हो? मेरी मां और चाची, बुआ और यहां तक कि नीच से नीच सभी मिस्र वासियों के प्रेमी हैं और फिर जब तुम मुझे पति नहीं देती हो तो मैं प्रेमी ही क्यों न उपलब्ध करूं। अब मैं अबोध बालिका नहीं रह गई हूं।"

"मैं जानती हूं–मैं जानती हूं।" बैरेनिस ने कहा।

"चुप रहो। मैं तुमसे अच्छी तरह जानती हूं, तुम्हारे जैसी साम्राज्ञी को देख कर शर्म से मेरा सिर झुक जाता है, तुम तो खुद किसी की ग़ुलाम हो।"

क्लियोपेट्रा सीधी तन कर खड़ी हो गई और उसने अपने हाथ अपने सिर पर इस प्रकार रखे जैसे एशिया की साम्राज्ञी अपने सिर पर मुकुट धारण किए हो।

उसकी बड़ी बहन जो अपनी शैया पर बैठी हुई उसकी बातचीत सुन रही थी, घुटनों के बल उसकी ओर झुकी और उसके कोमल कंधों पर अपना हाथ रखते हुए बोली, "तुम्हारा कोई प्रेमी भी है?"

उसकी आवाज़ इस बार कुछ दबी हुई थी और उसमें छोटी बालिका के प्रति आदर का भाव था। लड़की ने रूखे भाव से उत्तर दिया, "अगर तुम्हें विश्वास न हो तो चलो देख लो।"

बैरेनिस ने गहरी सांस लेकर कहा, "और तुम उससे कब मिलती हो?"

"दिन में तीन बार।"

"कहां?"

"क्या मुझसे कहलवाना ही चाहती हो?"

"हां।"

क्लियोपेट्रा ने अपनी ओर से दूसरा प्रश्न किया, "यह कैसी बात है कि तुम स्वयं यह रहस्य नहीं जानती हो?"

"मैं तो कुछ भी नहीं जानती, राजभवन में जो कुछ होता है वह भी नहीं जानती। डिमिट्रियोस को छोड़ कर दुनिया की किसी बात में मुझे दिलचस्पी नहीं है। मैं तुम्हारी ख़बरगीरी नहीं रख सकी हूं, इसे मैं अपना कसूर मानती हूं।"

"अगर तुम मेरे ऊपर चौकसी रखोगी और उस दिन जब मैं अपनी इच्छा के अनुसार नहीं जी सकूंगी तो मैं आत्महत्या कर लूंगी। मेरे लिए उसमें भी क्या अन्तर है।"

बैरेनिस ने नकार सूचक सिर हिलाते हुए कहा, "तुम आज़ाद हो... और फिर अब तो तुम्हें रोकने का वक़्त बहुत पीछे निकल गया... लेकिन... बताओ तो... सचमुच तुम्हारा कोई प्रेमी है और तुम उसे अपने आधिपत्य में रखती हो?"

"हां मैं अपने तरीक़े से उस पर अपना आधिपत्य रखती हूं।"

"तुम्हें यह सब किसने सिखाया?"

"ओह! मैं तो स्वयं ही जानती हूं। यह हुनर तो आदमी को अपने आप ही आता है। सिखाने से कोई नहीं सीखता। मैं तो छ: वर्ष की आयु में ही सीख गई थी कि आगे चल कर अपने प्रेमी पर किस तरह आधिपत्य कायम रखना है?"

"तो क्या तुम मुझे नहीं बताओगी?"

"मेरे साथ चलो।"

बैरेनिस धीरे-धीरे उठी। उसने एक अंगरखा ओढ़ लिया और सिर पर एक कलगी रख ली और रात की गर्मी से चिपक जाने वाले केशों को हवा से फरहरा कर लिया और दोनों बहनें शयन-कक्ष से बाहर निकल गईं।

आगे-आगे चलती हुई वह लड़की सीधी उस कमरे में पहुंची जहां पिछली रात को सोई थी और तब चटाई के नीचे से एक नक्काशी की हुई चाबी उसने निकाली और अपनी बहन से कहा, "मेरे पीछे-पीछे आओ, वह जगह यहां से बहुत दूर है।"

दोनों भवनों के बीचोंबीच बने हुए मेताबी के ठीक मध्य में एक ज़ीना था। उस ज़ीने से ऊपर चढ़ कर लड़की ने एक लम्बा सहन पार किया। अनेक द्वार खोलते हुए, अनेक घुमावदार संगमरमर के ज़ीनों से चढ़ते हुए और सुनसान बड़े-बड़े हालों में से गुज़रते हुए वह आगे बढ़ी। तब वह पत्थर के एक ज़ीने से नीचे उतरी और अनेक चरमर करते हुए फाटक खोलती हुई और अनेक दहलीज़ों को पार करती हुई एक सिंह द्वार पर पहुंची जहां दो बलिष्ट सन्तरी हाथ में भाला लिये हुए द्वार की रक्षा कर रहे थे। आज चांद की रोशनी में यह सहन पार करने का बहुत दिन बाद अवसर आया था। देवदार वृक्ष की छाया उसके होंठों को स्पर्श कर रही थी। और बैरेनिस अपनी नीली पोशाक में लिपटी हुई बराबर उसके पीछे चली आ रही थी। आख़िरकार वे एक मज़बूत दरवाज़े पर पहुंची जहां बाहर एक योद्धा के कवच की तरह मजबूत लोहा जड़ा हुआ था। क्लियोपेट्रा ने ताले में चाबी लगाई, उसे दो बार घुमाया, धक्का देकर फाटक खोला और बैरेनिस ने देखा कि एक आदमी जो छाया से ही विशाल मालूम पड़ता था कारा के एक कोने में उठकर खड़ा हुआ है। बैरेनिस ने सब देखा। उसके आश्चर्य की कोई सीमा न थी। उसका सिर नीचे लटक गया था। बड़ी कोमलता के साथ वह अपनी बहन से बोली, "मैंने कहा नहीं था प्रिय कि मैं नहीं, तुम ही प्रेम करना जानती हो। कम से कम अभी तो नहीं। मैंने तुम से ठीक ही कहा था न।"

"प्रेम के बदले में प्रेम। मेरी तरह से प्रेम करना बेहतर है।" छोटी लड़की ने कहा। "कम से कम इस तरह का प्रेम केवल खुशी ही देता है।" वह छोटी लड़की उस कक्ष की ड्योढ़ी पर उसी तरह सीधी खड़ी हुई थी। एक क़दम आगे बढ़ाए बिना छाया में खड़े हुए उस आदमी को उसने सम्बोधित किया, इधर आओ, मेरे क़दम चूमो, कुत्ते के बच्चे।"

और जब उसने उसके क़दम चूम लिए तो बदले में उस लड़की ने उसके ओठ चुम लिए।

डिमिट्रियोस का स्वप्न

अब आइना, कंघा और हार लेकर जब डिमिट्रियोस घर लौट कर आया तो रात्रि को सोते समय उसने एक स्वप्न देखा। वह स्वप्न इस प्रकार था :

वह सागर तट की ओर जा रहा है, रास्ते में खचाखच भीड़ भरी हुई है, रात ऐसी है। कि आकाश में न चांद है, न सितारे और न ही बादल, लेकिन वह अपने आप में ही प्रकाशमान है। बिना कारण समझे ही कि वह इतनी व्यग्रता से उधर बढ़ा जा रहा है, वह उस स्थान पर पहुंच जाने की जल्दी में है, चलने में उसे प्रयास करना पड़ रहा है और वायु उसके पावों को इस तरह बाधा दे रही है मानो कि वह गहरे पानी में चल रहा हो।

वह कांप उठता है। वह सोचता है कि वह अपनी मंज़िल तक कभी न पहुंच सकेगा और यह कभी न जान सकेगा कि उसे प्रकाशमान रहस्य की छाया में बेचैन और हांफता हुआ आख़िर वह किससे मिलने के लिए इतना उत्सुक है। कभी-कभी भीड़ बिल्कुल छंट जाती है, मालूम नहीं पड़ता कि वह वास्तव में ही अदृश्य हो जाती है या वह उसकी उपस्थिति को अनुभव ही नहीं कर पाता। फिर अनेक कोहनियां उससे टकराने लगती हैं और सारी भीड़ तेज़ क़दमों के साथ उससे आगे ही निकलती जाती है...

इसके बाद अकस्मात यह भीड़ परस्पर सटती जाती है। डिमिट्रियोस पीला पड़ता जा रहा है। एक आदमी उसे कंधे से धकेलता हुआ आगे निकल गया है। एक औरत के आंसू उसके कपड़ों पर ढुलक गए हैं और एक जवान लड़की भीड़ से इस क़दर भिंची जा रही है और उसके इतने निकट आ गई है कि उसकी देह की गन्ध भी उससे छूने लगी है और सहसा चौंक कर अपने दोनों हाथों से लड़की उसका मुंह दूसरी ओर फेर देती है।

फिर सहसा वह अकेला रह जाता है और जेट्टी पर पहुंचने वाला वही सबसे पहला आदमी है। वह पीछे देखने के लिए मुड़ता है। उसे एक बगूला-सा दीख पड़ता है और

वास्तव में उस बगूले के रूप में वह सारी की सारी भीड़ ही उमड़ रही है और फिर सिमट कर अगोरा की तरफ़ बढ़ती जा रही है।

अब उसकी समझ में आता है कि वह भीड़ अब इससे आगे नहीं बढ़ सकती।

जेट्टी अब उसके सामने विस्तारित होती जा रही है और सागर की छाती पर एक अज्ञात राजपथ के समस्त आश्चर्यों से भर उठी है।

उसके मन में फ़ारोज की ओर चल पड़ने की भावना आती है और वह उधर चल खड़ा होता है। उसके पैर अकस्मात बहुत हलके उठने लगते हैं। रेतीली बंजर ज़मीन के ऊपर बहने वाली वायु उसे उस सतत दोलायमान शून्य की ओर बल पूर्वक खींचती-सी मालूम होती है। जैसे ही वह आगे बढ़ता है फ़रोज उसे पीछे हटते दिखाई पड़ते हैं और जेट्टी आगे बढ़ती जाती है। उसी क्षण संगमरमर की गगनचुम्बी मीनार की जलती आग के रंग की बुर्ज़ियां काले और नीले रंग के क्षितिज को छूती नज़र आती हैं। फिर वह सहसा हिलने लगती है, नीचे झुकती है और वह अन्तर्धान हो कर दूसरे चन्द्रमा की तरह जगमगाने लगती है। डिमिट्रियोस फिर भी चलता जाता है। लगता है जैसे एलेक्ज़ैण्ड्रिया के बन्दरगाह से चलते हुए अनेक दिन और रात गुज़र गए हैं। उसका साहस नहीं होता कि वह पीछे मुड़ कर देखे। पीछे पार किए हुए रास्ते के अतिरिक्त और क्या हो सकता है और वह रास्ता भी सागर और असीम की ओर संकेत करने वाली सफ़ेद रेखा के सिवा और कुछ भी नहीं है।

तथापि वह पीछे लौटता है। वह देखता है कि उसके पीछे एक द्वीप है जिसमें बहुत से वृक्ष हैं और इन वृक्षों से लगातार फूलों की वर्षा हो रही है। क्या उसने आंखें मींच कर यात्रा की है, अथवा जो कुछ वह अब देख रहा है क्या वह तत्काल प्रकट हो उठने वाला कोई रहस्य है। वह यह प्रश्न करने का विचार भी मन में नहीं लाना चाहता, वह इस असम्भव को साधारण घटना के रूप में स्वीकार कर लेता है...

इस द्वीप पर उसे एक स्त्री दिखाई पड़ती है। वह स्त्री द्वीप पर बने एकाकी भवन के द्वार पर खड़ी है। उसकी आंखें मुंदी हुई हैं और अपने क़द के समान ऊंचे पौदों पर खिले हुए आइरिस के फूलों पर उसका मुंह झुका हुआ है। उसके बाल घने और सुनहरे रंग के हैं और उसकी झुकी हुई पीठ पर बालों की भारी गांठ को देख कर अनुमान लगाया जा सकता है कि उनकी लम्बाई आश्चर्यजनक होगी। उसके शरीर पर काले रंग का उत्तरीय है और उसने इससे भी अधिक गहरे काले रंग की पोशाक नीचे पहनी हुई है और छत्र के समान दीख पड़ने वाले उस आइरिस-पुष्प का रंग भी रात के रंग से मिलता हुआ-सा है।

इस शोकमग्न पोशाक के ऊपर छिटके हुए बाल पत्थर के समान सख़्त आबनूस के खम्बे पर रखे हुए सुनहरे दीवान के समान ही प्रतीत होते हैं। वह क्राइसिस को पहचान लेता है। आइने, कंघे और कंठहार की धुंधली-सी स्मृति उसके मन में ताज़ा हो जाती है,

लेकिन वह उस पर विश्वास नहीं करता। इसे अनोखे स्वप्न में उसे केवल यथार्थ ही स्वप्नवत् दिखाई पड़ता है।

"आओ," वह कहती है, "मेरे पीछे-पीछे चले आओ।"

वह उसका अनुसरण करता है। धीरे-धीरे वह सफ़ेद रंग की खाल से मढ़े हुए ज़ीने पर चढ़ती है। वह बाहों से ज़ीने पर बने जंगले का सहारा ले रही है और उसकी नग्न एड़ियां उसके स्कर्ट के नीचे तैरती-सी दिखाई देती हैं।

मकान में सिर्फ़ एक मंज़िल है। ज़ीने की अन्तिम सीढ़ी पर पहुंच कर क्राइसिस रुक जाती है। वह कहती है, "इस मकान में चार कमरे हैं, जब तुम उन्हें देख लोगो तो तुम फिर बाहर कभी न आ सकोगे। क्या तुम मेरे पीछे-पीछे आ सकते हो। इतना साहस है?"

लेकिन वह तो उसके पीछे-पीछे कहीं भी जा सकता है। वह द्वार खोलती है और उसके अन्दर आने के बाद बन्द कर देती है।

कमरा कुछ संकरा है, परन्तु लम्बा है। केवल एक वातायन से उसमें प्रकाश आ रहा है और उस वातायन ने ही जैसे सम्पूर्ण सागर का निर्माण किया है। दाईं और बाईं ओर दो छोटी-छोटी मेज़ें पड़ी हुई हैं और उन पर एक दर्जन पुस्तकें पड़ी हुई हैं।

"यहां केवल वही पुस्तकें हैं जिन्हें तुम प्यार करते हो," क्राइसिस कहती है, "इसके अलावा कोई भी पुस्तक नहीं है।"

डिमिट्रियोस उन पुस्तकों को खोलता है। उनमें शेरमन लिखित 'एनियस' है, एलैक्सिस की 'रिटर्न', और स्टिपोज की 'मिरर ऑव लास', थ्योक्रिटोज़ की 'दी विच', 'साइक्लोप्स' और 'व्यूकोलिक्स हैं और सैफो की "एडिपस एट कोलोनोस" और 'औड्स' हैं और इसके अतिरिक्त कुछ और पुस्तकें। इस पुस्तकालय के मध्य एक जवान लड़की चुपचाप कुशनों पर विश्राम कर रही है।

"अब," क्राइसिस ने एक सुनहरे बक्स में से एक ही लिखा हुआ क़ाग़ज निकाला और बुदबुदाया, "इस पत्ते पर एक ऐसी प्राचीन कविता लिखी है जिसे तुम अकेले पढ़ोगे तो बिना रोए नहीं रह सकते।"

युवक सरसरी निगाह से पढ़ता है।

वह सहसा रुक जाता है और चकित होता हुआ क्राइसिस को कोमल दृष्टि से देखता हुआ कहता है, "तुम मुझे यह दिखा रही हो?"

"आह, तुमने अभी पूरा नहीं देखा है, मेरे पीछे आओ, आओ मेरे पीछे, जल्दी से?"

वे एक दूसरा द्वार खोलते हैं।

यह दूसरा कक्ष वर्गाकार बना हुआ है। प्रकाश के लिए इसमें केवल एक ही वातायन है जिससे समस्त प्रकृति के दर्शन होते हैं। केन्द्र में एक लकड़ी के खम्बे पर लाल मिट्टी

का एक लौंदा रखा हुआ है और कोने में एक आराम कुर्सी पर एक लड़की ख़ामोशी के साथ बैठी है।

"यहां तुम एण्ड्रोमीडा, जैग्रेयूज और सूर्याश्वों की मूर्तियां बना सकोगे। क्योंकि तुम केवल अपने लिए इनका निर्माण करोगे, इसलिए अपनी मृत्यु के पहले ही तुम अपने ही हाथों उनका विध्वन्स भी कर दोगे।"

"ये सुख का निकेतन है।" डिमिट्रियोस बुदबुदाता है और वह अपने मस्तक पर हाथ रख लेता है।

लेकिन क्राइसिस अगला द्वार भी खोल देती है।

यह तीसरा कक्ष विशाल और गोलाकार है। प्रकाश के लिए इसमें भी एक वातायन है जिससे समस्त अन्तरिक्ष दृष्टिगोचर होता है। उस की दीवारें कांसे की हैं और दीवारों के कोणों का निर्माण हीरे की तरह गोलाई लिए हुए है। एक अज्ञात गायक वाद्य यन्त्र पर एक करुण राग बजा रहा है। उसके सामने बांसुरी का स्वर भी हेय मालूम पड़ता है। और सबसे दूर वाली दीवार के सहारे हरे संगमरमर के सिंहासन पर एक युवती चुपचाप बैठी हुई है।

"आओ! आओ!" क्राइसिस दोहराती है। वे एक और द्वार खोलते हैं। यह चौथा कक्ष अपेक्षाकृत नीचा है, और गुलाबी रंग का त्रिकोणाकार है, और चारों तरफ़ से बन्द होने के कारण ऐसा प्रतीत होता है जैसे किसी साधु का आवासगृह हो। और बड़े-बड़े पर्दे और विभिन्न प्रकार के समूर छत से लेकर ज़मीन तक कोमलता के साथ इस प्रकार लटके हुए हैं कि उनके मध्य निर्वसन होना भी अशोभन प्रतीत नहीं होता था। जिस समय द्वार बन्द हो जाता है, यह कहा नहीं जा सकता है कि वह कहां है। वहां कोई वातायन नहीं है। सारी दुनिया से अलग यहां की एक दूसरी ही दुनिया है। काले अशोक वृक्ष से सुगन्धि के आंसू निरन्तर टपक कर वायुमंडल को सुरभित कर रहे हैं। इस कक्ष को सात रत्नों से प्रकाशित किया गया है जो कि सात भूमिगत लैम्पों की तरह विभिन्न प्रकार का प्रकाश फैला रहे हैं।

"तुम देखते हो," वह नवयुवती शांत और प्रेमपगे स्वर में समझाती है, "हमारे इस कक्ष के तीन कोनों में तीन शैया हैं.. ?"

डिमिट्रियोस इसका कोई उत्तर नहीं देता। वह अपने से प्रश्न करता है, क्या मानवीय अस्तित्व का यहीं अन्त है। क्या वास्तविक अन्त यही है। क्या मैं इन तीनों कक्षों को पार करके इस कक्ष में हमेशा के लिए ठहर जाने के लिए आया हूं। और क्या मैं...क्या मैं, अगर एक रात को यहां सो जाऊं तो इसे छोड़ कर जा सकता हूं। यह कक्ष लगता है कि जैसे किसी क़ब्र का उघड़ा हुआ स्वरूप हो।

लेकिन क्राइसिस बोल उठती है, "परम प्रिय, तुमने मुझे यहां आने का आदेश दिया था, और अब मैं यहां आ गई हूं। मुझे अच्छी तरह देखो...।" वह अपनी बाहों को एक साथ

ऊपर उठाती है और कानों के दोनों तरफ़ केश-राशि को थाम लेती है। उसकी कोहानियां आगे निकली हुई हैं और मुसकराकर वह कहती है, "परम प्रिय, मैं तुम्हारी हूं...ओह इतने शीघ्र नहीं...मैंने तुमसे गाने का वायदा किया था। पहले मैं गाऊंगी।"

और वह उसके चरणों में समर्पित हो गया है, सिवा उसके अब कुछ सूझता ही नहीं है। उसने श्याम वर्ण की सैण्डल पहन रखी है। नीले मोतियों से टके चार धागे उसके अंगूठों के पास से गुज़रते हैं। उसके पैरों के सभी नाखूनों पर सुर्ख़ी लगी हुई है। उसका सिर उसके कन्धे पर झुका है। अपने बाएं हाथ की हथेली पर वह दाएं हाथ की अंगुली से चुटकी मारती जाती है और उसके नितम्बों में हलका-हलका स्पन्दन हो रहा है :

"मैं सोती हूं लेकिन मेरा मन जागता है,
मेरे प्रियतम का स्वर मेरे द्वार पर दस्तक दे रहा है,
कहते हुए कि हे मेरी हंसिनि, परम पावन मेरे लिए द्वार
उन्मुक्त करो,
क्योंकि मेरा सिर ओस के कणों से भरा है,
और मेरे केश रात की बून्दों से सराबोर हैं।
मैं अपने प्रियतम के लिए द्वार खोलती हूं,
लेकिन मेरा प्रियतम लौट रहा है,
और चला गया है।
उसके स्वर को सुनकर मेरा अन्तर उद्विग्न हो उठा था,
मेरा मन उसको खोजता रहा, लेकिन मैं उसे पा न सकी।
मैंने उसे पुकारा, लेकिन उसने कोई उत्तर न दिया।
मैं तुमसे विनती करती हूं, हे यरुशलम की पुत्रियों,
अगर मेरा प्रियतम तुम्हें कहीं मिले,
तो तुम उससे कहना कि मैं प्रेम-रोग से पीड़ित हूं।"

"आह, यह गीतों का शिरोमणि गीत है, डिमिट्रियोस! मेरे देश की कुमारियां विवाह के अवसर पर यह गीत गाती हैं।"

"मेरे प्रियतम का स्वर सुनो,
देखो वह आ रहा है,
पर्वतों को फांदता हुआ,
पहाड़ियों को लांघता हुआ,
मेरा प्रियतम एक हिरण या तरुण बारहसिंघे की भाँति है,
देखो! वह हमारी दीवार के पीछे खड़ा है,

वह खिड़की की तरफ़ देख रहा है,
और वह बिलबिली में से साफ़ दिखाई पड़ रहा है।
मेरा प्रियतम बोला, और उसने मुझसे कहा,
प्रिये, सुमुखि उठो और मेरे साथ चलो,
और देखो, शरद ऋतु बीत गई,
वर्षा समाप्त हुई और चली गई,
धरती की गोद फूलों से भर गई,
पक्षियों के गाने का समय आ गया,
और हमारे देश में बत्तख के कूजने की आवाज़ आने लगी है।
अंजीर का वृक्ष हरे-हरे अंजीरों से भर गया है,
और अंगूर-लताएं अंगूरों की मीठी-मीठी सुगन्धि से महक रही हैं,
उठो प्रियतमे, सुमुखि और मेरे साथ चलो।
ओ मेरी फाख़्ता, तुम जो चट्टानों की दराज़ों में छिपी हो,
मुझे अपनी मुखाकृति देखने दो,
क्योंकि तुम्हारा स्वर मधुर है, और तुम्हारी मुखाकृति कोमल है,
हमें उन लोमड़ियों के पास ले चलो,
जो हमारी अंगूर-लताओं को नष्ट करती हैं,
हमारी अंगूर-लताओं पर कोमल अंगूर लगे हैं।
मेरा प्रीतम मेरा है और मैं उसकी हूं,
वह लिली पुष्पों पर विहार करता है।
भोर होने तक, जब छाया वृक्षों का सहारा छोड़ देंगी,
तब तक तुम एक मृग के समान पर्वतों पर विहार करो।"

वह अपना अवगुंठन उतार देती है और उस तंग पोशाक को पहने खड़ी रहती है। यह पोशाक घुटनों से नितम्बों तक बिल्कुल चिपकी हुई है।

"जैसे वन के वृक्षों में सेब का वृक्ष होता है,
उसी प्रकार पुरुषों के मध्य मेरा प्रीतम है,
मैं उसकी छाया में प्रसन्नता पूर्वक बैठी हूं,
और उसका फल मुझे स्वादिष्ट लगता है।
वह मुझे रास-रंग से भरे घर में लाया है,
और अपने प्रेम का परचम मेरे सिर पर फहराता है,
–तुमने मेरा दिल मेरे सीने से छीन लिया है, मेरी प्यारी,

तुम्हारी एक ही नज़र ने मेरा दिल ज़ख़्मी कर दिया है,
तुम्हारा प्रेम मदिरा से कितना बेहतर है,
और तुम्हारे अंगराग मसालों से भी अधिक चटखदार हैं,
मेरी प्रिय, तुमहारे ओष्ठ मधुछत्र के समान हैं,
तुम्हारी जिह्वा के नीचे मध् और दुःख का उद्गम है,
और तुम्हारे वस्त्रों की गंध लेबनान की गंध के समान है,
मेरी प्रियतमा एक चारों तरफ़ से घिरे बाग़ के समान है,
जैसे बन्द किया हुआ बसन्त,
जैसे बन्द किया हुआ चश्मा।"
वह अपने नेत्र बन्द करते हुए अपनी गर्दन पीछे फेंकती है।
"जागो हे उत्तरी हवाओ और दक्षिण की ओर बहो,
मेरे बाग़ों पर बहो ताकि पुष्पों का पराग बिखर जाए,
मेरे प्रियतम को उसके बाग़ में आने दो,
और सुस्वाद फलों का रसास्वादन करने दो
वह अपनी बाहों को बल देती हुई अपने अधर अर्पित करती है।
मैं अपने प्रिय की हूं, और उसकी इच्छाएं मुझसे अभिभूत हैं,
आओ मेरे प्रीतम, हम खेतों में निकल चलें,
चलो चल कर देहात में रहें,
प्रेम की प्यास को अनेक सागर भी नहीं बुझा सकते,
और न सैलाब उसे डुबो सकते हैं,
अगर प्रेम के लिए अपने घर की प्रत्येक वस्तु अर्पित कर दी जाए तो
वह भी तुच्छ है।
तुम बाग़ में रहते हो,
तुम्हारे साथी तुम्हारी आवाज़ के साथ बोलते हैं,
मुझे वह अनुपम स्वर सुनने दो,
जल्दी करो मेरे प्रियतम,
और जिस तरह से सुगन्धित जड़ी-बूटियों से
भरे पर्वत पर एक बारहसिंघा विचरण करता है,
उसी तरह तुम भी विचरण करो।"

अपने क़दमों को बिना हिलाए और अपने घुटनों को पिचकाए बिना ही उसने अपना धड़ अपने नितम्बों पर झुका दिया। उसके नितम्बों में ज़रा सी भी थिरक नहीं थी। उसके

वस्त्रों से बाहर निकला हुआ उसका मुंह इस तरह प्रतीत होता था जैसे ड्रेपरी के फूलदान में गुलाब का फूल रखा हो।

अब वह अपने कन्धों, सिर और अपने सुन्दर हाथों को नृत्य की गति दे रही है। उसके समस्त अस्तित्व पर उदासी छाई हुई है। प्रतीत होता है जैसे वह अपनी काया के अन्दर बहुत घनी पीड़ा अनुभव कर रही है। सांसों की तीव्र गति से उसकी छाती फूल गई है। उसका मुख खुला रह गया है। उसकी पलकें बन्द नहीं हो सकती हैं, अन्तर की बढ़ती हुई ज्वाला से उसके कपोल सुर्ख़ होते जा रहे हैं।

कभी-कभी उसकी अंगुलियां उसके मुंह के सामने जाली बना लेती हैं, कभी-कभी वह अपनी बाहें इस तरह उठाती है कि उसे अंक में समा लेने को जी चाहता है। उसके उठे हुए कन्धों के बीच एक गर्त है और नवागता वधू जैसे घूंघट से अपनी प्रणयजनित लज्जा छिपा लेती है, अन्त में हांफती हुई वह सहसा उसी प्रकार अपने बालों से मुंह को आच्छादित करके अपनी अनन्त गरिमा को संभाले फ़र्श के बीचों-बीच रहस्यमयी-सी खड़ी रह गई है।

डिमिट्रियोस और क्राइसिस... कितना एकात्मककारी, कितना सम्पूर्ण है, उनका प्रथम आलिगन! निश्चेष्ट, प्रगाढ़ आलिंगन में आबद्ध वे अनेक रूपों में आनन्द को प्राप्त कर रहे हैं। क्राइसिस उन बलिष्ट-भुजाओं के आलिंगन से जैसे चकनाचूर हुई जा रही है। प्यासे प्यार का माधुर्य उनके होठों से टपक रहा है। वे इसे प्यार को परितुष्ट करने में बीहड़ता नहीं लाएंगे। एक-दूसरे के नशे में अपने को भूली उनकी आत्माओं में एक कसक-सी उठ रही है।

दुनिया की किसी वस्तु को आदमी इतनी आत्मीयता से नहीं देखता जितना उस स्त्री के मुंह को, जिसे वह प्यार करता है, चुम्बन की धनता का भान होते ही क्राइसिस के नेत्र विस्फारित हो उठे हैं। वह उन्हें बन्द कर लेना चाहती है। उसकी पलकों पर समानान्तर सलवटें उभर आई हैं और कपोलों पर सुर्ख़ी छा गई है। ज्योंही वह पुनः आंखें खोलती है, रेशमी धागे के समान एक हरितवर्ण प्रकाश-वृत्त उसकी तिरछी चितवन में भर उठता है। जिस स्थान से अश्रु-बूंदें छलक रही हैं वह सुर्ख़ है और उसमें स्पंदन बढ़ गया है।

यह चुम्बन कभी समाप्त नहीं होगा। ऐसा लगता है कि यह चुम्बन धर्म-ग्रन्थों में वर्णित मधु और दुग्ध से भी अधिक कुछ जीवन्त, तीव्र और मंत्रित है, जो कर-स्पर्श से भी अधिक कोमल है, नेत्रों से भी अधिक अभिव्यंजनापूर्ण है, जैसे एक सजीव पुष्प है जिसे क्राइसिस अपनी कोमलता और कल्पना से जीवन प्रदान कर रही है...आलिंगन सुदीर्घ और घने होते जा रहे हैं। आलिंगन करते समय उसकी अंगुलियों के अग्र-भाग एक कंपन के साथ उसकी देह पर खेल रहे हैं। वह सुख का अनुभव करती है, लेकिन वासना उसे भयभीत

कर देती है, जैसे कि वह कोई पीड़ा हो। अपनी बाहों से वह उसे अपने से दूर कर देती है, उसके होंठ जैसे अब भी याचना कर रहे हैं। डिमिट्रियोस बलपूर्वक पुनः उसे आलिंगन में आबद्ध कर लेता है।

जिन्होंने किसी स्त्री को अपनी बाहों में बदलते हुए देखा है। प्रकृति का कोई दृश्य उन्हें इतना आश्चर्जनक प्रतीत नहीं हो सकता, न सन्ध्या के सूर्य की लालिमा, न झंझावात से झकोरे जाने वाले देवदार के वृक्ष, न आकाश में गर्जने वाली बिजली और ने महासागरों में उठने वाले तूफ़ान। कृतज्ञता से क्राइसिस की आंखें चमक रही हैं और धुंधली नज़र आंखों के कोनों से प्रकीर्ण हो रही है। उसके कपोल चमक उठे हैं और मांस-पेशियों की प्रत्येक रेखा अभिराम हो उठी हैं।

डिमिट्रियोस सोचता है, उसके मन में एक धर्म-भय है, नारी-प्रकृति में देवत्व की यह महान् शक्ति, समूचे अस्तित्व का यह परिवर्तन, अति मानवीय भावकता, जिसका कारण वह स्वयं है, जिसे वह स्वतन्त्रतापूर्वक गरिमायुक्त बना सकता है, या कुचल सकता है। वह इन्हीं विचारों से अभिभूत है। आज जीवन के समस्त तत्वों को सचेष्ट होकर रचना के हेतु संयुक्त होते वह अपनी आंखों से देख रहा है। क्राइसिस उसे मातृत्व की गरिमा से युक्त जान पड़ती है।

लाश

सागर के ऊपर और देवी के उद्यानों के ऊपर चन्द्रमा प्रकाश के शैलों का निर्माण कर रहा था।

किशोरी मिलीटा, कोमल और तन्वंगी उस भविष्यवाणी करने वाली औरत के पास खड़ी रह गई। अभी-अभी डिमिट्रियोस की दृष्टि उस पर पड़ी थी और उसने स्वयं डिमिट्रियोस को चिमारिस के पास ले जाना मंजूर किया था।

"उस आदमी के पीछे मत जाना," चिमारिस ने उसको टोका।

"ओह, मैंने तो उससे यह भी नहीं पूछा कि वह फिर कभी उधर आएगा अथवा नहीं...मैं अभी...अभी दौड़कर उससे पूछ आती हूं।"

"नहीं, तुम दोबारा उससे मिलने की कोशिश मत करना। इसी में तुम्हारा हित है छोकरी। जो उससे एक बार मिलते हैं उन्हें दुःख सहना होता है। जो उससे दोबारा मिलते हैं, उन्हें मौत के साथ खेलना पड़ता है।"

"तुम ऐसा कैसे कहती हो। मैंने तो अभी-अभी उसके दर्शन किए हैं और मैंने उसकी बाहों में क्रीड़ा करने का सुख भी प्राप्त किया है।"

"तुमने यह आनन्द इसीलिए प्राप्त किया है, मेरी बच्ची, क्योंकि तुम यह नहीं जानती कि प्रेम क्या बला होती है। उसे साथी बनाने की बात भूल जाओ और अपने भाग्य को सराहो कि तुम अभी बारह वर्ष की नहीं हुई हो।"

"जब लोग बड़े हो जाते हैं तो क्या बड़े दुःखी होते हैं?" लड़की ने पूछा, "सभी औरतें अपने दुःखों का रोना रोती रहती हैं। मुझे तो कभी रोना नहीं आता। मैंने अक्सर औरतों की आंखें आंसुओं से भरी हुई देखी हैं।"

चिमारिस ने अपने दोनों हाथ अपने बालों में खोंस लिए और जैसे पीड़ा से कराहने लगी। उसके आंगन में बंधा हुआ बकरा अपने सुनहरे कान फटफटाता रहा, लेकिन उसने उधर देखा भी नहीं। मिलीटा जानबूझकर अपनी बातें कहती चली जा रही थी, उसने कहा, "लेकिन केवल एक औरत ऐसी मैंने देखी है जो दुःखी नहीं है, वह है मेरी परम मित्र क्राइसिस...मुझे पूरा यक़ीन है कि वह कभी नहीं रोई...।"

"वह भी रोएगी।" चिमारिस ने कहा।

"ओह, हमेशा विपत्तियों की भविष्यवाणी करने वाली बुढ़िया। तू अपने शब्द वापस ले, वरना मैं तेरी शक्ल भी न देखूंगी।"

लेकिन पूर्व इसके कि वह लड़की अपनी उस उक्ति को चरितार्थ करती वह काला बकरा अपने अगले पैर ऊपर करके पिछले पैरों पर खड़ा हो गया और सींगों से झौंकारने लगा। मिलीटा भाग खड़ी हुई।

वह दस क़दम ही भागी होगी कि एक झाड़ी में एक जोड़े को अभिसार करते देखकर वह अट्टहास कर उठी। इस दृश्य को देखकर उसके विचारों की धारा फिर से बदल गई।

घर वापस जाने के लिए उसने बहुत ही लम्बा रास्ता चुना और फिर वापस लौटने का विचार ही त्याग दिया। आकाश में सुन्दर चांदनी छिटक रही थी, वातावरण गर्म था और उद्यान हास्य और संगीत की आवाज़ों से भरा हुआ था। डिमिट्रियोस से उसने जो कुछ पाया था, उसी से संतुष्ट होकर वह गृहविहीन पुजारिन की तरह घने जंगल के अन्दर रास्ते पर दीन-हीन राहगीरों को देखती हुई कुछ देर भटकना चाहती थी। इस प्रकार घूमती-घामती तीन-चार स्थानों पर थोड़ी देर के लिए वह रुकी। उद्यान में पड़ी बेंचों पर बैठकर उसने कई नए सीखे हुए खेलों का अभ्यास करने की चेष्टा की। चलने लगी तो उसे एक सैनिक रास्ते में मिला जिसने अपनी भुजाओं में पकड़कर उसे सिर से ऊपर उठा लिया। मिलीटा को लगा जैसे उद्यान का देवता किसी परी को दर्शन दे गया हो। वह इस घटना से इतनी उत्फुल्लित हुई कि चीख़-चीख़ कर अपनी ख़ुशी प्रकट करने लगी।

इस घटना से मुक्ति पाकर वह रास्ते पर फिर चल खड़ी हुई। वह देवदार वृक्षों की क़तारों में से होती हुई आगे बढ़ रही थी कि उसे मिकिलोस नामक छोकरा रास्ते में मिला। लगता था मिकिलोस जंगल में अपना रास्ता भूल गया है। उसने लड़के से कहा कि वह उसे रास्ता दिखाएगी, लेकिन उसे ज़्यादा देर तक अपने साथ रखने की दृष्टि से वह और भी गलत रास्ते पर ले गई। मिकिलोस मिलीटा के इरादों से बहुत अधिक देर बेख़बर न रहा। जल्दी ही वह दोनों प्रेमियों के रूप में तो नहीं लेकिन दोस्तों के रूप में हाथ में हाथ डालकर साथ-साथ दौड़ने लगे और उससे भी अधिक एकान्त और निर्जन रास्ते पर दौड़ते-दौड़ते सागर तट पर पहुंच गए।

यह स्थान जहां वह पहुंच गए थे उस स्थान से बहुत दूर था जहां देवदासियां अपने धार्मिक कर्तव्यों को पूरा करती थीं। इस स्थल के सौंदर्य से प्रभावित होकर वे सोचने लगे कि न जाने लोग दूसरे स्थानों पर मिलना क्यों पसन्द करते हैं। घने जंगल से भरे उद्यानों में जहां अधिकांश लोग आपस में मिलते हैं, सभी रास्ते और तंग गलियां भीड़ से भर जाती हैं, उस घने जंगल के चारों ओर के मैदान का प्राकृतिक सौन्दर्य चाहे कैसा भी हो, वहां के वातावरण को रिक्तता और ऊबड़-खाबड़ उगे हुए जंगल में एक विशेष प्रकार की शान्ति का आभास मिलता है।

मिकिलोस और मिलीटा इस प्रकार हाथ में हाथ डालकर विचरते हुए सार्वजनिक उद्यान के किनारे पर आ पहुंचे। यहां से देवी अफ़्रोडाइटी का मन्दिर सामने ही दीखता था और रास्ते में केवल जंगली बूटियों की कुछ झाड़ियां ही उगी हुई थीं। इस स्थान की ख़ामोशी और निर्जनता से प्रेरित होकर दोनों ने इन टेढ़ी-मेढ़ी लपेटदार झाड़ियों को पार करके वापस लौटने का ही निश्चय किया। उनके पैरों के निकट ही भूमध्य महासागर किसी सारिता में उठती हुईं लहरों के समान छोटी-छोटी हिलकोरों के साथ तट से टकरा रहा था। दोनों बच्चे तगड़ी तक गहरे पानी में घुस गए और नई सीखी हुई क्रिड़ाओं को दोहराते हुए एक-दूसरे का पीछा करने का प्रयास करने लगे। तब छिटकती हुई चांदनी में पानी से सराबोर अपनी चमकती हुईं टांगे उछालते हुए वे किनारे पर आ गए।

रेत में पड़े हुए पग-चिन्हों का अनुसरण करते हुए गन्तव्य पर पहुंचने की चेष्टा करने लगे। वह उनके सहारे बढ़ते ही गए। रात असाधारण चांदनी से प्रकाशमान हो रही थी। वे चलते ही गए, फिर दौड़ने लगे और अपने हाथों से एक-दूसरे को पकड़ने की चेष्टा करने लगे। पीठ-पीछे उनकी छाया-मूर्तियां वही आचरण दोहराती जाती थीं। वह कितनी दूर तक इसी तरह चलते जाएंगे? उस घने-नील क्षितिज पर उन्हें केवल अपनी ही दो मूर्तियां दिखाई पड़ती थीं।

लेकिन सहसा मिलीटा चीख़ उठी, "आह,...देखो?"

"यह क्या?"

"कोई औरत है?"

"पुजारिन! और कितनी निर्लज्ज है। सोने के लिए यहां आई है?"

मिलीटा ने मिकिलोस का सिर पकड़कर हिलाया, "नहीं..ओह, नहीं, मेरा नज़दीक जाने का साहस नहीं होता...वह कोई मामूली पुजारिन नहीं मालूम पड़ती।"

"मेरा भी कुछ ऐसा ही ख़्याल होता है।"

"नहीं, मिकिलोस, वह हममें से नहीं है।...यह तो टोनी है। बड़े पुजारी की पत्नी!...और उसकी ओर जरा गौर से तो देखो।...वह सोई हुई नहीं है...ओह, मेरा तो नज़दीक जाने का साहस नहीं होता। उसकी आंखें तो खुली हुई हैं।...चलो यहां से भाग चलें...मुझे डर लग रहा है...मुझे डर लग रहा है...।"

मिकिलोस अपने पंजों पर तीन क़दम आगे बढ़ा। "तुम ठीक कहती हो मिलीटा, वह सोई नहीं है, वह तो मर गई है। आह बेचारी!"

"मर गई है।"

"उसके कलेजे में किसी ने एक पिन भोंक दी है।"

वह नज़दीक बढ़कर उनके सीने से पिन निकालने का उपक्रम करने लगा, किन्तु मिलीटा ने उसे पकड़ लिया और वह चिल्लाई, "नहीं, नहीं, उसे छुओ मत...वह अत्यन्त पवित्र आत्मा है...उसके पास खड़े रहो, उसकी देखभाल करो, उसकी रक्षा करो...मैं दौड़कर सहायता के लिए जाती हूं...मैं औरों को जाकर इसकी सूचना देती हूं।"

इतना कहकर बहुत तेज़ रफ़्तार से वह उस काले घने जंगल में गुम हो गई। मिकिलोस भय से कांपता हुआ थोड़ी देर तक उस तरुण लाश के निकट घूमता रहा। और तब इस आशङ्का से कि कहीं उसे भी उस हत्या में शरीक न मान लिया जाए, वह घबराकर भाग खड़ा हुआ। उसने निश्चय किया कि वह किसी से कुछ भी न कहेगा।

टोनी की ठण्डी लाश इस निर्जन स्थान में यूं ही पड़ी रही। काफ़ी देर बाद सारा जंगल एक भयभीत फुसफुसाहट से भर उठा। चारों तरफ़ से वृक्षों की शाख़ों से, झाड़ियों से होती हुई भेड़ों की तरह एक दूसरे से सटी हुई लगभग एक सहस्र स्त्रियां आगे बढ़ रही थीं।

भय की एक चीख़ जैसे उन सभी के शरीरों में एक साथ ही दौड़ उठती थी।

खोजने वालों का एक झुण्ड सागर की लहरों के समान पीछे आने वाले दस्ते को प्रथम स्थान देता जाता था। कोई भी दस्ता उस मृतक का सबसे पहले पता चलाना नहीं चाहता था। फिर सहसा एक साथ एक सहस्र कंठों से भयार्त चीत्कार निकल गई। एक वृक्ष के तने के निकट उन्होंने लाश को देख लिया था।

एक सहस्र हाथ अभिवादन के लिए वायु में उठे, फिर एक सहस्र आंसुओं से अवरुद्ध

कंठों से आवाज़ आती सुन पड़ी, "देवी, तेरा प्रकोप हम पर नहीं, देवी हम पर नहीं, देवी अगर तुम्हें प्रतिशोध लेना है तो हम पर दया करना!"

एक घबराई हुई आवाज़ चारों तरफ़ गूंज उठी, "मन्दिर की ओर!" सभी ने एक स्वर से दोहराया, "मन्दिर की ओर, मन्दिर की ओर!"

भीड़ में एक नयी उत्तेजना दौड़ गई। उस स्त्री की लाश की ओर, जो कि अपनी पीठ के बल पड़ी थी, दोबारा देखने का साहस किसी का नहीं होता था। लाश भयावनी लग रही थी, उसकी बाहें इधर-उधर फैली पड़ी थीं, उसकी पुतलियां घूम गई थीं और काले और गोरे रंग की पूर्व और पश्चिम के देशों की स्त्रियां अपनी भड़कीली और प्रायः अर्धनग्न पोशाकों वाली स्त्रियां उसे देखकर धीरे-धीरे वृक्षों की ओट लेकर गायब होती जा रही थीं। वे अब जंगल के बीच वाले साफ़ मैदानों में, छोटी-छोटी गलियों में, बड़े-बड़े राजपथों में भरती जा रही थीं, धीरे-धीरे वे मन्दिर की चौड़ी गुलाब के-से रंग वाली सीढ़ियों पर चढ़ने लगीं और कांसे के दरवाज़ों पर दुर्बल हाथों से घूंसे मारते हुए बच्चों की तरह बिलखने लगीं-"हमें अन्दर आने दो, द्वार खोलो?"

जन समुदाय

जिस दिन प्रात:काल बच्चीज़ के घर में बच्चानेलिया का अन्त हुआ अलैक्ज़ैण्ड्रिया में एक घटना घटी: वर्षा हुई। ऐसे अवसर अपेक्षाकृत कम ही आते हैं कि अफ्रीकन प्रभाव वाले देशों में प्रचलित प्रथा के प्रतिकूल अलैक्ज़ैण्ड्रिया निवासी वर्षा का स्वागत करने के लिए घरों से बाहर निकल आएं।

मौसम ऐसा हो गया था जैसे कि एक गहरी बौछार आने वाली है या तूफ़ान उठने वाला है। फिर सहसा आकाश में घुमड़ते हुए बादलों से मोटी-मोटी बूंदों वाली बौछारों से समस्त वातावरण भर गया। स्त्रियों ने इस बौछार से अपने सीनों और जल्दी में बांधे हुए जूड़ों को ठण्डा किया। पुरुषवर्ग दिलचस्पी के साथ आकाश की ओर ताक रहा था और बच्चे आंगन में होने वाली कीचड़ में अपने पैर सान कर आनन्द लेने लगे थे।

इसके बाद बादल साफ़ हो गए। सूरज की चिलचिलाती धूप निकल आई। आकाश बिल्कुल स्वच्छ हो गया। ज़मीन पर होने वाली कीचड़ सूरज की तेज़ी से सूखकर धूल के रूप में परिवर्तित हो गई।

लेकिन इस क्षणिक बौछार ने काफ़ी पारितोष प्रदान किया था। सारे नगर में हर्ष की

एक लहर दौड़ गई थी। पुरुषवर्ग अगोरा के ख़ुशगवार प्रस्तरों पर जमा हो गया था और स्त्रियां विभिन्न दलों में एकत्रित होकर समूह-गान का आनन्द लेने लगी थीं।

केवल देवदासियां ही इस आनन्द से वंचित थीं। देवी अफ्रोडाइटी के पर्व का तीसरा दिन था और देवी पूजा का यह दिन केवल विवाहित स्त्रियों के लिए ही सुरक्षित था। पुष्पित परिधान धारण करके और अंगराग व अंजन द्वारा श्रृंगार करके ये स्त्रियां अस्टार्टियन की ओर जाने वाली सड़क पर भरती जा रही थीं।

जिस समय मिर्टोक्लिया सामने से गुज़री तो फ्लोटिस नाम की एक बालिका ने जो दूसरी लड़कियों के साथ खड़ी हुई बातें कर रही थी, उसे आस्तीन पकड़ कर रोक लिया, "आह, लड़की कल तुमने बच्चीज़ के यहां नृत्य किया था? वहां क्या क्या हुआ? लोगों ने क्या-क्या किया? क्या बच्चीज़ ने अपनी गर्दन में पड़ने वाले गड्ढों को छिपाने के लिए कोई दूसरा कंठहार पहना था। वह छाती पर लकड़ी का कठला पहनती है या पीतल का? अपना छत्र धारण करने से पूर्व अपनी कनपटियों पर उगे सफ़ेद बालों को रंगना वह भूल तो नहीं गई थी? आओ बताओ तो सही।"

"तुम क्या यह सोचती हो कि मैं यह सब देखने के लिए वहां रुकी रह गई थी। मैं तो भोजन के बाद अपना खेल दिखाकर और अपनी उजरत लेकर फौरन वहां से भाग आई थी।"

"ओह, मैं जानती हूं, तुम अपने को किसी तरह भी भ्रष्ट नहीं करती हो!"

"आह, अपनी पोशाक पर धब्बे डलवाना और लात-घूसे खाना, ना बाबा! यह फ्लोटिस के बूते का काम नहीं है। इस प्रकार के हुड़दंग में सिर्फ़ अमीर औरतें ही शरीक हो सकती हैं। हम जैसी छोटी-मोटी गाने-बजाने वालियों के पल्ले तो सिर्फ़ आंसू ही पड़ सकते हैं।"

"अगर अपनी पोशाक पर धब्बे लग जाने का डर हो तो उसे दूसरे कमरे में रख देना चाहिए, जब वे तुम्हें घूंसे मारें तो उसका भी मेहनताना उनसे वसूल करो। यह तो मामूली सी बात है। तो फिर तो तुम्हारे पास बताने के लिये कुछ भी नहीं है, एक भी साहसिक घटना, कोई मज़ाक या कोई गुप्त सम्बन्ध। कुछ भी सुनने के लिए हमारे प्राण छटपटा रहे हैं। अगर कोई सत्य घटना न हो तो कोई बनाकर ही सुना दो। लेकिन सुनाओ ज़रूर।"

"मेरी मित्र थ्यानो मेरे बाद भी दावत में रही थी। जब मैं सोकर उठी तो मैंने देखा कि वह अभी तक भी लौटकर नहीं आई थी। शायद वहां समारोह अब भी चल रहा है।"

एक दूसरी औरत ने कहा, "नहीं, समारोह समाप्त हो चुका है। थ्यानो को अभी मैंने उधर बड़ी दीवार के पास देखा था।"

देवदासियां उधर को ही दौड़ चलीं। लेकिन रास्ते में ही उन्होंने ऐसा दृश्य देखा कि हास्य के साथ करुणा भी उनके चेहरों पर बरस पड़ी।

थ्यानो की स्थिति अस्त-व्यस्त थी। उसने बहुत अधिक शराब पी हुई थी और वह उन्मत्तावस्था में एक गुलाब के फूल को जिसके कांटे उसके बालों में खुंसे हुए थे, बार-बार निकालने की चेष्टा कर रही थी, उसकी पीले रंग की ट्यूनिक भीग गई थी। ऐसा लगता था जैसे समारोह का सारा का सारा हुड़दंग उसी के सिर से गुज़रा हो। और पीतल का पिन जो वस्त्रों को अस्त-व्यस्त होने से रोकने के लिए उसके कन्धे पर लगा होना चाहिए था, वह नीचे लटक रहा था, उसके सारे वस्त्र बुरी तरह अस्त-व्यस्त हो रहे थे।

ज्योंही उसने मिर्टोक्लिया को देखा वह सहसा अट्टहास कर उठी, सारे अलैक्ज़ैंड्रिया में उसकी यह हँसी प्रख्यात थी और इस अट्टहास के कारण ही उसे "बत्तख" की उपाधि मिली हुई थी। यह आवाज़ अण्डे देती हुई बत्तख की आवाज़ से बहुत कुछ मिलती थी। जब वेग से उठने वाले तूफ़ान को उसके फेफड़े सहन न कर पाते तो वह केवल चीख़ने लगती और इस चीख़ को ही बहुत मधुर स्वर से बार-बार दोहराने लगती जैसे कोई जंगली पक्षी कूकता हो।

"एक अण्डा ! एक अण्डा !" फ्लोटिस ने चिढ़ाया।

लेकिन मिर्टोक्लिया ने उसे ख़ामोश करने के लिए प्रार्थना करते हुए कहा, "आओ थ्यानो। चलकर सो जाओ। तुम्हारी तबियत ठीक नहीं है। आओ मेरे साथ चलो।"

"आ हा... हा, आ हा हा...।" बालिका हँसती गई।

लेकिन वह लड़की बराबर अपने हाथ से अपनी छाती पीटती जाती थी और अब बदली हुई आवाज़ में कहती जाती थी, "आ हा..... आहा हा.....आइना !"

"इधर आओ !" मिर्टो ने बेचैनी के साथ कहा।

"आइना,.....वह तो चोरी हो गया। आह ! हा ! अगर मैं क्रोनोस से भी लम्बी उम्र पा जाऊं तो भी आज के समान कभी नहीं हँस सकती, चोरी हो गया चोरी ! चांदी का आइना !"

गायिका ने उसको खींचकर दूर ले जाने की चेष्टा की, किन्तु फ्लोटिस की समझ में बात आ गई थी।

"ओह ?" वह अपनी बाहें आसमान में उठाती हुई दूसरी ओर चिल्लाई, आओ दौड़कर इधर आओ। बहुत ताज़ा मज़ेदार ख़बर। बच्चीज़ का आइना चोरी हो गया।"

और सब ने मिलकर दोहराया, "पपाई, बच्चीज़ का आइना।"

एक क्षण में ही इस बांसुरी-वादक के चारों ओर तीस औरतें इकट्ठी हो गईं।

"ये लोग क्या कह रही हैं ?"

"क्या ?"

"बच्चीज़ का आइना चोरी हो गया। थ्यानो अभी-अभी ऐसा कह रही थी।"

"लेकिन कब ?"

"चुराया किसने !"

बालिका ने कन्धे बिचकाए, "मैं क्या जानू ?"

"तुमने तो सारी रात वहां गुज़ारी है। तुम्हें ज़रूर मालूम होना चाहिए। यह मुमकिन नहीं। उसके घर में कौन चोर घुस आया। निश्चय ही उन्होंने तुम्हें बताया होगा। याद करने की कोशिश करो थ्यानो।"

"मैं कैसे जान सकती हूं, हाल में तो बीस से भी ज़्यादा आदमी थे। उन्होंने मुझे बांसुरी बजाने के लिए बुलाया था, लेकिन किसी ने भी गाने के लिए नहीं कहा। उन्हें संगीत पसन्द ही नहीं था। उन्होंने कहा कि मैं डेनी की नृत्य-प्रतिमा की नकल करके उन्हें दिखाऊं और नृत्य देखकर उन्होंने स्वर्ण मुद्राएं मेरी ओर फेंकीं, लेकिन बच्चीज़ ने सभी मुद्राएं मुझसे ले लीं...और इससे ज़्यादा क्या सुनाऊं। वे तो सबके सब उन्मत्त हो रहे थे। उन्होंने मेज़ पर सात प्यालों में रखी हुई सात क़िस्म की शराबें एक तसले में उड़ेल दीं और तब मुंह से चुस्की लगा कर पीने के लिए उसमें मेरा सिर झुका दिया। मेरा सारा चेहरा भीग गया। मेरे बालों में से और मेरे गुलाब के फूलों में से भी शराब चू रही थी।"

"हां, हां," मिर्टो ने कहा, "तू बड़ी शैतान लड़की है। लेकिन आइना किसने चुराया। यह तो बताओ ?"

"बिल्कुल ठीक। जब उन्होंने मुझे मेरे पैरों पर खड़ा किया तो मेरे सिर में ख़ून भर गया था और कानों में शराब। हा...हा, उन सभी ने मुझे देखकर हँसना शुरू कर दिया... तभी बच्चीज़ ने अपना आइना मंगवाया... हा... हा... आइना वहां था ही नहीं। किसी ने वहां से उड़ा दिया था।"

"किसने, मैं तुमसे पूछ रही हूं, किसने ?"

"मैंने तो नहीं चुराया। मैं बस इतना जानती हूं, वे मेरी तलाशी भी नहीं ले सके। क्योंकि मैं तो बिल्कुल नग्न थी। सोने के सिक्के की तरह उस आइने को तो मैं अपनी पलकों के नीचे नहीं छिपा सकती थी। मैंने नहीं चुराया, मैं बस इतना ही जानती हूं। उसने एक ग़ुलाम लड़की को सूली पर चढ़ा दिया...जब उनकी निगाह मुझसे बची कि डेनाई की तीन मूर्तियां मैंने उठा लीं, देख मिर्टो मेरे पास पांच मूर्तियां हैं। इनसे तुम हम तीनों के लिए पोशाक ख़रीद दोगी न ?"

यह चोरी की ख़बर धीरे-धीरे सारे चौक में फैल गई। देवदासियां अपने ईर्ष्यायुक्त आनन्द को छिपा न सकीं, लोग इधर-उधर खिसकने लगे थे और अपने कुतूहल को शोर मचाकर प्रकट कर रहे थे।

"कोई औरत ही हो सकती है ?" फ्लोटिस ने कहा, "किसी औरत की ही जालसाज़ी है ?"

"हां-हां, आइना अच्छी तरह छिपाया हुआ था। अगर कोई चोर यह काम करता तो

उसे घर की हर चीज़ उलट-पुलट करनी होती। बिना ऐसा किए तो वह क़ीमती आइना उसके हाथ लग ही नहीं सकता था।"

"बच्चीज़ के दुश्मन तो हैं। ख़ासतौर से उसकी महिला-मित्र। वे उसके सभी भेद जानती हैं। उनमें से कोई उसे फुसला कर दूर ले गई होगी और दूसरी ने मौक़ा पाकर, सूरज की चिलचिलाती धूप में जब सड़कें बिल्कुल सुनसान होती होंगी, उसे पार कर दिया होगा।"

"ओह, यह भी हो सकता है कि अपना क़र्ज़ चुकाने के लिए उसने आइना बेच ही डाला हो।"

"शायद उसके यहां किसी आने वाले ने यह काम कर डाला है। सुनते हैं अब वह अपने यहां आने वालों के बारे में कोई ख़ास ध्यान नहीं करती!"

"नहीं, काम तो यह औरत का ही है, इतना मैं कह सकती हूं।"

"दोनों देवियों की सौगन्ध, चाहे जिसने भी किया हो काम तारीफ़ के काबिल है।"

सहसा इससे भी अधिक शोर मचाती हुई एक भीड़ अगोरा मन्दिर की ओर बढ़ती दिखाई दी। इस विचित्र फुसफुसाहट को सुनकर सड़क पर गुज़रने वाले सभी दर्शक उधर आकर्षित होने जा रहे थे।

"यह और क्या मामला हुआ?"

और एक भयानक चीख़ने की आवाज़ इस गहमागहमी के ऊपर सुनाई पड़ी। कोई कह रहा था, "किसी ने बड़े पुजारी की पत्नी को कत्ल कर डाला!"

सारी भीड़ में एक भयानक उत्तेजना फैल गई। किसी को भी इस ख़बर पर विश्वास नहीं होता था, कोई यह कल्पना भी नहीं कर सकता था कि अफ़्रोडीसियन समारोह के दिनों में देवताओं के कोप को निमंत्रण देने वाला इस प्रकार का क़त्ल भी कोई कर सकता है। लेकिन सभी तरफ़ केवल यही शब्द लोगों के मुंह से सुनाई पड़ रहा था।

"बड़े पुजारी की पत्नी का क़त्ल हो गया। मन्दिर-समारोह बन्द कर दिया गया।"

यह ख़बर तेज़ी के साथ फैलती गई। लाश उद्यान के अन्त में गुलाबी रंग के संगमरमर की बैंच पर पड़ी हुई पाई गई थी। उसके सीने में बाईं ओर एक पिन घुसी हुई थी। ज़ख़्म में से ख़ून नहीं निकला निकला था। लेकिन कातिल ने लाश के बाल काट लिए थे और साम्राज्ञी निटोक्रिस द्वारा प्रदत्त प्रसिद्ध कन्घा निकाल लिया था।

क्रोध की इस प्रथम लहर के उपरान्त, एक गहरी आश्चर्य-भावना सारे वातावरण पर छा गई। हर क्षण भीड़ बढ़ती ही जाती थी। प्रायः समूचा नगर ही वहां जमा हो गया था, नंगे सिरों और स्त्रियों की ओढ़नियों का महासागर-सा दिखाई पड़ने लगा था, और बारी-बारी से ये सब गलियों की सुनील छाया से निकलकर अलैक्ज़ैण्ड्रिया के अगोरा की चकाचौंध करने वाली रौशनी में एकत्र होते जा रहे थे।

इतनी भीड़ केवल एक ही और अवसर पर देखने को मिली थी जबकि सम्राज्ञी बैरेनिस के साथियों ने प्टोल्मी आलीटीज़ को सिंहासनच्युत किया था। लेकिन इस अधर्म की अपेक्षा वे राजनीतिक क्रान्तियां भी कम ख़ौफ़नाक नज़र आती थीं। इस पाप ने तो सारे नगर के कल्याण को संकट में डाल दिया था। पुरुष लोग इन साक्षियों के निकट भिड़ते जा रहे थे। वे बार-बार घटना का पूरा विवरण सुनना चाहते थे। नई-नई अटकलें लगाई जा रही थीं। जो लोग बाद में आते थे, उन्हें स्त्रियां आइने की चोरी की बात भी बताती जा रही थीं, जो अपनी बुद्धि पर अधिक विश्वास रखते थे, उनका कहना था कि एक हाथ से ये दोनों जुर्म हुए हैं। लेकिन वह हाथ है किसका यह कोई न जान पाता था। जिन लड़कियों ने देवी के चरणों में अपनी भेंट अर्पित की थीं, वह अब अपने कपड़ों में मुंह छिपाकर सुबक रही थीं, उन्हें भय था कि कहीं इस अपराध से अप्रसन्न होकर देवी उनकी भेंट को नामंजूर न कर दे। एक पुरानी मान्यता अलैक्ज़ैण्ड्रियावासियों में यह थी कि अगर इस प्रकार के दो अपराध होते हैं तो तीसरा अपराध भी अवश्य किया जाता है। सारी भीड़ इस तीसरे अपराध की प्रतीक्षा करने लगी थी। आइने और कन्घे के बाद वह रहस्यमय चोर अब क्या लेगा, लोग यह जानने के लिए उत्सुक थे।

लोगों को, जैसे अपना दम घुटा हुआ-सा अनुभव होता था, दक्षिण से उठने वाली रेतीली हवा चलना शुरू हो गई और ऐसा प्रतीत होता था, जैसे सारी भीड़ के सीनों पर बहुत बड़ा वज़न रखा हुआ है। अज्ञात रूप से सारी भीड़ में इस तरह भय की सिहरन दौड़ गई थी, जैसे कि वह एक ही मानवी देह हो। घबराहट उत्तरोत्तर बढ़ती जा रही थी और सभी की आंखें क्षितिज पर टिकी हुई थीं।

यही क्षितिज कैनोपिक द्वार और अलैक्ज़ैण्ड्रिया के बीच पड़ता था और इसी रिक्त स्थान से होकर मन्दिर से अगोरा को रास्ता जाता था। यहीं वह ढ़लान पड़ता था, जहां एक दूसरी भयभीत भीड़ खड़ी हुई थी और आतुरता के साथ इस पहली भीड़ से मिलने के लिए बढ़ रही थी।

"देवदासियां! पवित्र देवदासियां!"

कोई भी अपने स्थान से हिला-डुला नहीं। किसी का साहस उनसे जाकर मिलने का न होता था। एक तीसरी आपत्ति से परिचित होने की आशंका उनके क़दमों को जकड़े हुए थी। वे जैसे तूफ़ान की तरह उमड़ती आ रही थीं, उनके पीछे का पथ एक भयानक सूनेपन से भर उठा था। उनकी बाहें बार-बार आकाश में उठ जाती थीं और उनकी कोहनियां एक दूसरे से टकरा रही थीं। वे एक भागती हुई सेना के समान प्रतीत होती थीं। अब वे पहचानी जा सकती थीं। उनकी पोशाक, पीठ में बंधे उनके फेंटे और उनके बाल सभी पहचाने जा सकते थे, उनके सुनहरे ज़वाहिरात सूरज की रोशनी में चमक रहे थे। वे अब बिल्कुल

नज़दीक पहुंच गई थीं, उनके मुंह से अब स्वर निकल रहा था। वातावरण में भयानक ख़ामोशी छा गई थी।

"देवी का कण्ठहार चुरा लिया गया। इनडयोमीन के सच्चे मोतियों का हार!"

मायूसी से भरी आवाज़ों ने इन घातक शब्दों का स्वागत किया। यह भीड़, सहसा एक लहर की तरह झिझक गई। उसके बाद आगे बढ़ी। वह दीवारों से टकराती, राजपथों को भरती और भयभीत स्त्रियों को घेरती हुई ड्रोम के चौक में भरती जा रही थी और असमाप्त देव-मन्दिर की ओर बढ़ती जा रही थी।

प्रतिक्रिया

और अगोरा इस तरह वीसन खड़ा था जैसे ज्वार के बाद का सागर तट। लेकिन फिर भी नितान्त शून्य नहीं था। एक स्त्री और एक पुरुष वहां अब भी बैठे रह गए थे। यही दोनों जनता की उस उद्वेलित भावना के रहस्य को जान सकते थे। क्राइसिस और डिमिट्रियोस जिन्होंने एक दूसरे के द्वारा यह स्थिति उत्पन्न की थी।

युवक द्वार के समीप एक संगमरमर के खण्ड पर बैठा हुआ था और युवती चौक के बिल्कुल दूसरे छोर पर खड़ी हुई थी। इतनी दूरी से वे एक दूसरे को पहचान नहीं सकते थे, किन्तु एक नैसर्गिक भाव से एक-दूसरे के अस्तित्व का आभास अवश्य पा गए थे। क्राइसिस गर्व और अन्ततोगत्वा वासना के वशीभूत सूरज की चिलचिलाती धूप में ही उससे मिलने के लिए भाग खड़ी हुई।

"तुमने यह सब कर ही दिया।" वह चिल्लाई, "तुमने अपने वचन पूरे कर दिए!"

"हां," युवक ने सामान्य भाव से कहा, "तुम्हारी आज्ञा का पालन हो चुका है?"

वह उसके चरणों पर गिर पड़ी और बाद में एक सुस्वादु आलिंगन में उसे कस लिया।

"मैं तुमसे प्यार करती हूं, प्यार करती हूं। आज मुझे जैसा अनुभव हो रहा है, वैसा कभी...भी नहीं हुआ। है देव! मैं आज समझ सकती हूं कि प्रेम क्या होता है। तुम देख रहे हो प्रिय, मैं तुम्हें उससे भी अधिक दे रहीं हूं जिसका मैंने तुमसे परसों वायदा किया था। मैंने आज तक किसी को भी चाहा नहीं, आज इतनी जल्दी बदल जाऊंगी सोच भी न सकती थी। मैं तुम्हें प्यार कर सकती थी, पर आज तो मैं तुम्हें अपना सर्वस्व अर्पण करती हूं। अपनी आत्मा, अपनी मासूमियत, अपने हृदय की समस्त सचाई और निष्ठा, अपनी कुंवारी आत्मा तुम्हारे चरणों पर न्योछावर करती हूं डिमिट्रियोस, विश्वास करो। आओ मेरे साथ,

हम दोनों कुछ दिन के लिए इस नगर को छोड़ दें। चलो किसी ऐसे अज्ञात देश को चलें, जहां केवल तुम होओगे और मैं। वहां हम ऐसे दिन गुज़ारेंगे–जिन्हें दुनिया ने आज तक नहीं जाना। आज तक किसी प्रेमी ने ऐसा नहीं किया जो तुमने कर दिखाया है। आज तक दुनिया में किसी औरत ने ऐसा प्रेम न किया होगा, जैसा मैं करती हूं। यह सम्भव ही नहीं है, बिल्कुल सम्भव नहीं है। मेरे मुंह से शब्द नहीं निकल पा रहे हैं, मेरा गला रुंधा-सा जा रहा है। तुम देख रहे हो प्रिय! मेरी आंखों में आंसू छलक आए हैं। अब मैं समझ पाती हूं कि आदमी क्यों रोता है... आनन्द के आधिक्य से ... लेकिन तुम उत्तर क्यों नहीं देते। तुम तो कुछ भी नहीं बोल रहे हो। मेरा चुम्बन करो।"

डिमिट्रियोस ने अपनी टांग आगे फैला दी। बहुत देर से एक ही आसन से बैठे-बैठे वह थकान अनुभव करने लगा था। तब उसने युवती को ऊपर उठाया और स्वयं उठ खड़ा हुआ। उसने अपनी पोशाक पर पड़ी हुई सलवटों को साफ़ करने के लिए उसे झाड़ा और एक आश्चर्यजनक मुस्कान के साथ कहा, "नहीं...। अलविदा?" और बड़े शान्त भाव से क़दम रखता हुआ वह चलने लगा।

क्राइसिस गुमसुम-सी खड़ी रह गई। उसका मुंह खुला रह गया और दोनों हाथ निश्चेष्ट होकर नीचे लटक गए। "क्या...क्या...क्या कहते हो तुम!"

"मैं तुम्हें अलविदा कह रहा हूं," उसने स्वर को बिना ऊंचा किए हुए ही अपनी उक्ति को फिर दोहरा दिया।

"लेकिन...तो वह सब तुम्हीं ने किया!"

"हां, मैंने। तुमसे वायदा जो किया था!"

"तो फिर अब...मैं समझ नहीं पा रही हूं।"

"तुम समझ पाओ या न समझ पाओ, मेरे लिए इससे अन्तर नहीं पड़ता। मैं इस रहस्य को तुम्हारे चिन्तन के लिए छोड़ता हूं। जो कुछ तुमने मुझसे कहा है अगर वह सत्य है तो तुम्हें चिन्तन के निष्कर्ष पर पहुंचने में विलम्ब होगा। इन भवनाओं पर तत्काल अधिकार कर लेने का यह स्वर्ण अवसर मैं तुम्हारे समक्ष उपस्थित करता हूं... अलविदा...।"

"डिमिट्रियोस...मैं क्या सुन रही हूं।...यह स्वर कहां से तुम्हारे कंठ में आ गया है। क्या ऐसे शब्द बोलने वाले सचमुच तुम ही हो। हमारे बीच में क्या हो गया है। मुझे साफ़-साफ़ बताओ, मैं तुसे विनती करती हूं। मेरा अपराध हो तो मैं दीवार से टकरा कर अपना सिर चूर-चूर कर सकती हूं...।"

"क्या यही एक बात एक-सौ बार कह कर तुम्हें बतानी होगी? हां, मैंने आइना भी प्राप्त किया, हां, मैंने पुजारिन टोनी को भी मार डाला, उसका कन्घा लेने के लिए। हां, मैंने देवी के गले से सात लड़ वाला मोतियों का हार भी चुरा लिया। ये तीनों उपहार तुम्हें देने

थे और बदले में तुम्हें केवल एक चीज़ देनी थी। एक बलिदान का इतना बहुत अधिक नहीं है। पर अब मेरी समझ में इस चीज़ का इतना मूल्य नहीं रह गया है और अब मुझे तुमसे कुछ भी नहीं मांगना है। तुम भी अपनी तरफ़ से ऐसा ही करो, और हमें एक दूसरे से विदा ले लेनी चाहिए। मुझे ताज्जुब होता है कि इतनी अधिक सरल और सीधी बात तुम्हारी समझ में अब तक नहीं आई है।"

"अपने उपहार अपने पास ही रहने दो। क्या मैं उनके लिए मर रही हूं। मैं तुम्हें चाहती हूं, केवल तुम्हें।"

"मैं जानता हूं। लेकिन एक बार और मैं स्पष्ट किए देता हूं कि अब मुझे तुम्हारी आवश्यकता नहीं है, क्योंकि किसी भी प्रकार के समझौते के लिए दोनों प्रेमियों की सहमति की आवश्यकता होती है और अगर मैं अपने विचारों में कोई परिवर्तन नहीं करता तो हमारा मिलन संकटापन्न हो जाएगा। जितनी भी वाक्शक्ति मुझमें है, उस सब का प्रयोग करते हुए मैं तुम्हें यही समझाने की कोशिश कर रहा हूं। मैं सोचता हूं कि इतना कहना बात को स्पष्ट करने के लिए काफ़ी है और इससे अधिक स्पष्ट करना मेरी शक्ति के बाहर है। मैं तुमसे प्रार्थना करता हूं कि इसे गरिमा के साथ स्वीकार करो। यह बात तुम्हें इसलिए कठिन और उलझी हुई नज़र आती है, क्योंकि तुम ऐसा होना सम्भव नहीं मानती हो। मेरी हार्दिक इच्छा यह है कि हम अब इस निरर्थक भेंट को यहीं समाप्त कर दें। क्योंकि हो सकता है उससे मेरी असहमति अधिक अप्रियकर हो जाए।"

"लोगों ने तुमसे मेरे बारे में ज़रूर कुछ कहा है?"

"नहीं।"

"ओह, मैं देवताओं को साक्षी करके कह सकती हूं, लोगों ने मेरे बारे में तुमसे ज़रूर कुछ न कुछ कहा है। उन्होंने मेरी निन्दा की है। मेरे बहुत भयानक शत्रु हैं, डिमिट्रियोस। तुम उनकी बातों पर मत जाओ। मैं देवताओं की सौगन्ध खाकर तुमसे कहती हूं, ये स्त्रियां झूठ बोलती हैं।"

"मैं उन्हें जानता तक नहीं।"

"मेरा यक़ीन करो, मेरा यक़ीन करो, परम प्रिय। मैं तुम्हारे साथ विश्वासघात क्यों करूंगी, जब कि मुझे तुम्हारे सिवा तुमसे और कुछ नहीं चाहिए। मेरे जीवन में तुम पहले पुरुष हो जिसको मैंने इन शब्दों से सम्बोधित किया है।"

डिमिट्रियोस ने उसकी आंखों में अपनी दृष्टि डालते हुए कहा, "अब वक़्त निकल चुका है। मैं तुम्हें प्राप्त कर चुका हूं।"

"यह क्या अनर्गल प्रलाप है...ऐसा कब हुआ, कहां, किस तरह?"

"मैं सच बोल रहा हूं। मैंने तुम्हारे बावजूद तुम्हें प्राप्त कर लिया है। मैंने जिस सुख

की कल्पना की थी, वह सुख तुम मुझे दे चुकी हो, तुम उससे अनजान हो, मानता हूं। पिछली रात स्वप्न में तुम भुझे अपने साथ एक अज्ञात प्रदेश में ले गई थी। तुम्हारा सौन्दर्य अप्रतिम था... आह! तुम कितनी सुन्दर लग रही थी, क्राइसिस। मैं उस देश से लौट चुका हूं, अब कोई मानवी सत्ता मुझे उस प्रदेश में नहीं ले जा सकती। आदमी को ऐसा सुख जीवन में दोबारा नसीब नहीं हो सकता। मैं इतना उन्मादी नहीं कि उस मीठी स्मृति को इस तरह भ्रष्ट हो जाने दूं। तुम कहना चाहोगी इस सुख के लिए मैं तुम्हारा कृतज्ञ हूं। लेकिन मैंने तुम्हारी छाया को ही प्रेम किया है, इसलिए मैं तुम्हारे यथार्थ अस्तित्व के प्रति कृतज्ञता ज्ञापन के कर्तव्य से अपने को मुक्त मानता हूं।"

क्राइसिस ने अपने कानों पर हाथ रख लिए। "यह सब घृणास्पद राक्षसी कृत्य है। और तुम ऐसा कहने का साहस भी कर सकते हो। और बस उतने से सन्तुष्ट भी हो।"

"अब तुम मेरी बात समझने की बुद्धिमत्ता करो। मैंने तुमसे कहा कि मैंने स्वप्न में ही वह सुख प्राप्त किया है। क्या तुम्हें विश्वास हैकि मैं सोया हुआ था। मैंने तुमसे कहा था कि उन क्षणों में मैंने अपार सुख का अनुभव किया था, क्या तुम समझती हो कि भावना के रूखे, लौकिक स्वरूप में ही सुख की अनुभूति प्राप्त होना सम्भव है। तुमने मुझसे कहा है कि इस लौकिक सुख की वासना को उत्तेजित करने की तुममें महान् क्षमता है लेकिन यह सत्य है कि इस तृप्ति को तुम कोई नया रूप प्रदान नहीं कर सकती है। सभी स्त्रियां जो समर्पण करती है, एक-सा ही सुख प्रदान करती हैं। इस प्रकार का व्यवहार करके तुम अपने महत्त्व को स्वयं ही समाप्त कर रही हो। मेरा ख़्याल है कि तुम्हारे एक-एक पद निक्षेप से कितने महान् आनन्दों की सृष्टि होती है, इस तथ्य से तुम स्वयं भी अवगत नहीं हो। अलग-अलग प्रेयसियों में अगर कोई विभिन्नता है तो केवल इतनी कि किसी एक अवसर के लिए सन्नद्ध होने और उसे सम्पन्न करने के उनके तरीक़ों में उनकी निजता होती है और यह इतना बड़ा यथार्थ है कि उसके होते आदमी को किसी सम्पूर्ण रूप-गुण की खान प्रेयसी की तलाश करने का कष्ट अपने को नहीं देना चाहिए। इस अभिसार में तुम समस्त स्त्रियों में सर्वोपरि हो, कम से कम इतनी कल्पना करने का सुख मैंने अवश्य प्राप्त किया है और शायद तुम इस बात से सहमत होओ कि देवी अफ्रोडायटी की कल्पना करने के बाद तुम्हारे स्वरूप की मूर्त कल्पना करने में मुझे कोई कठिनाई नहीं हो सकती। मैं तुम्हें यह न बताऊंगा कि यह स्वप्न मुझे रात्रि में आया था अथवा वह जाग्रत मनुष्य का दिवा-स्वप्न था। मेरे लिए यही काफ़ी है कि चाहे मैंने स्वप्न में देखा या कल्पना में परन्तु मैंने तुम्हारा अभिराम रूप एक वैभवयुक्त स्थिति में देखा है। यह भ्रान्ति भी हो सकती है परन्तु मैं तुमसे चाहूंगा" क्राइसिस कि तुम मेरी भ्रान्ति को मुझसे दूर न करो।"

"और मेरा, इस समस्त घटना चक्र में, मेरा...तुम क्या बनाए दे रहे हो। मेरा जो तुम्हारे

मुंह से इन भयानक बातों को सुनकर भी तुम्हें प्यार करती है। क्या मैं तुम्हारे इस स्वप्न के अस्तित्व के प्रति सचेत रही हूं। जिस सुख और आनन्द की चर्चा तुम कर रहे हो, क्या उस सुख और आनन्द की सहभागी मैं बन सकी हूं, उस सुख की जो तुमने मुझसे छीन लिया है या चुरा लिया है। इस विचार से ही मेरा मस्तिष्क विकृत हुआ जाता है, मैं पागल हुई जा रही हूं।"

अब डिमिट्रियोस ने उपहास के स्वर में बातें करना बन्द कर दिया और वह हलके कांपते हुए स्वर में कहने लगा 'क्या तुमने मेरी पीड़ा का ख़्याल किया था जब मेरे भावावेश के क्षणों में तुमने मुझसे तीन वचन मांग लिए थे, जिनकी पूर्ति करने में मेरा समस्त अस्तित्व ही संकट में पड़ सकता था और कम से कम एक तिहरी शर्म से जीवन भर मेरा सिर नीचे झुका रहेगा।"

"अगर मैंने वैसा किया, तो केवल तुम्हें अपने प्रति आकर्षिक करने के लिए। अगर मैं तुम्हारे समक्ष समर्पण कर देती तो तुम्हें कभी न पा सकती।"

"बहुत अच्छा है। तुम्हारी आकांक्षा पूरी हुई। तुमने मुझे पा लिया है, बहुत अधिक समय के लिए न सही, तथापि तुमने मुझे अपना ग़ुलाम बना सकने का गौरव प्राप्त कर लिया है। अब आज मुझे मुक्ति प्राप्त कर सकने का अधिकार भी ले लेने दो।"

"ग़ुलाम तो मैं हूं डिमिट्रियोस।"

"हां, तुम या मैं, हम में जो भी एक दूसरे को प्यार करता है। ग़ुलामी ! ग़ुलामी ! वासना का यही यथार्थ नाम है। तुम सभी का केवल एक स्वप्न होता है, तुम सभी के मस्तिष्क में केवल एक ही विचार होता है कि अपनी दुर्बलता से तुम इन्सान की शक्ति को तोड़ दो और अपनी तुच्छता द्वारा तुम उसकी बुद्धिमता पर शासन कर सको। जिस दिन से तुम होश सम्भालती हो, प्यार करना या प्यार किया जाना, तुम्हारा उद्देश्य नहीं होता, तुम्हारा उद्देश्य होता है आदमी को अपने टखनों से बांध देना, उसे मार्यादा-हीन करना, उसका सिर झुका देना और उसके सिर पर अपने जूते रखना। तब तुम अपनी महत्त्वाकांक्षा के अनुसार हमसे हमारी तलवार, छेनी या कम्पास, जिसके कारण हम तुमसे श्रेष्ठ हैं, झटक सकती हो, हमें पुंसत्वहीन बना सकती हो और यह सब करने के बाद हेराकिल्स (हरकुलिस) जैसे योद्धा की नाक पकड़कर उससे भी जुलाहे का काम करा सकती हो। लेकिन जब तुम उसका मस्तक या चरित्र अपने सामने झुकता हुआ नहीं देखती, तो जो हाथ तुम पर प्रहार करता है, जो घुटना तुम्हारी गर्दन पर सवार होता है और जो मुंह तुम्हारा अपमान करता है, तुम उसी की आराधना करती हो। जिस आदमी ने तुम्हारे नंगे पैरों का चुम्बन करने से इन्कार कर दिया है, वही तुम्हारी आकांक्षा का पात्र बनता है। तुम्हारे घर छोड़ने पर जिस आदमी की आंखों से आंसू नहीं निकलते वह तुम्हें बाल पकड़ कर घसीट सकता है; हमारा प्रेम आंसुओं में पुनर्जीवन प्राप्त करता है। केवल एक चीज़ ऐसी है जो ग़ुलाम बनाने की अपेक्षा

तुम्हें सन्तोष प्रदान करती है, प्रेम-प्रमत्त स्त्रियों! और वह है आदमी का तुम्हारे समक्ष बिना शर्त समर्पण कर देना।"

"ओह, तुम चाहो तो मुझे दण्ड दो, लेकिन मुझे प्यार करो।" और उसने इतने आकस्मिक तौर पर उसका आलिंगन किया कि वह अपने होठों को भी हटा न सका। तथापि उसने तुरन्त अपने को उसके आलिंगन से मुक्त कर लिया।

"मैं तुमसे घृणा करता हूं, अलविदा।"

लेकिन क्राइसिस उसके समीपतर होती गई, "झूठ मत बोलो। तुम मेरी आराधना करते हो; तुम्हारी आत्मा में मैं भरी हुई हूं। तुम लज्जित हो कि तुमने समर्पण क्यों कर दिया है। सुनो, परम प्रिय! अगर अपने अभिमान को सन्तुष्ट करने के लिए जो कुछ मैंने तुमसे कराया है, यदि तुम मुझसे भी कुछ कराना चाहते हो तो मैं उससे भी अधिक तुम्हारे लिए करने को तैयार हूं। मुझे अपने लिए कुछ कुर्बानी करने दो प्रिय! अपने मिलन के उपरान्त मैं जीवन-पर्यन्त तुमसे किसी चीज़ की शिकायत नहीं करूगी।"

डिमिट्रियोस ठीक उसी उत्सुकता से उसकी तरफ़ देखने लगा जिस प्रकार तीन रात्रि पूर्व जेट्टी पर उसकी ओर उसने देखा था। उसने कहा, "तुम क्या शपथ लेती हो।"

"मैं अफ़्रोडाइटी की शपथ लेती हूं।"

"अफ़्रोडाइटी में तुम्हारा विश्वास नहीं है, यावेह शबथ की शपथ लो।" गैलीलीयन का रंग पीला पड़ गया। "यावेह की शपथ नहीं ली जाती।"

"तुम इन्कार करती हो।"

"यह तो बहुत भयानक शपथ है।"

"यही शपथ मैं स्वीकार करूंगा।"

वह कुछ समय तक झिझकी, लेकिन बहुत क्षीण स्वर में उसने स्वीकार किया, "मैं यावेह की शपथ ग्रहण करती हूं। तुम मुझसे क्या मांगते हो डिमिट्रियोस।"

युवक एक क्षण को मौन रह गया।

"बोलो, परम प्रिय," क्राइसिस ने कहा,"जल्दी बताओ मुझे भय लग रहा है।"

"ओह, लेकिन कुछ भी तो नहीं है।"

"लेकिन फिर भी क्या मांगते हो।"

"मैं तुमसे उन तीन उपहारों के बदले में कुछ भी नहीं मांगता हूं। तुमने जो उपहार मांगे थे, वे दुर्लभ थे। मैं तो सरल-सुगम उपहार भी नहीं मांगता हूं। ऐसा शिष्टाचार नहीं है। कम से कम मैं तुमसे उपहार स्वीकार करने की मांग तो कर सकता हूं, क्या नहीं।"

"निश्चय ही," क्राइसिस ने प्रफुल्लता के साथ कहा।

"वह आइना, वह कन्धा और वह कण्ठहार जिन्हें तुमने अपने लिए मांगा था, क्या तुम उन्हें

धारण करना चाहती थीं, नहीं न। चोरी किया हुआ आइना, मृतक से प्राप्त किया हुआ कन्घा और देवी के कण्ठ से प्राप्त किया हुआ हार–ये ऐसी चीज़ें हैं, जिन्हें धारण नहीं किया जा सकता।"

"कितना उत्तम विचार है।"

"नहीं, मेरे विचार में इन्सान ऐसा नहीं कर सकता। तब इसका अर्थ यही हुआ कि तुमने बेरहमी के साथ ये उपहार इसलिए मांगे थे कि मैं वह तीन जुर्म करूं जिनके कारण आज सारा शहर अभिभूत हो उठा है। तुम इन उपहारों को धारण करोगी।"

"इन उपहारों को प्राप्त करने के लिए तुम्हें उस उद्यान में जाना होगा, जहां स्टीजियन हर्मीज़ का बुत खड़ा है। यह स्थान हमेशा ही निर्जन रहता है और तुम्हें उन्हें प्राप्त करने में कोई विघ्न नहीं होगा। उस देवता के बाएं पैर की एड़ी को सरकाना होगा। वहां का पत्थर टूटा हुआ है। वहां तुम्हें बच्चीज़ का आइना मिलेगा, उस आइने को तुम हाथ में लोगी, वहां तुम्हें निटोक्रिस का कन्घा भी मिलेगा उसे तुम अपने केशों में धारण करोगी और वहां तुम्हें देवी अफ्रोडाइटी का सतलड़ा हार भी मिलेगा, इस हार को तुम अपने गले में धारण करोगी। इस प्रकार शृंगार करके तुम्हें शहर में से गुज़रना होगा, सुन्दरी क्राइसिस। भीड़ तुम्हें साम्राज्ञी के सैनिकों के सुपुर्द कर देगी, लेकिन तुम्हें अपना अभीप्सित प्राप्त हो जाएगा और मैं सूरज निकलने से पहले ही कारावास में तुमसे मिलने आऊंगा।"

हर्मानुबिस का उद्यान

क्राइसिस के मन में पहला विचार यही आया कि वह उस शपथ को नहीं निभाएगी। उस शपथ को पूरा करने के लिए वह इतनी मूर्ख कैसे हो सकती है। दूसरा विचार उसके मन में आया कि वह जाए और देखे तो सही! उत्तरोत्तर बढ़ती हुई उत्सुकता उसे बाधित कर रही थी कि वह उस रहस्यपूर्ण स्थान में जाए और देखे जहां डिमिट्रियोस ने अपराधजनित तीन उपहारों को छिपाया है। वह चाहती थी कि उन्हें प्राप्त करे, अपने हाथ से उन्हें स्पर्श करे, सूरज की रोशनी में उन्हें चमकता हुआ देखे और एक क्षण के लिए उन पर स्वामित्व का गर्व प्राप्त करे। उसका विचार था कि अपनी आकांक्षित वस्तुओं को जब तक वह अपनी आंखों न देख लेगी, तब तक उसकी विजय पूरी तरह सम्पन्न नहीं होगी।

जहां तक डिमिट्रियोस का सम्बन्ध है, उसका ख़्याल था कि उसे वह किसी भी बाह्य उपकरण की सहायता से प्राप्त कर लेगी। यह कैसे हो सकता है कि उसने उसे हमेशा के लिए अपने अन्तर से निकाल दिया हो। उसके विचार से डिमिट्रियोस के हृदय में ऐसा

भावावेश न था जो बिना प्रतिदान प्राप्त किए ही समाप्त हो सकता है। जो स्त्रियां बहुत अधिक प्रेम की पात्र बन चुकी होती हैं, आदमी की स्मृति में उनका स्थान अक्षुण्ण हो जाता है और पहली प्रेमिकाओं से भेंट होने पर, वह चाहे जितनी घृणा और उदासीनता की पात्र रह चुकी हों, हृदय में एक ऐसा आन्दोलन हो जाता है कि प्रेम की स्थिति यथावत् उद्भूत हो उठती है। क्राइसिस यह जानती थी। अपने प्रेमास्पद इस प्रथम पुरुष को प्राप्त करने के लिए उसके हृदय में चाहे जितनी बलवती आकांक्षा क्यों न रही हो लेकिन अपने जीवन के मूल्य पर वह उसे प्राप्त करने का पागलपन कभी नहीं कर सकती। ज़बकि अपने अनेक दूसरे उपायों से वह उसे अपनी ओर सुगमता के साथ आकर्षित कर सकती है। तथापि उसने कितना उदात्त अन्त उसके लिए चुना है।

असंख्य भीड़ के मध्य उस आइने को धारण करना जिसमें सेफ़ो अपना मुख देख चुकी है, कन्घा जिसने निटोक्रिस के स्वर्ण-केशों को संवारा था और देवी का एनडियोमीन के मोतियों से बना कंठहार...और उसके पुरस्कार-स्वरूप डिमिट्रियोस को शाम से लेकर सुबह तक अपने पास रखना यह देखने के लिए कि गहनतम प्रेम की अनुभूति एक नारी के हृदय में किस प्रकार होती है...और मध्याह्न तक बिना प्रयास के मृत्यु का आलंगिन... यह कितना अनुपमेय सौभाग्य है।

उसने अपने नेत्र बंद कर लिए...

वह उतरकर सड़क पर पहुंच गई। यह सड़क रिहाकोटिस से होती हुई सीधी महान् सेरापियन तक जाती थी। इस स्थान पर यूनानियों की बहुतायत होने के कारण यह सड़क भ्रष्ट हो गई थी। दोनों जातियां इस स्थल पर एक-दूसरे से मिल गई थीं, हालांकि पारस्परिक घृणा के भाव अभी भी उनमें विद्यमान थे। मिस्री लोगों की नील-वर्ण पोशाक के मुकाबले में यूनानियों की सफ़ेद रंग क़ी पोशाकें उनके अस्तित्व के अन्तर को भली भांति प्रकट कर देती थीं। क्राइसिस तेज़ी के साथ नीचे उतर आई। रास्ते में अनेक लोग उन्हीं अपराधो की चर्चा कर रहे थे जो कि उसके लिए किए गए थे, उसने उस चर्चा की ओर ध्यान नहीं दिया।

इस विशाल भवन के सामने बने ज़ीने से उतरकर वह दाहिनी ओर मुड़ गई, फिर एक अंधेरी गली में मुड़ गई, उसके बाद फिर दूसरी गली में चली गई जहां मकानों की छतें प्रायः एक-दूसरे से मिली हुई प्रतीत होती थीं। यहीं पर एक कोने में धूप के अन्दर दो लड़कियां एक चश्में से खेल रहीं थी। क्राइससि यहां आकर रुक गई।

हर्मिस-अनुबिस का उद्यान एक ऐसा श्मशान था, जहां लोगों ने मृतकों को दफ़न करना छोड़ दिया था। यह एक ऐसा विस्मृत स्थान था जहां लोग आते भयभीत होते थे और उससे दूर होकर ही निकलते थे। उन खण्डहर जैसी क़ब्रों के मध्य से होती हुई क्राइसिस आगे बढ़ी। वह सांस रोके आगे बढ़ रही थी और अपने क़दमों के नीचे खड़कते हुए हर पत्थर

को देखकर भयभीत हो उठती थी। हवा में रेत के कण उड़ रहे थे और उसकी लहराती हुई केशावली एक झटके के साथ उसकी कनपटियों पर आ जाती थी और उसके वस्त्र रास्ते में उगी हुई कंटीली झाड़ियों में उलझ कर रह जाते थे।

उसने कई क़ब्रों के बीच बनी उस मूर्ति को आख़िर पर ही लिया वह स्थाने चारों तरफ़ से क़ब्रों से घिरा हुआ था और त्रिकोणाकार प्रतीत होता था। वह स्थान किसी लौकिक रहस्य को छिपाकर रखने के लिए अत्यन्त उपयुक्त था।

क्राइसिस अत्यन्त सावधानी के साथ इस संकरे और पथरीले रास्ते में से गुज़र गई। मूर्ति को देखकर एक बार तो वह पीली पड़ गई।

इस शृंगाल स्वरूप देवता का दाहिना पैर आगे बढ़ा हुआ था, उसकी पगड़ी गिरती-सी प्रतीत होती थी और उसमें दो सूराख़ बने हुए थे, जहां से उसके हाथ निकले हुए थे। उसकी सख़्त देह के ऊपर सिर कुछ झुका हुआ था और उसकी मुद्रा उसके हाथों के संकेत के अनुरूप भावनाओं से भरी थी। कुल मिलाकर वह लाश सुरक्षित रखने वाले की तरह मालूम पड़ता था। बायां पैर उखड़ा हुआ था।

भयभीत मुद्रा में चारों तरफ़ देखकर क्राइसिस ने यह जान लिया कि उस निर्जन स्थान में वह सर्वथा एकांकी है। एक हलकी-सी आहट से उसके शरीर में कंपकंपी दौड़ गई। किन्तु वह आहट एक गिरगिट के चलने से पैदा हुई थी जो कि तत्काल संगमरमर की एक दरार में ग़ायब हो गया था। तब आख़िरकार मूर्ति के टूटे हुए पैर पर उसने हाथ लगाने का साहस किया। पत्थर वह आसानी से ऊपर न उठा सकी। क्योंकि इस पैर के साथ एक खोखला स्तम्भ भी जो कि जड़ से मिला हुआ था, ऊपर उठ आया। तब आख़िरकार उस पत्थर के नीचे उसने मोतियों से निकलने वाली चकाचौंध को देखा।

उसने पूरा कंठहार बाहर निकाल लिया। वह कितना वज़नी था। उसने यह कभी न सोचा था कि बिना जड़ावट के भी मोती इतने वज़नी मालूम पड़ सकते हैं। मोती बिल्कुल गोल थे और चन्द्रमा की तरह बिल्कुल चमचम कर रहे थे। सातों लड़े एक के बाद एक ऐसी प्रतीत होती थीं जैसे तारों के प्रकाश से निखरी हुई सागर की सात लहरें।

उसने कंठहार अपने गले में धारण किया। एक हाथ से उसमें हार की लड़ें व्यवस्थित कीं ताकि उनकी शीतलता को अपनी त्वचा पर अनुभव कर सके। उसने छः लड़ों को अपने गले में लटका लिया और सातवीं लड़ को अपनी छाती के निकट रिक्त भाग मे खोंस लिया।

इसके बाद उसने हाथी दांत का कंघा उठाया। एक क्षण मुग्ध भाव से उसे देखती रही और एक मुकुट के समान बने हुए शीर्ष से निकलने वाली उसकी शुभ्र अंगुलिकाओं पर हाथ फेरती रही और अपने मन-चीते ढंग से उसे अपने केशों में धारण करने के पूर्व कई बार उसने अपने केशजाल में खोंसा। उसने चांदी का आइना निकाला और इस आइने में

उसने अपना विजयश्री मण्डित मुखमण्डल देखा और गर्व के साथ कंठ में लटकता हुआ देवी का वह हार भी देखा।

और अपने अंगरखे से अपने कानों तक का जिस्म ढककर वह इस श्मशान से बाहर निकल आई। उसने वह भयानक मोती अब भी उतारे नहीं थे।

लाल दीवारें

जिस समय देवी की मूर्ति के अपवित्र किये जाने का समाचार जनता ने धर्माधिकारियों के मुंह से भी सुन लिया तो भीड़ अब उद्यान से होकर बाहर जाने लगी। काले देवदार-वृक्षों वाले पथों पर सहस्रों की संख्या में देवदासियां भरने लगीं। कुछ ने अपने सिर पर भभूति छिड़क ली थी, कुछ ने अपने सिर धूलि से भर लिए थे, कुछ अपने बाल नोंचकर और कुछ छातियां पीटकर विपत्ति के घटित होने की आशंका प्रकट कर रही थीं। अनेक देवदासियां अपनी बाहों में मुंह छिपाए सिसक रही थीं। भीड़ धीरे-धीरे ख़ामोशी के साथ नगर में प्रविष्ट होती हुई, ड्रोम और उसके बाद बंदरगाह की ओर बढ़ रही थी। इस सार्वजनिक दुःख से सड़कों पर विषाद का गहरा वातावरण छा गया था। भयभीत दुकानदारों ने अपनी दूकानों पर सजे भांति-भांति के सामान को समेट कर रखना शुरू कर दिया था और सुरक्षा के लिए नोकदार लकड़ी के बाड़ खड़े कर दिये थे।

बंदरगाह के जीवन में सहसा विराम उपस्थित हो गया। नौसैनिक पत्थर के चबूतरों पर बैठ गए और वे जंघाओं पर कोहनियां टिकाए हाथों में मुंह को थामे लोक-जीवन के उस आश्चर्य को देख रहे थे। जो जहाज़ यात्रा के लिए तैयार हो चुके थे उनकी लम्बी पतवारें संभाल ली गई थीं और विशाल स्तंभों पर बादबान फहराने लगे थे। वे जहाज़ जो लंगर डालने के स्थानों में प्रवेश करना चाहते थे, सामुन्द्रिक-पथ-निर्देशक के सिगनल की प्रतीक्षा कर रहे थे और इन जहाज़ों के कुछ यात्री जिनके रिश्तेदार साम्राज्ञी के भवन में काम करते थे, किसी रक्त-क्रांति की आशंका से अपने रिश्तेदारों की मंगल-कामना के लिए नीचे की दुनिया में जाकर बलि करने लगे थे।

फारोस के द्वीप और चौपाटी के निकट रोडिस ने इतनी बड़ी भीड़ में भी क्राइसिस को पहचान लिया।

"ओह, क्राइसिस! मेरी रक्षा करो। मुझे भय लग रहा है। मिर्टो मेरे साथ है, लेकिन भीड़ कितनी विशाल है...मुझे डर है कि हम बिछुड़ न जाएं। हमारे हाथ पकड़ लो।"

"तुम्हें मालूम है," मिर्टोक्लिया ने कहा, "तुम्हें मालूम है क्या हो गया है। क्या वे अपराधी का पता लगा चुके हैं? क्या उसे यातनाएं दी जा रही हैं? कहते हैं कि हिरोस्ट्रेटोज़ के समय से अब तक कभी ऐसा नहीं देखा गया। ओलम्पियन देवताओं की कृपा हमारे ऊपर से उठ गई है। अब हमारा क्या होगा?"

क्राइसिस ने उत्तर नहीं दिया।

"हमने तो बत्तखें भेंट की हैं," तरुण बांसुरी बजाने वाली ने कहा, "क्या देवी इस भेंट को स्मरण रखेगी। देवी तो निश्चय ही रुष्ट हो गई प्रतीत होती है। और तुम, और तुम मेरी क्राइसी? तुम तो आज के दिन बहुत सुखी या बहुत शक्तिशाली होने वाली थी?...।"

"सब कुछ हो चुका है!" देवदासी ने कहा।

"तुम क्या कह रही हो!"

क्राइसिस दो क़दम पीछे हट गई और उसने अपना दायां हाथ मुहं की ओर बढ़ाया।

"देखो प्रिय रोडिस और तुम भी मिर्टोक्लिया। आज तुम वह देखोगी जो आज तक देवी के अवतरण के बाद इस पृथ्वी पर कभी घटित नहीं हुआ। और इस दुनिया के अन्तकाल तक ऐसा फिर कभी घटित नहीं होगा।"

दोनों मित्र आश्चर्य से हक्की-बक्की रह गईं। उनका ख़्याल था कि क्राइसिस पागल हो गई है। लेकिन अपने स्वप्न में खोई क्राइसिस दैत्याकार फारोज़ की ओर बढ़ गई। उसने पीतल के दरवाज़े खोल डाले और सावधनी के साथ यह देखते हुए कि कोई उधर नहीं देख रहा है उसने दरवाज़े अन्दर से बन्द कर लिए।

कुछ क्षण उसी प्रकार व्यतीत हो गए।

भीड़ का स्वर अब भी उसी प्रकार सुना जा सकता था। सागर की लहरों की थर्राहट से यह स्वर एकाकार हो रहा था।

सहसा भीड़ के सहस्त्रों कंठों से एक स्वर गूंज उठा–

"अफ्रोडाइटी!!

–अफ्रोडाइटी!!!"

यह स्वर चीख़ के रूप में फूट पड़ा। आनन्द के वेग से उन्मत्त भीड़ फ़ारोज़ की दीवार के नीचे नाच उठी।

जो भीड़ चौपाटी पर इकट्ठी हो रही थी वह द्वीप में भरने लगी। लोग उस दृश्य को देखने के लिए चट्टानों पर चढ़ गए, मकानों की छतों पर, सिगनल देने वाले मस्तूलों पर और क़िलेबन्दी की हुई मीनारों पर चढ़ गए। द्वीप भर गया, और खचाखच भर गया और भीड़ नदी की बाढ़ लाने वाली लहरों के समान सटी हुई आगे बढ़ती गई और ऊंची चट्टान से लेकर सागर की तह पर टकराने वाली लहरों तक यह मानव-समूह ठटाठट भर गया।

इस मानवीय सैलाब का कोई अन्त नहीं था। प्टोलीज़ के राजमहल से नहर की दीवार तक, शाही द्वार, महान् द्वार और यूनोस्टीज़ सभी ओर से आने वाली सड़कें निरन्तर इस स्थल की ओर आने वाली भीड़ से भरती जाती थीं और इस भंवरयुक्त मानव-सागर के ऊपर मानवों के मुखों और बाहों रूपी फेनों पर तैरती हुई सम्राज्ञी बैरेनिस की पीले पर्दों वाली पालकी किसी संकटग्रस्त पक्षी की तरह इधर-उधर टकरा रही थी। क्षण-क्षण में बढ़ती हुई भीड़ के मुख से निकलता हुआ स्वर दुर्धर्ष होता जा रहा था।

उस लाल इमारत की प्रथम बुर्ज़ी पर पश्चिमी द्वार से होकर क्राइसिस आकर खड़ी हो गई थी। वह देवी की तरह नग्न थी। वह अपने हाथों में अपने अवगुण्ठन का एक-एक सिरा थामे हुई थी। यह अवगुण्ठन सन्ध्याकालीन आकाश में वायु के झोंको से लहराने लगा था। उसके दाहिने हाथ में आइना था जिसमें सूर्य प्रतिबिम्बित हो रहा था।

मन्थर गति से, नत-मस्तक अत्यन्त गरिमा और वैभव के साथ वह बाहर घुमाव पर, जो कि ऊंची लाल रंग की मीनार के ऊपर तक गोलाई के साथ चढ़ता चला गया था, चढ़ती जा रही थी। उसका अवगुण्ठन लौ की तरह लहक रहा था। सन्ध्या की लालिमा में गले में सतलड़ा हार किसी रक्तवर्ण सरिता के समान प्रतीत हो रहा था। वह ऊपर चढ़ रही थी और चकाचौंध पैदा करने वाली उसकी त्वचा, मांस, रक्त अग्नि, नील लोहित, मख़मली लाल और गुलाबी वर्णों में दमकती जाती थी। अब वह महान् लाल दीवारों से ऊपर आकाश की ओर बढ़ रही थी।

महान् रात्रि

"तुम देवताओं की प्यारी हो, बेटी," वृद्ध जेलर ने कहा "और अगर मेरे जैसा ग़रीब ग़ुलाम तुम्हारे इन अपराधों का सौ में एक हिस्सा भी करता तो मेरे पैर लकड़ी के घोड़े में बांध दिए जाते, मार-मार कर मेरे परखचे उड़ा दिए जाते और नचन्नियों से मेरी खाल नोच ली जाती। वह मेरे नथनों में कड़वा तेल डालते और मेरे ऊपर ईंटें चिनवा देते और अगर दर्द से मेरा दम निकल जाता तो मेरी लाश गीदड़ों के सामने फिकवा दी जाती। लेकिन तुम्हारे लिए, जिसने सब कुछ चुरा लिया है, सब कुछ की हत्या कर दी है। और सब कुछ अपवित्र कर दिया है, उन्होंने केवल ज़हर का प्याला पीने का ही दण्ड चुना है और इस अवधि को पूरा करने के लिए एक सुन्दर कक्ष भी विश्राम के लिए प्रदान किया है। ज़्योस मेरा बुरा करे अगर मैं इस मर्म को जानता होऊं, शायद राजभवन में किसी से तुम्हारा परिचय होगा। ऐसा मेरा ख़्याल होता है।"

"मुझे कुछ अंजीर दो", क्राइसिस ने कहा, "मेरा मुंह सूख रहा है।"

बूढ़ा ग़ुलाम एक हरी डलिया में लगभग 12 अंजीर डाल कर ले आया। अंजीर बिलकुल ताज़े और पके हुए थे।

पहले वह भूमि पर बैठ गई फिर तत्काल उठे खड़ी हुई। उसने कमरे का एक चक्कर लगाया। वह अपनी हथेलियों से दीवार को थपकती जाती थी। उसे मालूम न था कि वह ऐसा क्यों कर रही है। कुछ ताज़गी हासिल करने के लिए उसने अपने केश खोल दिए और फिर तत्काल उनमें गांठ भी लगा ली।

उसे सफ़ेद ऊन का एक चोग़ा पहनने को दिया गया था। यह कपड़ा गर्म था। क्राइसिस पसीने में नहा गई थी। बाहें फैला कर और जम्हाई लेकर वह अपने को स्वस्थ रखने की कोशिश कर रही थी। आख़िरकार वह खिड़की में कोहनी टिका कर खड़ी हो गई।

बाहर आकाश इतना स्वच्छ था और चांद इतना निखर रहा था कि एक भी तारा कहीं दिखाई नहीं देता था। आज से सात वर्ष पूर्व एक ऐसी ही रात थी जब क्राइसिस ले जेनासेरिट की भूमि से विदा ली थी।

उसे याद आ रहा था...वे हाथी दांत के व्यापारी थे। अपने लम्बी पूछों वाले घोड़ों को उन्होंने अनेक रंगो वाली कलग़ियों से सजाया हुआ था। जब उसे मिले थे तो वह एक गोल कुएं के ऊपर बैठी हुई थी और उसके सामने नील सरोवर, पारदर्शी आकाश फैला हुआ था। गैलोली देश की सुपरिचित हलकी हवा बह रही थी। घर के चारों ओर सन और झाऊ के पौदे उगे हुए थे। घास में फुदकते हुए कीड़े-मकोड़ों को पकड़ने की कोशिश करते ही कंटीली झाड़ियों के कांटे हाथ में चुभ जाते थे और हवा के झोकों से लहराती हुई घास को देखकर हवा के रंग के आभासित होने का संदेह होता था...।

स्वच्छ जल से भरे हुए चश्मों में छोटी-छोटी बालिकाएं स्नान करती होतीं, वहां पुष्पित झाड़ियों की जड़ों में घेंघे उन्हें पा जाते। पानी की सतह पर फूल खिले होते थे। और पर्वत-श्रृंखला तरुण उरोजों के समान उन्नत दिखाई देती थी।

क्राइसिस के चेहरे पर मुस्कान की हल्की-सी रेखा दौड़ गई।

उसने आंखें बन्द कर लीं। सहसा वह मुस्कान भी उसके चेहरे से ग़ायब हो गई। मृत्यु के विचारों ने उसे अभिभूति कर लिया था और उसे यह आश्चर्य होने लगा कि जब तक उसका अन्त नहीं हो जाता, क्या वह सोचना बिल्कुल बन्द कर सकेगी?

"आह!" उसने अपने आप से कहा, "मैंने किया क्या है! मैं उस आदमी से मिली ही क्यों? उसने मेरी बातें मान ही क्यों लीं? और मैंने अपने आपको क्यों फंसा लिया। फिर भी जो कुछ हुआ, उसका मुझे लेशमात्र भी खेद नहीं। प्रेम न कर पाना और जो न सकना,

भगवान ने केवल यही दो वरदान मुझे दिए हैं। लेकिन मैंने ऐसा क्या किया है जिसका मुझे यह दण्ड मिल रहा है?

उसकी स्मृति में पवित्र काव्य के कुछ अंश उभरने लगे जो बचपन में उसे सुनाए गए थे। सात वर्ष तक उसने उनको ख़्याल भी नहीं किया था। लेकिन आज वे पंक्तियां उसके मानस में उभर कर आ रही थीं और उसकी अपनी पीड़ा के साथ एक विचित्र सादृश्य उपस्थित कर रही थीं:

वह बुदबदाने लगी : लिखा है :

"मुझे तेरी याद है, तेरे यौवन की दयालुताएं,
तेरी प्रणय विह्वल प्रीति,
जबकि तू मेरे पीछे जंगलों में भटकती फिरती थीं;
वह जंगल जो बिना बोया बंजर पड़ा था।
क्योंकि मैंने तेरा जुआ तोड़ दिया है और तेरे
बन्धन खोल दिए हैं।
और तूने कहा था, मैं मर्यादा भंग न करूंगी;
और अब हर ऊंची पहाड़ी और वृक्ष पर
तू भटकती है और अपनी दुश्चरित्रता की
छाप छोड़ती फिरती है।
"और वह अपने प्रमियों का अनुसरण करेगी
ओर उन्हें खोजेगी।
क्योंकि वह नहीं जानती कि मैंने उसे अनाज
और शराब और तेल दिया है,
और उसके चांदी और सोने को अनेक गुना बढ़ा दिया है।
तो इसलिए क्या मैं लौट कर आऊं, और अब
की फसल के अवसर पर अपना अनाज ले जाऊं,
और अपनी शराब, उसके मौसम में,
और मैं अपनी ऊन और लिनेन जो मैंने
तुझे अपनी नग्नता को ढकने के लिए दिए हैं, उन्हें
वापस ले लूं।
"लिखा है:
"तू कैसे कह सकती है कि मैं कंलकित नहीं हुई हूं,
घाटी में जा और देख तूने क्या-क्या किया है।

तू एक ऐसी द्रुतगामिनी सांडनी है जो जल्दी-जल्दी
अपनी दिशाएं बदलती है;
एक जंगली गधी, जो जंगली-जीवन को ही पसंद करती है।
और जिसके ऋतु काल में वे उसे खोज लेते हैं।
"लिखा है :
उसने मिस्र देश में वेश्या का कार्य किया है,
क्योंकि उसे अपने प्रेमियों के प्रति बालपन से आसक्ति थी,
जिनके शरीर का मांस गधों जैसा है,
और जिनकी संतति घोड़ों की संतति जैसी है,
इस प्रकार तू अपनी जवानी की दुश्चरित्रताओं
को याद करती है,
तेरी जवानी का रसपान करने के लिए जो
खरौंच मिस्त्रियों के हाथों पड़ी हैं, क्या
तुझे उनकी याद है।
"ओह," वह बिलख उठी, "यही मैं हूं। और आगे लिखा है :
"तूने अनेक प्रेमियों से अभिसार किया है,
फिर भी तू मुझे प्राप्त कर,
लेकिन मेरा प्रायश्चित भी दिया है :
"देख मैं तेरे प्रेमियों को तेरे विरूद्ध खड़ा करूंगा,
और वे तेरे साथ खौफ़नाक व्यवहार करेंगे,
और वे नाक और कान काट लेंगे;
वे तेरी बाक़ी देह को तलवार से टुकड़े-टुकड़े करे देंगे।
और फिर :
"और हज़ाब को बन्दी बना लिया जाएगा,
वह ऊपर लायी जाएगी और उसकी दासियां
उसके आगे-आगे जाएंगी और,
फाख़्ताओं की तरह आवाज़ करती हुईं,
अपनी छातियां पीटती हुईं।

"लेकिन लोग जानते हैं कि धर्म-ग्रन्थ क्या कहता है," उसने अपने को संतोष देने के लिए कहा, "क्या यह और कहीं नहीं लिखा है :

"लेकिन मैं तेरी पुत्रियों को दण्ड नहीं दूंगा।"

"और इसके अतिरिक्त दूसरे स्थान पर क्या धर्म-गन्थ यह नहीं क़हता है :

"अपने मनचीते पथ पर चल, आनन्द से भोजन कर और उत्फुल्ल हृदय से अपनी शराब पी; क्योंकि प्रभु अब तेरे कार्य स्वीकार करता है। सदैव स्वच्छ वस्त्र धारण कर और अपने सिर पर सभी सुगन्धियों का प्रयोग कर, अपनी पत्नी के साथ, जिसे तू प्यार करता है, जीवन के समस्त आनन्दों का उपभोग कर क्योंकि जिस क़ब्र की ओर तेरे क़दम बढ़ रहे हैं, वहां न कोई काम है, न कोई उपाय, न ज्ञान और न विवेक।"

वह कांप उठी और उसने धीमी आवाज़ में दोहराया :

"क्योंकि जिस क़ब्र की ओर तेरे क़दम बढ़ रहे हैं, वहां न कोई काम है, न उपाय, न ज्ञान और न विवेक।

"सचमुच प्रकाश मधुर है और सूर्य को देखना आंखों को कितना सुहावना मालूम पड़ता है!

"आनन्द कर ओ नौजवान, अपने यौवन के दिनों में अपने हृदय को हर प्रकार के आनन्दों से भर दे। जो कुछ तेरे हृदय को भाता है, उसी पथ पर चल, जो तेरी नज़र को भाता है, वही देख, क्योंकि मनुष्य अपने दूरस्थ निवास-स्थान की ओर बढ़ रहा है और मर्सिया पढ़ने वाले सड़कों पर घूम रहे हैं। अन्यथा क्या पता कि चांदी की डोर ढीली पड़ जाए, स्वर्ण-चषक टूट जाए और झरने के निकट ही सुराही फूट जाए या तेरे यान का चक्र ही टूट जाए। तब तेरी मिट्टी पहले की तरह मिट्टी में मिल जाएगी।"

एक और कम्पन के साथ उसने दोहराया :

"तब तेरी मिट्टी पहले की तरह मिट्टी में मिल जाएगी।" और उसने अपना सिर अपने हाथों में दबा लिया। सहसा उसके नेत्रों के समक्ष त्वचा के अन्दर का ढांचा मूर्तिमान हो उठा और प्रयत्न करने पर भी यह विचार उसके मतिष्क से निकल नहीं पा रहा था : उसकी रिक्त कनपटियां, खाली-खाली गई, सिकुड़ी हुई नाक और आड़े-तिरछे जबड़े।

भयानक! तो उसका यह रूप होना है? उसका ढांचा एक भयानक विशदता के साथ उसके नेत्रों के समक्ष मूर्तिमान हो उठा था। यह विश्वास करने के लिए कि अभी भी उसका ढ़ांचा उस की देह में है और वह मर नहीं गई है, उसने अपनी देह पर अपना हाथ फेरा और पूरी गहराई से साथ उसका अध्ययन किया। वह यह जानना चहाती थी कि उसका शरीर अभी तक कायम है और मानवीय देह-रचना के आर्कषण से अतीत नहीं हुआ है। उसने यह भी अनुभव किया कि प्राणदण्ड प्राप्त होने के बाद जीवित रहने का अर्थ, वास्तव में क़ब्र में ही पहुंच जाने का प्रतीक है।

जीने की, हर चीज़ फिर से एक बार देखने की, हर चीज़ को फिर से आरम्भ करने की, एक बलवती आकांक्षा ने उसे सहसा अभिभूत कर लिया। मृत्यु के समक्ष एक विद्रोह

उसके हृदय में जाग उठा था। उसे यह विश्वास नहीं होता था कि उस दिन की शाम को फिर न देख सकेगी और उसे इस बात पर भी विश्वास न हो पाता था कि यह सौंदर्य, यह सक्रिय विचार, और उसकी यह मांसल विलासयुक्त देह और जीने का उत्साह: ये सभी चीज़ें समाप्त हो जाएंगी। धीरे से दरवाज़ा खुला। डिमिट्रियोस अन्दर दाखिल हुआ–

धूलि का मिट्टी में पुनरार्वतन

डिमिट्रियोस! वह चीख़ उठी और वह लपक कर आगे बढ़ आई।

परन्तु कक्ष के द्वार सावधानी से बन्द करने के बाद वह युवक इतने गम्भीर प्रशान्त भाव से खड़ा था कि उसकी मुद्रा को देखकर क्राइसिस का रक्त जैसे जम गया। उसने उम्मीद की थी कि वह उसे अंगीकार करेगा, उसकी वाहे फड़क उठेगी, उसके ओष्ठ, कुछ भी न सही तो सहारा देने के लिए वह अपनी बांह ही आगे उठाएगा...

डिमिट्रियोस का एक क़दम भी आगे नहीं हिला।

एक क्षण को वह मौन खड़ा रहा, बिल्कुल सही तौर पर, यह देखने के लिए कि वस्तुतः क्या उसका व्यामोह समाप्त हो चुका है।

तब यह देखते हुए कि उससे किसी भी चीज़ की मांग नहीं की गई, वह चार क़दम चल कर खिड़की के पास आया और उभरते हुए दिन के प्रकाश को देखने लगा।

क्राइसिस अब उस नीचे पलंग पर बैठ गई थी, उसकी दृष्टि जैसे स्थिर हो गई थी और बहुत बेहूदा दिखाई दे रही थी।

तब डिमिट्रियोस अपने आप से कहने लगा। "यह बेहतर है," उसने सोचा, "कि इस चीज़ का अन्त इसी प्रकार हो। मृत्यु के क्षणों में इस प्रकार की क्रीड़ा घृणास्पद ही अधिक लगेगी। आश्चर्य है कि उसने मुझे देखकर क्रोधावेश की अभिव्यक्ति क्यों नहीं की, उलटे इस तरह से मेरा स्वागत किया। मरे लिए तो यह खेल ख़त्म हो चुका है। मुझे अफ़सोस है कि इसका अन्त इस प्रकार हुआ। आख़िरकार क्राइसिस ने कुछ भी नहीं किया, सिवाय इसके कि उसने अपनी एक आकांक्षा ज़ाहिर की, जैसे कि निस्सन्देह उसकी स्थिति में प्रत्येक स्त्री के लिए स्वाभाविक समझा जा सकता है और अगर वह सार्वजनिक घृणा की पात्र न बना दी गई होती, तो मैं उससे मुक्ति पाने के लिए उसे निर्वासित ही करा सकता था। कम से कम जीवन का सुख प्राप्त करने का उसका अधिकार बना रह सकता था। लेकिन अब यह चर्चा चारों ओर फैल गई है, और अब कुछ भी नहीं किया जा सकता।

उत्तेजित भावोद्वेग में बह जाने का यही परिणाम होता है। विचार-शून्य वासना और उसके विपरीत बिना आनन्द की अनुभूति के विचार इनका कभी इतना दुःखद अन्त नहीं होता। आदमी अनेक प्रेयसियां रख सकता है परन्तु उसे देवताओं की सहायता से अपने आप पर अधिकार रखना चाहिए। उसे यह न भूलना चाहिए कि सभी ओष्ठ एक समान होते हैं। और इस प्रकार इस दुःखवादी नैतिक सिद्धान्त के रूप में अपने विचारों के निर्ष्कष पर पहुंचने के उपरान्त वह अपनी स्वाभाविक विचारधारा में लीन हो गया।

उसे याद आया कि उसने कल रात्रि को खाने का एक निमंत्रण स्वीकार कर लिया था और घटनाओं के उस तूफ़ानी चक्र में फंस कर वह वहां जाना भूल चुका था। अब उसने खेद प्रकट करते हुए एक पत्र भेजने का निश्चय किया।

वह सोचने लगा कि उसे अपनी दर्ज़ी का काम करने वाला दास बेच देना चाहिए अथवा नहीं, यह दास पिछले राज्यशासन से जुड़ी हुई पोशाक-परम्परा से ही चिपका हुआ था और नए फैशन की पोशाक तैयार करने में वह सर्वथा अयोग्य था।

उसका मस्तिष्क इतना मुक्त था कि उसने अपने मॉडल बनाने के औजार से दीवार पर "जगरियोस और टिटान्स" को चित्रित करने वाली एक आकृति भी बना डाली और ख़ास-ख़ास व्यक्तित्वों के दाहिने हाथों को संकेत करने की मुद्रा में ऊपर उठा दिया।

उसने यह सुधार समाप्त ही किया था कि द्वार पर किसी ने दस्तक दी। डिमिट्रियोस ने आहिस्ता से द्वार खोल दिया। बूढ़े जल्लाद ने अन्दर प्रवेश किया। उसके साथ दो सशस्त्र सैनिक भी थे।

"मैं यह छोटा-सा प्याला लाया हूं।" जल्लाद ने चेहरे पर औपचारिक मुस्कान लाते हुए शाही प्रेमी को सम्बोधित करते हुए कहा।

डिमिट्रियोस ख़ामोश रहा।

क्राइसिस ने अत्यन्त व्यग्र भाव से सिर उठा कर देखा।

"आओ, बेटी," जेलर ने कहा, "समय हो चुका है। विष बिल्कुल पिसा हुआ है। अब बस केवल उसे पी भर लेना है। डरने की कोई बात नहीं है। इससे बिल्कुल कष्ट नहीं होता।"

क्राइसिस ने डिमिट्रियोस की ओर देखा, डिमिट्रियोस ने अपनी निगाह फेरी नहीं।

अपने विशाल काले नेत्रों के हरित प्रकाश को प्रकीर्ण करती हुई उसकी दृष्टि डिमिट्रियोस पर टिकी रही और विष का प्याला लेने के लिए उसने अपना हाथ आगे बढ़ा दिया, प्याला हाथ में लिया और उसे अपने ओठों की ओर बढ़ाने लगी।

उसने ओठों से उसका स्पर्श किया। विष की तीव्रता और विषपान से उत्पन्न पीड़ा के भाव से अतीत करने के लिए उसमें शहद मिला दिया था।

उसने आधा प्याला पी लिया और उस भाव-मुद्रा के साथ जो उसने आगाथान की

थिस्टीज़ में नाटक में देखा होगा, या जो वस्तुतः उसकी अपनी अनूभूति में से स्फूर्त हो उठी थी, उसने अवशिष्ट भाग डिमिट्रियोस के आगे बढ़ा दिया...हाथ उठाकर युवक ने उस अविवेकपूर्ण प्रस्ताव से इन्कार कर दिया।

तब उस गैलीलियन ने बाक़ी प्याला भी समाप्त कर दिया और तब एक हृदय-द्रावक मुस्कान उसके ओठों पर नाच उठी। इस मुस्कान से घृणा परिलक्षित होती थी।

"अब मुझे क्या करना है।" उसने जेलर से पूछा।

"जब तक तुम्हारे पैर भारीपन न महसूस करने लगें तब तक कमरे में घूमती रहो, मेरी बच्ची! बाद में पीठ के बल लेट जाना होगा। तब विष अपना काम स्वयं करेगा।"

क्राइसिस उठ कर खिड़की की ओर चली गई। दीवार पर कोहनी टिकाए और कनपटी को हाथ से सहारा देती हुई वह उषा की लालिमा को देखने लगी।

समस्त पूर्व प्रदेश रंग की झील में डूबा हुआ प्रतीत होता था।

क्षितिज पर पानी की पतली रेखा के समान एक छाया घनीभूत हो उठी। क्रमशः यह छाया विलीन हो गई। एक सुनहरी रेखा उदित हो उठी और चारों ओर फैल गई। लोहित वर्ण की एक हलकी रेखा अभी उस उदास उषा-मण्डल पर खिंची रह गई थी और जैसे रक्त के सरोवर में सूर्य का उदय हुआ।

लिखा है :

"– प्रकाश कितना सुखदायी होता है !..."

जब तक उसके पैरों में शक्ति रही, वह उसी तरह खड़ी रही। जिस समय अपने पैरों के निस्सत्व हो जाने का संकेत उसने किया तो सैनिकों ने उसे पलंग पर लेटा दिया।

बूढ़े आदमी ने उसके सफ़ेद उत्तरीय को उसके सारे जिस्म पर ढक दिया। तब उसने उसके पैरों का स्पर्श किया और पूछा, "क्या तुम्हें स्पर्श की अनुभूति होती है।"

उसने उत्तर दिया, "नहीं।"

उसने उसके घुटनों का स्पर्श किया और पूछा, "क्या तुम्हें स्पर्श की अनूभूति होती है?"

उसने स्पर्श की अनुभूति न होने का संकेत किया और यह संकेत उसने अपने मुंह और कन्धों के आन्दोलन से किया था। क्योंकि उसके हाथ भी निर्जीव हो चुके थे। उस विषादयुक्त क्षण के प्रति खेद के रूप में एक बार अपनी पूर्ण देह उसने डिमिट्रियोस की ओर उठाने की कोशिश की...किन्तु डिमिट्रियोस के उत्तर से पूर्व उसकी प्राण-हीन देह पीछे लुढ़क गई। नेत्रों में सदैव के लिए अन्धकार छा गया।

तब जेलर ने उसके ऊपर भाग के कपड़ो को अच्छी तरह उसकी देह पर ढक दिया और एक सैनिक ने यह सोचते हुए कि सम्भवतः उसे मृतात्मा और उस युवक के मध्य

कोई मधुर सम्बन्ध रह चुका है, अपनी तलवार से बालों का अंतिम गुच्छा पत्थर पर रखकर काट लिया।

डिमिट्रियोस ने उसे अपने हाथ से स्पर्श किया और सचमुच जैसे उसके समक्ष स्वयं क्राइसिस का स्वरूप मूर्तिमान हो उठा, उसके सौंदर्य-रूपी स्वर्ण का अंश उसके साथ नहीं रह गया था और उसके नाम को सार्थक कर रहा था...

उसने उस गर्म केशराशि को अपने अंगूठे और अंगुलियों के बीच दबा लिया और धीरे-धीरे उसे छितरा दिया और अपने जूते के नीचे कुचलकर उसे धूल में मिला दिया।

क्राइसिस का अमरत्व

जब डिमिट्रियोस एक बार अपने कला-कक्ष में पहुंचा तो चारों तरफ़ लाल संगमरमर के टुकड़ों और मूर्ति बनाने के उपकरणों से उसने अपने को घिरा पाया। वह चाहता था कि वह पुनः अपने काम में प्रवृत्त हो जाए।

उसके बाएं हाथ में छेनी थी और दाएं हाथ में लकड़ी का सांचा था, जिसे वह बिना किसी प्रयोजन ही हाथ में लिये हुए था। वह एक अधूरी मूर्ति को पूरा करने की योजना बना रहा था। यह मूर्ति पोसीडियम के मन्दिर के लिए बनाए गए एक विशाल अश्व की ग्रीवा एवं स्कन्ध भाग था। अश्व के घने अयालों के नीचे, सिर के आन्दोलन को चित्रित करने के लिये सागर में उठने वाली लहरों के समान लहरियां मूर्ति पर अंकित की जानी थीं।

आज से तीन दिन पूर्व डिमिट्रियोस के मस्तिष्क में मांस-पेशियों के क्रमिक विकास को अंकित करने के प्रति पूरा उत्साह था, किन्तु क्राइसिस की मृत्यु वाली सुबह से उसे हर चीज़ के प्रति अपना दृष्टिकोण कुछ बदला हुआ प्रतीत होता था। चित्त को एकाग्र करने के लिए जितनी शान्ति अपेक्षित थी, उसका वह अभाव अनुभव कर रहा था। संगमरमर और उसके बीच एक झीना पर्दा पड़ गया था और उसे उठाना उसके लिए असम्भव हो गया था। उसने अपने उपकरण एक ओर फेंक दिए और व्यग्रतापूर्वक कक्ष में चहल-कदमी करने लगा।

सहसा उसने सहन पार किया और एक दासी को बुलाकर उससे कहा, "मेरे लिए स्नान और सुगन्धित जल की व्यवस्था कर दो। जब मैं नहा लूंगा तो मेरी देह पर अंगाराग लगाना, उसके पश्चात् मुझे मेरे श्वेत वस्त्र देकर और वृत्ताकार सुगन्धित अगरबत्तियों को भी जला देना।"

जब वह स्नान समाप्त कर चुका तो उसने अन्य दो दासियों को बुलाया और कहा,

"साम्राज्ञी के कारागार में जाओ और यह मिट्टी जेलर को दो और उससे कहो कि वह उस मिट्टी को उस कक्ष में ले जाए जहां देवदासी क्राइसिस की मृत देह पड़ी हुई है। अगर उसका शरीर गड्ढे में न फेंक दिया गया हो तो उससे कहना कि जब तक मैं आज्ञा न करूं उसका किसी प्रकार भी अंग-भंग न होने पाए। जल्दी से दौड़कर उधर जाओ।

उसने मॉडल बनाने वाले उपकरण अपने अंगरखे की जेबों में रख लिए और ड्रोम के वीरान इलाके की तरफ़ खुलने वाला मुख्य द्वार खोला। ड्योढ़ी पर पहुंचकर वह सहसा चकित रह गया। अफ़्रीकन दोपहरी का झुलसाने वाला सूरज अपने पूरे वेग में प्रखर था। पूरी गली में सफ़ेद रंग के मकान बने हुए थे, किन्तु सूरज की लपटें उगलने वाली किरणें इस कदर चकाचौंध पैदा कर रही थीं कि सामान्यतः चूने और पत्थर से बने मकानों के रंग कभी नीले, कभी लाल और कभी हरे प्रतीत होने लगते थे। ऐसा मालूम होता था कि वे कम्पायमान रंग वायुमण्डल में ही दूसरे रंगों में परिवर्तित हो जाते थे और सभी मकानों के अगले भाग भी उनके साथ बदले हुए प्रतीत होते थे। इन पारदर्शी रंगो को चीरकर दृष्टि मुश्किल से ही उनके अचल असितत्व को देख पाती थी। इस चमक के पीछे रेखाएं कुरूप दिखाई देने लगी थीं और सड़क की दाहिनी ओर की दीवार जैसे रिक्तता में वर्तुलाकार बनकर एक पर्दे की तरह लहराती हुई दीख पड़ती थी और कुछ स्थानों पर उसका दीख पड़ना भी समाप्त हो गया था। एक कुत्ता जो कि बाज़ार के एक कोने पर पड़ा हुआ था वस्तुतः बैंजनी रंग को मालूम पड़ रहा था।

उस दृश्य के प्रति उत्साहपूर्ण प्रशंसा के भावों से भरे डिमिट्रियोस ने उसमें नवीन अस्तित्व के प्रतीक के दर्शन किए। सूनी रातों, मौन और शान्त जीवन का लम्बा क्रम अब ख़त्म हो रहा था। काफ़ी समय तक वह चन्द्रमा की किरणों में प्रकाश के दर्शन करता रहा था और कोमल आन्दोलनों को अपनी मूर्त्तियों में रेखांकित करता रहा था। उसकी रचनाओं में ओज नहीं आ पा रहा था। उसकी मूर्तियों की त्वचा पर एक बर्फ़ानी झलक मात्र दिखाई देती थी।

पिछले दिनों उस दुःखान्त घटना से वह इतना अभिभूत रहा था कि उसकी बुद्धि ही सर्वथा उदभ्रान्त हो गई थी, परन्तु इस दृश्य को देखकर पहली बार जीवन का संपूर्ण श्वास उसके फेफड़ों में भरा था। इस संघर्ष में से सफलतापूर्वक अपने को निकालते हुए अपनी दूसरी परीक्षा के प्रति अगर वह किसी प्रकार शंकालु भी था तो भी वह इस निष्कर्ष पर पहुंच चुका था कि कला की अभिव्यक्ति का माध्यम चाहे संगमरमर हो, रंग अथवा शब्द, केवल एक ही कल्पना है, जिसे सार्थक कहा जा सकता है और वह कल्पना है मानवीय उद्वेगों की गहराइयों को चित्रित करना। दैहिक सौंदर्य केवल सतही वस्तु है,जो दुःख अथवा आनन्द के उद्वेगों को अभिव्यक्ति देने के क्रम में स्वयं परिवर्तित हो जाती है।

अपने विचारों के प्रवाह के इस छोर पर पहुंचते-पहुंचते वह कारागार के द्वार पर आ पहुंचा था।

दोनों दासियां अभी तक वहीं उसकी प्रतीक्षा कर रही थीं।

"हम लाल मिट्टी यहां ले आई हैं," उन्होंने कहा, "उसका शरीर अभी पलंग पर ही पड़ा हुआ है। उन्होंने अभी उसे छुआ भी नहीं है। जेलर आपको प्रणाम करता है और आपके हुज़ूर में हाज़िर होने की इज़ाजत मांगता है।"

युवक ने चुपचाप अन्दर प्रवेश किया, वह सहन से गुज़रता हुआ आगे बढ़ा। कुछ सीढ़ियां चढ़कर वह मृतक-कक्ष में पहुंच गया और सावधानी के साथ उसने अपने को अन्दर बन्द कर लिया।

लाश लम्बी पड़ी हुई थी। सिर नीचे लटक रहा था और उस पर पर्दा पड़ा हुआ था, हाथ फैले पड़े थे और टांगें जुड़ी हुई थीं। अंगुलियों में अंगूठियां भरी हुई थीं और पीली टख़नों पर चांदी के झांझन पहने हुए थे और प्रत्येक नाख़ून पर अभी सुर्ख़ शफ़ूफ़ लगा हुआ था।

डिमिट्रियोस ने घूघट उठाने के लिए हाथ से उसे छुआ। लेकिन उसके छूते-छूते एक दर्जन मक्खियां फर्र से उड़ गईं।

वह एड़ी तक सिहर उठा... तथापि उसने सफ़ेद ऊन का टिशू हटाया और उसे बालों की ओर उलट दिया। मृत्यु एकशाश्वत अभिव्यक्ति मृतक की पुतलियों और केशों को प्रदान करती है। क्राइसिस का मुख-मंडल उस अभिव्यक्ति से धीरे-धीरे मण्डित हो चुका था। उसके नीले पड़ते हुए गालों पर जो गहरी नीली धारियां उभर आई थीं वह उस स्पन्दन-हीन सिर को संगमरमर का स्वरूप प्रदान कर रही थीं। सुन्दर ओठों के ऊपर पारदर्शी नासिकारन्ध्र खुले हुए थे। कानों की कोमलता प्रायः नगण्य हो चुकी थी। डिमिट्रियोस ने आज तक किसी भी प्रकाश में स्वप्न अथवा यथार्थ में इतना अतिमानवीय सौंदर्य और त्वचा की चकाचौंध पैदा करने वाली जगमगाहट न देखी थी और प्रथम भेंट में क्राइसिस ने जो शब्द उससे कहे थे, उसे याद आ रहे थे। "तुमने अभी मेरा चेहरा ही देखा है। तुम नहीं जानते कि मैं कितनी सुन्दर हूं।" एक घनीभूत उद्वेग से उसका गला भर आया। वह जानना चाहता था। वह वैसा कर सकता था।

इन तीन दिनों के भावावेश की स्मृति में वह एक ऐसा स्मारक बनाएगा जो उसके अपने जीवन से भी अधिक दिनों तक स्थायी रहेगा। इस सुन्दर देह को निर्वसन करके वह स्वप्न में देखी हुई क्राइसिस की देह एवं भावमुद्रा के समान उस देह की मुद्रा बनाएगा और उस मृत द्रेह से वह शाश्वत जीवन की मूर्ति का निर्माण करेगा।

वह बकसुए और गिरह खोलता है। वह वस्त्र उतारता है। शरीर वज़नी हो गया है। वह उसे उठाता है। सिर पीछे लटक जाता है। बाहें नीचे लटक जाती हैं। वह समस्त पोशक उतार देता है और बीच कमरे में फेंक देता है। शरीर धम्म से गिर जाता है।

उसकी ठंडी बाहों के नीचे हाथ डालकर वह लाश को पलंग के सिरहाने की ओर खिसकाता है। वह बाएं कपोल के रुख़ से सिर मोड़ देता है। समस्त केशराशि को एकत्रित करके वह पीठ पर फैला देता है। उसके दाहिने हाथ को ऊपर उठा देता है और पहुंचे को मस्तक पर खम दे देता है, वह उसकी अंगुलियों की जकड़ में कुशन फंसा देता है और इस प्रकार वह देवी अफ़्रोडाइटी की झुकी हुई मुद्रा तैयार कर लेता है।

अब वह दोनों पैरों को एक दूसरे से अलग करता है। एक पैर सख़्ती के साथ आगे फैला हुआ है और दूसरे का घुटना ऊपर उभरा हुआ है। इसके बाद वह कुछ और विवरण ठीक करता है, दाहिना पैर आग बढ़ा देता है और ब्रेसलेट , नेकलेस और अंगूठियां उतार देता है ताकि उस सम्पूर्ण समस्वरता के भाव में एक भी व्यवधान उपस्थित न हो सके।

अब मॉडल की मुद्रा पूरी हो जाती है।

डिमिट्रियोस मिट्टी मेज़ पर पटक देता है। वह उसको कुचलता है। वह उसे मानव-आकार प्रदान करता है; उसकी अंगुलियों के चमत्कार से एक वहशी दानव तैयार हो जाता है, वह उसे देखता है।

स्पन्दनहीन लाश उसी मुद्रा में स्थिर है। किन्तु दाहिने नथने से एक हलकी ख़ून की धार बह चली है और अर्ध-मुकुलित मुख के नीचे बूंदें टपकती जा रही हैं।

डिमिट्रियोस की रचना सतत जारी है। स्केच में जीवन आ रहा है, वह संक्षिप्त और मानवोपम प्रतीत होने लगा है। बायां हाथ जैसे स्वप्न में शरीर के ऊपर वर्तुलाकार झुका हुआ था, उसी तरह मॉडल में भी झुका हुआ है। मांस-पेशियां उभरी हुई हैं। अंगूठे पीछे अकड़े हुए हैं। धुंधलका होने तक डिमिट्रियोस ने वह मॉडल तैयार कर लिया।

उसने चार दासियों को आज्ञा दी कि वह मॉडल को उसके काम करने के कक्ष में ले जाएं। उसी रात्रि को लैम्प की रोशनी में पैरियन संगमरमर के खण्ड को उसने तुड़वाना शुरू कर दिया और उस दिन के बाद लगातार एक वर्ष तक डिमिट्रियोस उस मूर्ति की रचना में तल्लीन रहा।

दया

"जेलर, द्वार खोलो, जेलर, द्वार खोलो।" रोडिस और मिर्टोक्लियो कारागार के बन्द द्वार को खटखटा रही थीं।

दरवाज़ा थोड़ा सा खुला। "तुम लोग क्या चाहती हो?"

"हम अपनी मित्र को देखना चाहती हैं," मिर्टो ने कहा, "हम अपनी मित्र ग़रीब क्राइसिस को देखना चाहती हैं। आज सुबह ही जिसकी मृत्यु हुई है।"

"ऐसी आज्ञा नहीं है। भागो यहां से।"

"ओह, कृपा करके थोड़ी देर के लिए हमें अन्दर आने दो। किसी को क्या पता चलेगा। हम किसी को कुछ भी नही कहेंगे। वह हमारी मित्र थी, हमें उसे एक नज़र देख लेने दो। हम बहुत जल्दी बाहर आ जाएंगी। हम ज़रा भी शोर नही मचाएंगी।"

"और अगर मुझे पकड़ लिया गया, छोकरियो, तो मेरा क्या होगा कुछ पता है। अगर तुम्हारी वजह से मुझे दण्ड मिला तो! तुम तो उसको दण्ड नहीं भोगोगी न?"

"तुम पकड़े नहीं जा सकते। तुम यहां बिल्कुल अकेले ही हो और कारावास में दूसरे मृत्यु-दण्ड पाए हुए अपराधी भी नहीं हैं। सैनिकों को तुमने भेज दिया है। हमें यह सब कुछ मालूम है। हमें अन्दर आने दो।"

"अच्छा! लेकिन ज़्यादा देर अन्दर न लगाना। लो यह चाबी। तीसरा दरवाज़ा खोलना है, जब जाओ तो मुझे बता देना। बहुत देर हो गई है, मैं सोना चाहता हूं।"

उस दयालु बूढ़े आदमी ने चाबी उन लड़कियों को दे दी और दोनों लड़कियां अंधेरे वराण्डों में से होती हुई अपनी सैण्डलों द्वारा कम-से-कम आवाज़ करती हुई भाग खड़ी हुईं।

जेलर दोबारा अपने दफ़्तर में पहुंच गया। अब उसने अपनी निरर्थक चौकीदारी समाप्त कर दी। यूनानी मिस्र में कारावास का दण्ड देने की प्रथा नहीं थी और इस छोटे से सफ़ेद मकान में जिसकी देखभाल करने का उत्तरदायित्व इस वृद्ध पुरुष के कन्धों पर था, उसमें केवल उन्हीं लोगों को रखा जाता था, जिन्हें मृत्यु-दण्ड दिया जा चुका होता था। कई बार मृत्यु-दण्ड दिए जाने के अन्तरिम काल में वह खाली भी पड़ा रहता था।

जिस समय वह विशाल चाबी ताले में फंसाई जाने लगी तो रोडिस ने अपनी मित्र की बांह को पकड़ लिया, "मैं नहीं कह सकती कि मुझे उसे देख सकने का साहस हो भी सकेगा अथवा नहीं," उसने कहा, "मैं उसे कितना प्रेम करती थी मिर्टो...अब मुझे डर लगता है...पहले तू अन्दर जाना...जाएगी न!"

मिर्टोक्लिया ने दरवाज़ा अन्दर धकेल दिया। लेकिन ज्योंही उसने कमरे में निगाह डाली, उसके मुंह से चीख़ निकल गई।

"अन्दर न आना रोडिस। मेरा इन्तज़ार करना।"

"ओह, क्या बात है? क्या तुम्हें भी डर मालूम होने लगा है...उधर पलंग पर क्या है। क्या वह मरी नहीं है?"

"हां, मेरा इन्तज़ार करो...अभी बताऊंगी सब कुछ...वराण्डे में ही रहना और अन्दर की तरफ़ बिल्कुल मत देखना।"

डिमिट्रियोस ने शाश्वत जीवन की प्रतीक मूर्ति का मॉडल बनाने के लिए लाश को जिसे मुद्रा में कर दिया था, वह वैसे की वैसे ही पड़ी थी। आत्यन्तिक आनन्द और आत्यन्तिक पीड़ा का सन्धिस्थल प्रायः एक ही होता है। और मिर्टोक्लिया अपने से प्रश्न कर रही थी इस देह ने कितनी मर्मान्तक पीड़ा सही है, कैसी शहादत है यह और कैसी यातना है यह! अपने अंगूठों के बल चलती हुई वह पलंग की ओर बढ़ी।

रक्त की बारीक धारा उसके पारदर्शी नथनों से अब भी बह रही थी। शरीर की त्वचा बिल्कुल सफ़ेद हो चुकी थी, उस ह्रासोन्मुख मूर्ति के समस्त अंग पर जीवन के लक्षण के रूप में एक भी गुलाबी छाया नहीं दीख पड़ रही थी, प्रत्युत कुछ गहरे दाग़ जो उस देह पर उभर आए थे वह प्रकट करते थे जैसे उस कठोर शीत मज्जा में से सहस्रों जीवन स्फुरित हो रहे हैं और अपने अवसर की प्रतीक्षा में हैं।

मिर्टोक्लियो ने उस निर्जीव हाथ को उसकी बग़ल की बराबर में फैला दिया। उसने बाएं पैर को भी फैलाने की कोशिश की, किन्तु घुटना इतना सख़्त हो चुका था कि उसे आगे फैला सकने में उसे सफलता न मिल सकी।

"रोडिस," उसने कांपते हुए स्वर में पुकारा, "आ जाओ। अब तुम अन्दर आ सकती हो।"

लड़की कांपती हुई अन्दर आई। उसकी मुद्रा नितान्त निचश्ल और उसकी आंखें विस्फारित-सी थीं।

ज्योंही उन्होंने सामीप्य का अनुभव किया वे एक दूसरे की बाहों में लिपटकर सुबकने लगीं।

"अभागी क्राइसिस, हाय अभागी क्राइसिस!" रोडिस ने रोते हुए कहा।

उन्होंने अत्यन्त कोमलता के साथ एक-दूसरे के कपोलों पर चुम्बन किया आंसुओं के उस खारेपन में जैसे उनकी अकिंचन आत्माओं का सारा कड़वापन सिमट आया था।

वे रोती ही जाती थीं, और कातर दृष्टि से एक दूसरे की ओर देख रही थीं और कभी-कभी अपने घहराते हुए पीड़ायुक्त स्वर में एक साथ ही बोल उठती थीं। शब्दों के समाप्त होते-होते सुबकियां फिर प्रारम्भ हो जाती थीं।

"हम उसे कितना प्यार करती थीं। वह हमारी मित्र ही नहीं थी, वह हमारे लिए मां के समान थी। हम दोनों को वह मां के समान स्नेह करती थी...।"

रोडिस ने दोहराया, "हमारे लिए मां के समान थी...।"

मिर्टो ने मृतक के निकट होते हुए सहमे से स्वर में कहा, "उसका चुम्बन करो।"

वे दोनों पलंग पर हाथ रखकर उसके ऊपर झुक गईं और सिसकियों के प्रवाह में डूबते हुए उन्होंने अपने होंठ उसके बर्फ़ से मस्तक पर टिका दिए।

मिर्टो ने उसका सिर अपने दोनों हाथों में ले लिया और उसे सम्बोधित करते हुए कहने लगी, "क्राइसिस, मेरी क्राइसिस, तुम अपने जीवन में सबसे सुन्दर और सबसे अधिक चाही गई औरत थी। देवी अफ़्रोडाइटी से इतनी मिलती थी कि लोगों ने तुझे अनायास ही देवी समझ लिया। अब तू कहां है। उन्होंने तेरा क्या कर डाला है। तू आनन्द देने के लिए इस दुनिया में आई थी। दुनिया में शायद तेरे ओठों के चुम्बन से अधिक मीठा कोई फल न होगा और तेरी आंखों से अधिक प्रकाशमान कोई प्रकाश न होगा। तेरी त्वचा सम्राटों की सत्तासूचक पोशाक के समान थी,जो तुझे सदैव अनावृत रखनी चाहिए थी। आनन्द भीगे पराग की तरह तेरे चारों तरफ़ मंडराया करता था। जब कभी तेरे केशों ने तुझसे विदा ली तो प्रतीत हुआ कि जैसे समस्त गरिमा पृथ्वी तल से तिरोहित हो गई और जब कभी तूने अपने हृदय के कपाट बन्द कर लिए तो लोगों ने मृत्यु की कामना करनी शुरू कर दी है।

रोडिस फ़र्श पर पड़ी हुई सिसक रही थी।

"क्राइसिस, मेरी क्राइसिस," मिर्टोक्लिया अपना संवाद जारी रखे हुए थी, "कल तक तू जीवित थी, जवान, लम्बी उम्र की उम्मीदों से भरपूर, और अब देखो, तू निर्जीव पड़ी है और दुनिया की कोई चीज़ तेरा एक बोल भी हमें नहीं सुना सकती। तूने अपनी आंखें बन्द कर लीं। हमारा दुर्भाग्य हम तेरे पास न हो सके। तू यातना सह रही थी और तुझे क्या मालूम कि दीवार के पीछे हम किस तरह ज़ोर-ज़ोर रो रहे थे। अपनी मृत्यु के क्षणों में तूने किसी की कामना की थी। तेरी आंखें हमारी शोक और करुणा से भरी आंखें कभी न देख सकीं।"

बांसुरी बजाने वाली लड़की अभी तक रो रही थी। गाने वाली लड़की ने उसे हाथ पकड़कर उठाया और कहने लगी, "क्राइसिस, मेरी क्राइसिस ! रोडिस और मिर्टोक्लिया हम दोनों कितनी दुःखी हैं। प्रेम से अधिक दुःख मानव-मिलन को अधिक दृढ़ करता है। वे लोग जो जीवन में एक-साथ रो चुके हैं, दुनिया की कोई शक्ति उन्हें जुदा नहीं कर सकती। प्यारी क्राइस्टीडियन, हम तेरी प्यारी देह को क़ब्र तक ले जाएंगी और उसके ऊपर अपने केश काटेंगी।"

उसने पलंगपोश में उसकी सुन्दर देह को लपेट लिया और तब रोडिस से कहा, "मेरी सहायता करो।"

उन्होंने उसे आहिस्ता से उठाया। लेकिन इन किशोरियों के लिए वज़न बहुत भारी था और उन्होंने उसे पहिले भूमि पर लेटा दिया।

"हमें अपनी सैण्डिलें उतार देनी चाहिए," मिर्टो ने कहा, "हमें वराण्डे में नंगे पैर ही चलना चाहिए। जेलर सो चुका होगा...अगर हमने आवाज़ करके उसे जगा न दिया तो हम लाश को लेकर निकल सकती हैं। अगर उसने हमें देख लिया तो वह हमें रोक लेगा...जहां तक कल का सम्बन्ध है, अगर साम्राज्ञी के सैनिकों ने उससे पूछा भी तो वह कह देगा कि

लाश उसने गड्ढे में फेंक दी है। कानून की यही मांग है। बिल्कुल डरो नहीं रोडी...अपनी सैण्डिलें अपनी झोली में रख लो, जैसे मैंने रख ली हैं। आओ! घुटनों से नीचे से पकड़ कर उठाओ। पैर अपने पीछे निकाल लो और बिना आवाज़ किए धीरे-धीरे, बहुत धीरे-धीरे चलो।"

पवित्रता

दूसरी गली के मोड़ को पार करके उन्होंने सांस लेने के लिए लाश को फिर एक बार ज़मीन पर रख दिया। अब वह सैण्डिलें पहन लेना चाहती थीं। रोडिस के पांव इतने कोमल थे कि नंगा चलने से उनमें से ख़ून निकलने लगा था।

रात्रि प्रकाश से जगमगा रही थी। सारा नगर शान्त था। और मकानों की परछाइयों से सड़क पर अनेक छाया-चित्र बन गए थे।

तरुण कुमारियों ने अपना बोझा फिर उठाया।

"हमें किधर चलना है," बच्ची ने पूछा, "हम किस स्थान पर उसे ज़मीन में दफन करेंगे।"

"हर्मानुबिस की क़ब्रगाह में। वह हमेशा सुनसान रहती है। वहां वह शांति से रहेगी।"

"क्राइसिस! क्या मैंने कभी यह कल्पना की थी तुम्हारे अन्त समय में मशालों की रोशनी में शव-यात्रा करने के बजाय एक चुराई हुई चीज़ के समान इस तरह तेरी लाश मुझे ले जानी पड़ेगी।"

तब लाश के सामीप्य से उत्पन्न होने वाले भय को दूर करने के लिए उन्होंने ज़ोर-ज़ोर से बातें करना शुरू कर दिया। क्राइसिस के जीवन के अन्तिम दिन ने उन्हें आश्चर्यचकित कर दिया था। वह शीशा, कन्घा और कंठहार उसे किस तरह प्राप्त हुए थे। वह अपने आप कंठहार प्राप्त नहीं कर सकती थी क्योंकि देवी के मन्दिर की रक्षा इतनी सतर्कता से की जाती है कि एक देवदासी के लिए वहां प्रवेश करके कंठहार चुरा लेना सम्भव नहीं है। ज़रूर किसी ने उसके लिए वह काम किया होगा। लेकिन किसने? उस देवी की मूर्ति के रक्षक पुजारियों में तो किसी से उसके प्रेम की चर्चा कभी नहीं सुनी। फिर अगर किसी ने उसकी तरफ़ से ये काम किए तो उसने उसे ज़ाहिर क्यों न कर दिया। आख़िर ये तीन अपराध करने की उसे आवश्यकता ही क्या थी? उससे यह दण्ड पाने के अतिरिक्त और क्या प्राप्त

हो सकता था। कोई भी औरत जब तक वह किसी के प्रेम में उन्मत्त न हो जाए, इस प्रकार की निरुद्देश्य मूर्खता कभी नहीं कर सकती। तो क्या क्राइसिस किसी से प्रेम करती थी। कौन था वह?

"यह रहस्य हम कभी न जान सकेंगे" बांसुरी बजाने वाली लड़की ने कहा, "वह अपना रहस्य अपने साथ ही ले गई और अगर इन अपराधों में किसी ने उसका साथ दिया भी है, तो वह हमें कभी भी न बताएगे।"

यहां आकर रोडिस, जो पहले ही लड़खड़ाने लगी थी, बोली, "अब मुझसे कुछ नहीं हो सकता। अब मैं आगे उसे न ले जा सकूंगी, मिर्टो। मैं घुटनों के बल गिर पड़ने वाली हूं। थकान और दुःख से शरीर बिल्कुल टूट चुका है।"

मिर्टोक्लिया ने उसकी गर्दन में बाहें डाल लीं।

"एक बार और कोशिश करो प्रिय। हमें उसे ले ही चलना है। हमें उसके अगले लोक के जीवन के लिए यह करना है। अगर उसे दफ़न न किया गया और अगर उसके हाथों में सिक्का न रक्खा गया तो उसकी आत्मा सदैव ही नर्क की नदी के कछार में भटकती रहेगी और रोडिस, हम और तुम मरकर जब मृतकों के देश में पहुंचेंगे तो वह हमें कितनी लानत-मलामत करेगी। उस समय हम उसे क्या जवाब दे सकेंगी।"

लेकिन वह बच्ची इतनी थक गई थी कि असमर्थता के भाव से भरकर उसको चिपट कर रोने लगी।

"जल्दी करो, जल्दी," मिर्टोक्लिया ने कहा, "गली के उस छोर से कोई इधर आ रहा है। मेरे साथ इस लाश के सामने बैठ जाओ और उसे अपने वस्त्रों से ढक लो। अगर किसी ने देख लिया तो सब मामला बिगड़ जाएगा।" फिर वह सहसा रुक गई।

"वह तो टाइमन है। मैंने उसे पहचान लिया है। टाइमन, चार औरतों के साथ? हे देवताओ अब क्या होगा! वह जो दुनिया की हर चीज़ पर हँसता है, हमारा मजाक बनाएगा... लेकिन नहीं, रोडिस, ठहरो। मैं उससे बातें करती हूं।" और सहसा किसी विचार से प्रेरित होकर वह सड़क पर दौड़ती हुई, उस दल के समक्ष पहुंच गई।

"टाइमन," उसने पुकारा। उसकी आवाज़ याचना से भरी थी, "टाइमन, ज़रा ठहरो तो। मैं तुम से एक बात सुनने की प्रार्थना करती हूं, मुझे कुछ अत्यन्त दुःखद वार्ता तुम से करनी है। मैं एकान्त में तुमसे कुछ बातें करना चाहती हूं।"

"आह, मेरी भोली बालिका," युवक ने कहा, "इतनी व्यग्र क्यों हो उठी हो, क्या तुम्हारे कन्धे की गांठ खुल गई है, अथवा तुम्हारी गुड़िया गिर पड़ी है और उसकी नाक टूट गई है। इस हानि की क्षतिपूर्ति होना तो काफ़ी मुश्किल काम है।"

लड़की ने वेदनाभरी नज़र से उसकी ओर देखा। लेकिन टाइमन की चारों

मित्र-फिलोटिस, नीडोस की सेसो, कैलिश्चियन और ट्राइफ़ेरा-उसके इर्द-गिर्द जमा हो गई थीं।

"इधर तो आ मूर्ख लड़की," ट्राइफ़ेरा ने कहा, "अगर तेरी धाय का दूध उतरना बन्द हो गया है, तो हम तेरी सहायता नहीं कर सकतीं। अब तो दिन निकलने को हो रहा है। तुझे बिस्तर में होना चाहिए। बच्चे कब से रात की चांदनी में घूमने लगे हैं।"

"उसकी धाय!" फिलोटिस ने कहा, "वह तो टाइमन को ले जाना चाहती है।"

"उसकी ठुकाई करो। वह ठुकाई चाहती है।"

और कैलिश्चियन ने मिर्टो की कमर में हाथ डालकर उसको ऊपर उठा लिया और उसके नितम्बों पर से कपड़ा भी ऊपर उठा दिया।

लेकिन सेसो ने उन्हें रोका। "तुम लोग पागल तो नहीं हो गई हो," वह चिल्लाई, "मिर्टो आदमियों के पीछे दौड़ने वाली लड़की नहीं है। अगर उसने टाइमन को बुलाया है तो कोई और कारण होगा। उन्हें शान्तिपूर्वक बातों करने दो और मामले को निपटने दो!"

"अच्छा।" टाइमन ने कहा, "तुम मुझसे क्या कहना चाहती हो। यहां आओ, मेरे कान में कह डालो। क्या वाक़ई बहुत गम्भीर बात है?"

"क्राइसिस का शरीर उधर सड़क पर पड़ा हुआ है।" कांपती हुई लड़की ने कहा, "मैं और मेरी दोस्त उसे क़ब्रगाह में ले जाना चाहती हैं, लेकिन लाश बहुत भारी है। मैं तुमसे प्रार्थना करती हूं कि हमारी सहायता करो...बहुत देर नहीं लगेगी...थोड़ी देर बाद ही तुम अपनी स्त्रियों से मिल सकते हो।"

टाइमन हार्दिक भाव से उसकी ओर देखने लगा। "ओह भोली लड़की। और देखो, मैं मज़ाक करने लगा था। तुम हमसे कहीं ज़्यादा अच्छी हो...निश्चय ही मैं तुम्हारी सहायता करूंगा। जाओ अपनी मित्र के पास पहुंचो। मैं शीघ्र ही आता हूं।"

चारों स्त्रियों को सम्बोधित करते हुए उसने कहा, "तुम लोग मेरे घर की ओर चलो, पौटर्स की गली के पास। मैं भी थोड़ी ही देर में वहां पहुंचता हूं। मेरे पीछे आने की कोशिश न करना।"

रोडिस अभी तक लाश के सिर के पास बैठी थी। जब उसने टाइमन को आते हुए देखा, उसने विनती करते हुए कहा, "किसी से कहना नहीं। हमने उसके परलोक की ख़ातिर उसकी लाश को चुरा लिया है, हमारे राज़ को किसी पर प्रकट न करना। हम तुम्हें बहुत अधिक प्यार करेंगे टाइमन।"

"तुम विश्वास रखो।" टाइमन ने आश्वासन दिया।

उसने शरीर को कन्धों के नीचे से पकड़ा और मिर्टो ने घुटनों के पास। वे चुपचाप चलने लगे और रोडिस छोटे-छोटे क़दम रखती हुई उनके पीछे-पीछे चलने लगी।

टाइमन मौन ही रहा था। पिछले दो दिनों में दूसरी बार उसकी एक मित्र मानवीय आक्रोश का शिकार हो चुकी थी। और उसने अपने आप से प्रश्न किया ! यह कितना निरर्थक काम है कि सुख के संसार की ओर बढ़ते हुए जीवन-पथ से इस प्रकार आत्माओं को ढकेल कर दूर कर दिया जाए !

"निर्जीव देह !" वह सोच रहा था, "उदासीनता, विश्राम, ओ ज्वलनशील शान्ति ! कौन आदमी तुम्हें समझ सकेगा। आदमी अपने को उत्तेजित करता है, संघर्ष करता है, आशा करता है, लेकिन एक चीज़ बहुत क़ीमती है, यह जानना कि परिवर्तनशील क्षणों में से आनन्द की प्राप्ति किस प्रकार की जा सकती है और यह कि जितना सम्भव हो सके अपने बिस्तर को उतना ही कम छोड़ा जाए।"

वे उजड़े हुए नेक्रोपोलिस के द्वार पर आ पहुंचे थे।

"उसे कहां दफ़न करें।" मिर्टो ने पूछा।

"देवता के निकट।"

"मूर्ति किधर है। मैं यहां कभी नहीं आई। मुझे क़ब्रों और मृतकों की यादगार में रखे गये पत्थरों से बहुत डर लगता है। मैं हर्मानुबिस को नहीं जानती।"

"मेरा ख़्याल है हर्मानुबिस की मूर्ति बग़ीचे के बीच में कहीं होगी। चलो ढूंढ़ते हैं। जब मैं बच्चा था, तभी एक दिन एक बारहसिंघे का पीछा करता हुआ इधर आ निकला था। चलो अंजीरों की क़तार में से होकर आगे चलें। ऐसा नहीं हो सकता कि मूर्ति हाथ ही न आए।"

और वास्तव में उन्होंने गन्तव्य पा लिया।

उषा की जगमगाती हुई अरुणिमा और आकाश में छिटकने वाली चांदनी का संगमरमर के पत्थरों पर मिलन हो रहा था। देवदार वृक्ष की शाख़ाओं पर एक अस्पष्ट और सुदूर समस्वरता झूला झूल रही थी। ख़जूर पत्तियों की लययुक्त खड़खड़ाहट वर्षा होने जैसा भाव उत्पन्न कर रही थी और उससे शीतलता का भी अभास होता प्रतीत होता था।

टाइमन ने कठिनाई के साथ ज़मीन में धंसा हुआ एक पीला-सा पत्थर उभारा। उस श्मशान के देवता के हाथ के नीचे एक क़ब्र को खोला गया। हो सकता है उसके अन्दर पहले भी कोई लाश रखी गई हो, किन्तु उसके अन्दर अब सिर्फ़ थोड़ी धूल ही बाक़ी रह गई थी।

युवक क़ब्र में कमर तक नीचे घुस गया और उसने अपने हाथ ऊपर फैला दिए।

"उसे मुझे दे दो," उसने मिर्टो से कहा, "मैं उसे ठीक से अन्दर रख दूंगा और हम ऊपर से क़ब्र को बन्द कर देंगे।"

लेकिन रोडिस लाश के ऊपर धाड़ मारकर गिर पड़ी थी।

"नहीं ! उसे इतनी जल्दी न दफ़नाओ ! मैं उसे फिर देखना चाहती हूं ! आख़िरी बार। बस आख़िरी बार ! क्राइसिस, मेरी अभागी क्राइसिस ! आह, कितनी डरावनी...वह कैसी हो गई है... !"

मिर्टोक्लिया ने लाश के ऊपर पड़ी हुई चादर को एक ओर रख दिया था। चेहरा दिखाई पड़ने लगा था और वह इतनी तेज़ी के साथ बदल गया था कि दोनों लड़कियां देखकर भयभीत हो उठीं। कपोलों की शक्ल चौकोर बन चुकी थी, पलकें और ओठ फूलकर कुशनों के समान मोटे हो गए थे, अब मानवीय सौंदर्य का कोई लक्षण वहां नहीं रह गया था।

मिर्टो ने उसे मिट्टी से फिर ढक दिया, लेकिन रोडिस ने क्राइसिस के हाथ में सिक्का देने के लिए अपना हाथ फिर अन्दर कर दिया। यह सिक्का कारोन के लिए था। कारोन-ग्रीक पौराणीक गाथाओं के अनुसार कारोन एरीबस और नाक्स का मल्लाह पुत्र था जो आत्माओं को स्टीक्स नदी के पास हेड्स में पहुंचाता था। तब दोनों लड़कियों ने सुबकते हुए उस प्राणहीन देह को टाइमन के हाथों में सौंप दिया।

और जिस समय उस रेतीली क़ब्र में क्राइसिस की लाश रख दी गई, टाइमन ने क़ब्र के ढकने को फिर उठाया। उसने क्राइसिस की शिथिल अंगुलियों में चांदी का सिक्का रख दिया, एक चौड़ा पत्थर लेकर लाश के सिरहाने रख दिया और उसके लम्बे सुनहरे बालों को मुंह से लेकर पैरों तक छितरा दिया।

तब वह उस क़ब्र से बाहर निकल आया। दोनों गायिकाओं ने जों क़ब्र के समक्ष झुकी हुई थीं, अपने-अपने केशों के अग्रभाग काट लिए और एक ही जगह उनकी गांठ बांधकर उसे क्राइसिस की लाश के साथ दफ़न कर दिया।

●●●